翻阅美丽与忧伤

一个村庄的沧桑传奇

喻 晓 / 著

线装书局

图书在版编目（CIP）数据

翻阅美丽与忧伤：一个村庄的沧桑传奇 / 喻晓著. -- 北京：线装书局，2013.12
ISBN 978-7-5120-1188-5

Ⅰ. ①翻… Ⅱ. ①喻… Ⅲ. ①散文集 - 中国 - 当代 Ⅳ. ①I267

中国版本图书馆CIP数据核字(2013)第304617号

翻阅美丽与忧伤：一个村庄的沧桑传奇

作　　者：	喻　晓
责任编辑：	李　琳
装帧设计：	祥昀时代
出版发行：	线装书局
地　　址：	北京市西城区鼓楼西大街41号（100009）
电　　话：	010-64045283　64041012
网　　址：	www.xzhbc.com
经　　销：	新华书店
印　　制：	北京华正印刷有限公司
开　　本：	880mm×1240mm　1/32
印　　张：	10.75
字　　数：	180千字
版　　次：	2013年12月第1版第1次印刷
印　　数：	0001—2000册
定　　价：	28.00元

前 言

千古苍茫青史梦，一年迢递故乡心。怀旧，思乡，人类永恒的情愫，永远的话题。

我很早就想写一本关于故乡的书，一本关于人与土地、家园、亲情的书。

人生中，每一个人最熟悉的地方莫过于故乡。我的童年和少年时代是在故乡度过的。尽管我有五十年的时光客居北京，但令我最难以忘怀的，还是童年和少年时代。那款款的风，飘飘的雪，纷纷的雨，淡淡的花香，盈盈的露珠，幽幽的萤火，熠熠的星光，轻轻的晨雾，袅袅的炊烟，喔喔的鸡啼，嘤嘤的蜂鸣，弯弯的山路，青青的竹林，故乡风物，千丝万缕，总是如影随形，挥之不去，就是燕子、喜鹊、斑鸠、老鹰，也常来梦里筑巢。

此书初稿成于2007年年底。以后陆续有过一些小的修改。

书中有我自己亲历的见闻，也有许多章节的内容是母亲告诉我的。其中年代较远的一些故事，是母亲的母亲告诉她的。在文化还不发达的年代，人们常常用舌尖传续乡村的历史。母亲没有念过书，但记忆力奇好，几十年前的事情，她能一五一十地娓娓道来，讲得绘声绘色，极具感染力。我一直认为，她是我们村子一本活辞典，假如她有条件接受文化教育的话，也许会成为一个不错的作家。村子里的事，没有她不知道的。她的脑子里装着一个个生动的人物，数不清的故事，装着一个村子的风雨历程、沧桑传奇。我喜欢听母亲"摆古"，她充满深情的述说里，有村子的心跳、呼吸和脉动，使那些简陋的门窗、古老的砖瓦，都美丽起来，鲜活起来。

2006年11月18日午夜1时5分，八十四岁高龄的母亲走完了人生最后的旅程。我看到听到了她生命的最后一缕气息。她慈容安详，再也不能给我讲故事了。

今天，正好是母亲去世七周年的日子。

我把一个村庄的故事辑录成书，最先想到的就是要献给我亲爱的母亲。

我的记录，是感恩，对母亲，对村庄，对养育过我的土地。我想通过我的记录，留住一个村庄的记忆。这是一次文化的寻根，精神的返乡。村庄所包含的人文精神，永远难以磨灭的文化印记，先人们曾经的生存状况，应该被后人记住。不管是灰烬，还是废墟，我们都不应该忘记，那里曾是许多灵魂的居所，演出过无数的祸福悲欢、爱恨情仇。也许，灰烬和废墟下面，埋藏着生命的基因，思想的火种，美丽的梦想。回望岁月，不能不为远去的背影感叹。我们有传递基因、火种和梦想的责任。

每次回家，我看到已经废弃的老屋，颓败的旧园，总是不由自主地在周边转悠、寻找。我自问：我寻找什么呢？我丢失了什么呢？恍惚间，我似乎想找回一些人生宝贵的东西，譬如：苦难中的坚忍，清贫中的高洁，风雪中的信念，迷茫中的向往，困顿中的亲情。我不想让都市的风，吹折了心湖中那枝圣洁的莲花；我不想让污浊的铜锈，坏了少时的童贞；我不想让思想的荫翳，遮蔽了心灵那盏明亮的烛光。我真想留住茅屋柴门前的欢笑，代替高楼华庭里的孤独；真想让竹林里的清风，吹散马路上的喧嚣；真想撒下怀旧的网，打捞未曾污染的露珠和湖底晶莹的星星。田埂，河岸，泥泞，石头，我希望用粗粝和坚硬，重新装修我虽已老练成熟、却残缺破损的心窗。我寻找纯朴，寻找青春，寻找已经罕见、甚至不复存在的童年时代弥漫于乡村的那些人生况味。

几十年来，作为一个根在农村的人，曾经为离开乡村，进入城市，努力着，奋斗着，一直为已经扎根北京这样的大城市而庆幸，而荣耀。哪知时移世易，造化弄人。当雾霾笼罩京城，污染的空气令人窒息，人们纷纷议论逃离城市的时候；当过去农民拿来喂猪的薯叶和野菜，被人们端上餐桌、受到青睐和赞美的时候；当城里人四处寻觅，欲购买农家小院而不可得的时候，我反观过去，很是困惑：难道曾经的努力和奋斗，真的是一个错误？人会老去，人生浮华终究会归于平静与虚无，功名利禄终究会随风而去，我真想寻找一处山水田园，作为自己的归宿和乐土。

有时回乡，会偶然遇到儿时的发小，小学或中学的同学，尽管多年没有见面，有的暌违已长达半个多世纪，白发相对，泪眼相对，兴奋地握手相拥，放肆地仰脖长笑，不问身份，无论贫富，互相直呼着久远的乳名和绰号，其亲热难以言表，没有功利，一如年少时的单纯。我们的思绪穿越往事，彼此都贪恋地享受那份回忆的欢悦和温暖。这种场面，在同楼不相往来的城市里，是一道很难见到的风景。

书中所涉人物，都是普通百姓，大多数都是和我多少有过一些交往的乡亲。他们不同的行为，不同的性格，不同的命运，编织了一幅人生世相图。这些人物，在别的村子里也能找到，你读了后，或一愣：此人似曾相识啊！是的，这些凡人，随处可见。他们的悲欢，离不开大的时代；他们身上表现出来的人性的弱点，是历史积淀的结果。即使是做过错事、蠢事，甚至恶事，伤害过别人的人，有的是出于愚昧，有的是出于盲从。我之所以也把他们写出来，是为了忠实于生活的本来面目，给世人一面镜子，以便吸取教训，而不是为了追究他们的责任。生活本身已经给予了他们惩戒，因此对他们也应该予以宽宥。

祖屋，老房子，是我生命的源头；山野竹林，田园阡陌，是我灵魂的土壤。每个人都有自己生命的源头和土壤，那里的人和事让你魂牵梦绕。无数的源头细流，汇成了大江大河，汇成了泱泱中华。一个村庄的面貌、变迁，从某种意义上说，是一方土地面貌、变迁的缩影。那里发生的故事，现在听来，有的很苦，有的很酸，有的很痛，有的甚至很荒诞，但都确确实实、真真切切地发生过，是整个村庄长长的生存历史的一部分。这些故事，都不可避免地带有时代的印迹，能读出历史的风雨。

由于可以理解的原因，书中个别人隐去了真名。

常回家看看，不只是因为道义和亲情，也是完善自身的需要。家，包括你的至爱亲人，也包括你呱呱坠地的老房子，熟悉的山川田野，和长满青苔的黄墙玄瓦。对故乡往日美丽与忧伤的反复翻阅，回望过去，就能珍视今天，洞察未来，就能清醒头脑，不忘本真，强健生命的根系，使你，一个光脚板走出村庄的穷孩子，昂然立于天地之间。

春溪村，一个镌刻在脑海里、流动在血液里的名字，一个属于春天的名字。在长着绿禾、开满鲜花的原野，一条叮叮咚咚、有着诗歌般节奏的清流，也许有一天会流到你的面前，让你怦然心动，——那么，亲爱的朋友，我这本用春溪村泥土装帧的薄薄的书，就权作故乡递给你的一张名片吧！

2013年11月18日于北京望春斋

目 录

说　湾 1

涓涓春水 7

儿时记忆 11

牧童旧梦 17

上学记 21

地坪风景 27

沉　潭 31

红军婆 37

械　斗 43

织女怨 50

活人道场 55

难忘的一九四九年 60

骑白马的人 67

土地的魅力 73

土地的代价 77

树的咏叹 83

虎　殇..................88

痴情女子..................92

文学启蒙..................98

我的吃肉史..................104

周济老师..................109

饥馑岁月..................116

一瓶茅台酒..................121

黄氏兄弟..................126

"草绳司令"..................131

"哑"人..................137

孤独的"大师"..................145

两个"和尚"..................152

背冤单..................157

五癞子..................161

六　爷..................166

打"鸟"..................172

家　法..................181

溜　子..................186

乃生进城..................195

台湾来客……………201

井台辩论……………207

诗歌少年……………212

溺水者………………216

母亲的故事…………220

哭　母………………229

解读父亲……………232

为父亲洗脚…………237

咀嚼苦难……………242

舅舅的子嗣问题……247

田　埂………………257

瓜　棚………………260

竹　林………………265

拱　桥………………268

碓……………………271

龙骨水车……………274

最后的灶屋…………277

小河趣事……………282

油菜花………………285

采药记..................289

一株野百合..................292

废　庙..................297

渔　火..................303

萤　灯..................306

鸟之声..................311

乡路沧桑..................315

秋天的重量..................320

群鸡晚归图..................324

搬迁潮..................330

说　湾

乡人聚居的地方，北方人叫村，叫庄，东北人叫屯，西南许多少数民族地区叫寨子，可我们湘中那儿叫湾，比如竹山湾、梨子湾、塘边湾。这是地盘较为开阔一些的地方是这么个叫的，那些三面环山、地垄狭长，更为偏僻的地方就不叫湾，而是叫冲，比如木冲、井冲、山边冲。湾名或冲名的来历，大都与地形地物、聚居的姓氏或物产有关。

我老家叫春溪湾。

我喜欢湾这种称呼。这使我想起海边的港湾。一条条屋脊，就像一条条船一样，相拥在一起，躲避了风浪，有了一种温暖、平静和安全的感觉。进了湾，人生之船就进了港，就进了家，就有了鸡声、犬声，孩子的笑声、哭声，邻里的喧闹声，就有了煮饭的烟火味，炒菜的油烟味，就感觉到了人间无穷无尽的忧烦和欢乐。

春溪湾是个小地方，知名度不高，方圆十里之内，打听春溪喻家，人们可能还知道；再远，许多人就不知道了。因为这里既无特别有名的物产，又无让人能记住的著名人物和奇特风景。一片养生地，一帮作田汉，世世代代就这么平平凡凡地生活。

山林是屋宇的依托，我们这里的湾大都依山而建，春溪湾也是这样。那些盖着鱼鳞瓦的房子，就像苍郁林子下的黑蘑菇，一丛丛，一簇簇，旺盛地生长着。人，像虫子一样，在这些蘑菇下面活动，进进出出，熙熙攘攘，他们是这些蘑菇的主人。

那些黑色的瓦片，像无数的舌头，舔吮天雨地露，不厌其烦地讲述久远的尘俗故事。遇上雨天，这些"舌头"就更充满了激情，水声哗哗，整个村子都在唱着古老的歌谣。

远处龙山山脉逶迤而来，丘壑纵横，有看不尽的晴翠山岚。后山有层层叠叠的梯土，是各家的菜园。按照风水先生的说法，这里地脉不错。但我没有听说过湾里出过什么有头有脸的人物，最大的也不过是一时发过一些小财，盖了几幢像样房子的小人物，我亲眼见到的几户土财主解放前的生活，其实还抵不上如今普通的农民。

1949年以前，全湾几十户人家全是喻姓，外人也叫我们春溪喻家。喻姓祠堂在一里以外，除了我们湾是喻姓以外，居住在附近的河塘湾、木冲、山边冲的人也都是喻姓，小时候，老祖宗生日那天，我们都要在一个祠堂里吃饭，彼此之间的亲疏只是血缘的代数不同而已。

一个姓氏，不管是大姓，还是小姓，循根追远，都有一个庞大的根系，它的繁衍、迁徙、传承，都是一部不平凡的历史。一个民族是由无数的大小姓氏组成的。大的是大河，小的是小河，无数的大河小河，汇成了泱泱之海，那就是伟大的中华民族。

春溪喻家的老祖宗文雅公，与我相隔七代，他是从何处迁徙而来，没人告诉过我，我不得而知。小时候，我们的斗笠上都写着"江夏"二字。这样的话，依此寻根，祖先应是湖北江汉一带。长大后，我研究过喻氏族谱，祖先迁徙的过程是先湖北，后江西，再后湖南宁乡，最后落户在春溪。文雅公是喻氏春溪一支的先祖，最早来到这块土地上。

我母亲常跟我提起文雅公带领几个儿子月夜插秧的故事。他一家勤耕苦作，样样事情都比别人做得好。栽秧是个赶季节的农活。当天文雅公的田还是一丘白水，第二天早晨邻居们起来一看，他家的田已栽上了秧苗，一片青绿，不禁惊讶不已。一打听，原来是文雅公带领儿子儿媳和孙子们，趁着昨夜月光很好，连夜把秧苗插了的。

这故事经老辈人的嘴一代代传下来，有点传统教育的意思。在以后的岁月里，我的眼前始终晃动着那水田，那月光，那秧苗，那飘动在月光之下、田野之上的奋斗精神，它们成了先人传递给我的精神财富。

在农村，房屋永远是家境贫富的一种象征，是人生得意与否的最直接最通俗的读本。住在东边老屋的人大都较穷，房子一律都是土砖砌的，门槛是木头做的。住在西边新屋的人中，寄斋十爷在清末民初时期发迹过，骑过高头大马，和刘蓉这样的官宦人家都有来往。寄斋十爷的气魄不算小，他盖起了一些青砖砌的房子，屋脊翘得很高，像个"山"字，叫"山字垛"，檐垛子的墙还刷上白灰，老远就能看见那些耀眼的白色的墙，门槛是磨蹭得锃亮的青条石。天井很大，还有花池，门楣上有匾，窗户上饰有花格。这样的房子人称"花瓦屋"。能起花瓦屋的人肯定手里有银子，腰杆子挺得很直，说话嗓门很大。当时他甚至把老屋的一些房子当成了自家的马厩。他最发达的时候，家里人持他的铜烟斗，就可以在钱庄借到钱；他儿子结婚时，打着旗箩伞，还请来西洋乐队，很是风光。老屋对新屋只有仰视的份儿，羡慕的份儿。但风水轮流转，三十年河东，三十年河西，令人意想不到的是，时间不到三十年，寄斋十爷死后，到了他儿子竹桃十三爷和他的兄弟们的时候，家道就败落了，败得一塌糊涂，一批败家子，一批游手好闲之徒，像白蚁一样，很快把这座花瓦屋，从内里蛀空了。我幼年时看到的就是这种颓势，许多人衣不遮体，食不果腹，连起码的体面都没有了。新屋里人的生活，反倒不如老屋的人。新屋已经没有财富和荣誉，剩下的只有那个表面还算漂亮的空房子。

"到新屋去"，"到老屋去"，是常常挂在人们嘴边的一句话。小时候，我和小伙伴们像泥鳅一样，钻遍了湾里的每一个角落。那些角落，只要随便一打听，一翻阅，就会呈现出最底层人的美丽与忧伤，呈现出古老乡村的沧桑传奇。新屋老屋的差别在年代。老屋是翔飞公最初的建业之地，自然要比新屋更久远些，老祖宗的牌位就供奉在老屋的厅屋里，一并排列的还有许多金装的神像和菩萨。大厅屋给我印象最深的是那四根支撑大厅的大木头柱子，每根的直径两个人都合抱不过来。柱子被烟火熏得黑了。我每每看到那些熏黑了的墙壁，天井里长满青苔的砖石，就感到了历史的厚重，想起祖辈生生不息奋斗的艰辛，想起贫穷中生命的强健。我仿佛闻到了先人呼吸的气息，汗的气息。老屋新屋都是老房子，都是历史。从老屋到新屋，能感受到历史行进的履痕，也能看到历史不同的颜色。这种历史当然不同于北京古老的四合院，也不同于青岛、庐山的老别墅，它是乡村的历史，是作田汉的历史。我与这些老房子之间,有着血肉相连的关系。我从那些布满蛛网灰尘的老房子中,感知了人性和道义,懂得了勤劳、朴素与诚实,修养了承受苦难的坚忍。我在那间阴冷潮湿的房子里呱呱坠地,走出了第一步,继而走出湾去,开始了人生的漫漫长途。因此,不管岁月如何流逝,湾里的房子发生了什么样的嬗变,我对这些老房子仍极具热情,并心存感激。

房子虽有新屋老屋之分,但整个湾还是一个整体,房屋互相依托,互相勾连,虽然各家都是单门独户过日子,但又互相手拉着手,肩靠着肩,谁也怕谁走散了似的。即使是下雨天,人从东头走到西头,相互串门子,不用打伞,全在厅堂和屋檐下走过。全湾有套简易的排水系统,各家都有天井和沟坑,屋顶的雨水就流到天井和沟坑里,然后通过阴沟流到附近的水塘去。我小时候,经常见到天井里出现乌龟,那时不像现在,见了乌龟就当补身之珍,宰杀吃掉,而是非常珍爱它,这不仅是因为人们把长寿的乌龟当成吉祥之物,而且还因为乌龟经常出没于天井沟坑,是疏浚阴沟最好的义工。

西边新屋的外围有围墙,围墙内外两侧有许多高大的乔木,其中的石楮树和凿刺树最引人注目,它们长得高大青翠,且木质坚硬,是做家具的上好材料。在儿时,它们引起我们注意的,还是它们枝头每年结出的星星般的果子。石楮树圆圆的小果在火里一烤,吃起来很香;而凿刺树的果子紫黑紫黑的,有点酸味。在我们吃水果是一种奢望的童年,石楮树和凿刺树上结出的野果,无疑成了我们的美食。

湾的屋宇建筑,依就山势,呈眉弓形。进出新屋老屋有几扇大门。遇有强人来袭,几扇大门一关,外人就进来不得。

湾，陈旧又充满活力。它的周围有山场、溪流、水田、梯土。围绕湾的每一口山塘，每一道田埂，每一条小路，每一棵绿树，还有那不绝于耳的鸟鸣，盛开的山茶花和油菜花，挺拔的杉树，秀美的竹林，这一切，我都是那么熟悉，它们成了我生命之初的风景，后来慢慢融入我的血液，我的灵魂，成了我生命的一部分。命中注定，这里是我的出生地，不管它是贫穷，还是富有；是破败，还是兴盛，我与它都割舍不开。我是风筝，它是放飞风筝的线轴。我在这里度过了童年和少年，这里埋葬过我的先人，是我常常魂牵梦绕的故乡。

涓涓春水

湾前有一条溪流,溪上有石拱桥,跨过石拱桥,有土路伸向远方,联系着外面的世界。

我们喊这条溪叫"春溪",湾因溪而名。不知是哪位先人,一时灵慧顿开,取了这么一个蛮有意思的名字。"春溪湾"比起临近的"竹山湾"、"塘边湾"、"梨子湾"等地名来,要显得文雅许多。我们那里大多数地名都浅露平实,缺少想象的空间。"溪"的前面以"春"字修饰,便添几许情趣。春风和煦,杨柳夹岸,一线清碧,潺潺流水,就颇有了些诗情画意。

望着这山,这水,这屋宇,这田野,咀嚼"春溪"二字,便觉得这方水土有了几分灵气。

与大江大河比,溪水当然算不了什么,要卑微得多。但以其水与人的亲近程度而言,我觉得溪水就要胜过大江大河。在水的世界里,大江大河即使不是一个威权的王者,也算得是封疆大吏,滋养经营着一大片土地。大江大河行走时,气派得很,总是前呼后拥,浩浩荡荡,呼啸而去,你刚刚看到的那朵浪花儿,转眼间就远去了,不见了。你能见其奔腾的雄阔壮美，但要和它贴身亲近很难，偶涉其间，如果水性不好，须臾间，就可能要了你的小命。你要渡江河，就必须造舟楫，置帆篷。驾舟虽可凌波万顷，怎奈风涛生寒，不胜辛苦。

溪水就不一样了，清亮亮的，笑嘻嘻的，你每天都看到它，它为你灌田浇地，供你洗菜浣衣。它从你的手掌上流过，从你的脚趾缝里流过，从你的枕头边流过，从你的梦里流过。你要到对岸去，只要捋起裤管，就可涉过溪去，方便得很。

溪流虽细，常年不辍，昼夜不歇。溪水走的是不平坦的山路，一路跌跌撞撞，摇摇晃晃，身上好像缀有无数晶亮的玉佩，像个淘气俏皮的美少女，一路叮叮当当响个不停。

途中不断有各个小山冲里的水流加入。它们都是附近山林的孩子，是同龄的小伙伴，像有预约，只要一集合，就迅即互相挽住彼此的小胳膊，嘻嘻哈哈玩耍起来。

溪水遇到大树根或水草丛，总会嘟嘟囔囔地吐出许多水泡来，它们耍赖皮，想抱住树根和水草不想走。它们还缺少历练，留恋山村，不知道前面的坎坷和艰辛，也不知道前面的广阔和精彩。

小溪在田野阡陌间，一会儿露出漂亮的小脑袋，在阳光下闪耀；一会儿又缩着脖子，躲进了树荫草下，躲进了云里雾里。只有经过跌水坝时，才猛然纵身一跃，发出很大很亮的笑声，就像顽皮的孩子从游乐园高高的滑梯上滑下来一样。

溪畔生长着翠绿的菖蒲、鲜嫩的水芹菜、密密麻麻互相缠绕的水草。偶尔有尺把长的花水蛇从草丛里游出来，在水面上悠闲盘旋而去。也常见到个头不大，嘴长而直，黑尾巴，身上有着锈色红斑的鹬鸟，冷不丁地从岸边的柳树上俯冲下来，钻进水里逮住一条小鱼，然后飞回树上，一副得意的样子。

到了秋冬季节，偶尔也见到水鸭子在溪里觅食。有时站在拱桥上，一眼望去，溪流就像一条碧绿透明的长茎，而两岸一丘一丘的田块，则是它生出来的一片一片阔大的叶子似的。

来自近山近岭的涓涓溪水，是大海的种子、江河的幼芽，充满着青春的朝气。它一路歌吟，不知疲倦，就从我们的湾前，放开脚步，开始了长途的跋涉。

春天的溪流，明丽、清澈，一个永远活泼泼的生命。溪的源头是岭头的云彩，岩石的隙缝，绿叶的水滴，草尖的露珠，还有无数冒头的或不冒头的泉眼。涓涓滴滴，比肩继踵而来，熙熙攘攘而去，不断壮大队伍。它们穿过蓊郁的林子、潮湿的山涧、湿漉漉的草甸，一路融进了树的香味、草的香味、谷的香味、花的香味。

在我的童年，纵贯山村的溪流曾是我们互为攻守的"防线"。夏天的夜晚，溪两岸的小朋友们常常"打仗"，"战争"激奋起年轻的血液。各有各的队伍，向对方挑战，发起进攻。自制的唧筒，我们叫它"水机关枪"，"子弹"总够不着"敌人"的脸上，就埋怨这溪水太宽。长大了，走的地方多了，见的江河湖海多了，回过头来，再看春溪，才觉得它是那样的窄小，那样的不起眼。

尽管是一线浅浅的溪流，在水里拥抱它的那种感觉却特别温柔，也特别温暖。水草的气息，泥土的气息，甚至田野的气息，山林的气息，环绕你的周身，环绕你的心灵。在我眼里，它不是一条溪流，它从大地深处流来，从历史深处流来。小溪是山村的脐带，是繁衍生命的胎液。它日夜丝绸般流淌，有着童年的清纯，和老年的静谧。它犹如村庄中流出的一缕缕思绪，在水草和岸树间缓缓移动，与蓝天白云一起同行。

这溪流，照见过爷爷的爷爷的影子，流走过一代又一代人的欢乐、汗水和悲苦。生老病死，春夏秋冬，草木荣枯，不断更迭，不断轮回，唯它仍长流不断，富有鲜活的激情和顽强的生命力。

上善若水。水滋润万物，却不与争锋，等苗壮了，花开了，果熟了，自己悄悄远去，不见踪影。崇高的水，照亮人的眼睛，洗涤人的灵魂。一条小溪，是我心中的神。

每次回乡，我蹲在溪边，洗洗手，洗洗脸，清凉之中，就感到了家乡的气息，闻到了家乡的味道。千里之外，站在长江边上，掬一捧水，想到这大江的滚滚波涛，也有微小的一部分是来自咱们春溪的，就仿佛触摸到了家乡的肌肤，听到了亲人的诉说。

儿时记忆

如果有人问我，你儿时记忆最深的是什么？

我一定会迅速回答：冷！

冷？南方还冷？也许你觉得奇怪，也许你不相信，但我的记忆就是如此。

我说的当然是冬天，湘中的夏天很热，似乎还能熬得住，冬天那股冷劲儿，却叫人实在受不了。

吸凉气。捂耳朵。搓手。跺脚。脚板冻得皲裂，双手长冻疮，无法子想，就把烧热的猪油往上涂，痛得钻心。太冷了！六十多年过去了，想起那时的情景，我至今还觉得胸前背后发凉。

我生于1941年阴历一月，正是抗日战争吃紧的年代。我们那里有山，属"后方"，南京、长沙的一些学校都迁到了娄底、蓝田、桥头河一带，钱钟书和他的父亲就在蓝田的国立师范教书，钱钟书的著名小说《围城》就是在那儿写的；朱镕基在桥头河读过中学。不只是共产党喜欢山，其实国民党也喜欢山。人处于弱势的时候，总以山为屏障，保护自己，并在山中积聚力量。日本鬼子没能进到我们那儿来，他们到达湘乡县的谷水镇就宣布投降了,谷水镇离我们那里还有四十华里。国难深重,民生凋敝,当时老百姓的贫苦可想而知。

我记得小时候,一到冬天,手脚几乎每年都长冻疮,手指头肿得像红萝卜似的。冷,滞留在你身体的某个部位,以通红通红的颜色和不可名状的疼痛炫耀它的严厉。

现在想起来,当时感到特别的冷有两个原因。

一是冬天气候确实比现在要冷许多,虽说是南方,但大雪纷飞、池塘结冰是常事,屋檐上经常垂着一排排尺多长亮晶晶的冰挂,池塘里结的冰有一寸多厚。有一年,我大弟弟出麻疹出不来,乡里有一个土方子,用池塘里的紫浮萍外敷,据说那样可以透疹。那时正是冬天,天寒地冻,池塘里结着厚冰,平日里飘在水面的紫浮萍都和冰凝结在一起了。我和母亲到池塘里取冰,用热水化开冰块,再取浮萍。当时用手在水里捞冰的那种冷得牙根打战的感觉,我到现在还记得很清楚。

天寒需要取暖,取暖需要柴火,从我记事起,打柴就成了我在家里分工负责的一件头等大事。七八岁的毛孩子进山打柴,在农村不是什么新鲜事。穷人的孩子早当家,身子没有那么娇贵,父母要做田里土里的活,没工夫打柴,把这"轻活"留给了孩子,湾里和我一般大小的孩子都是打柴的能手。一只背篮,一把砍刀,一支竹竿制成的耙子,是随身携带的工具,搂松毛,捡干杉树枝,砍灌木,凡能烧的东西,都向家里倒腾。寒冬腊月,我怕夜里刮风,又喜欢夜里刮风。怕刮风是因为北风一刮,窗户、门和砖缝到处进风,躲没处躲,藏没处藏,屋里贼冷。喜欢刮风是因为老北风一刮,林子里掉落的松毛就多,枯枝干柴就多,第二天捡柴火,准会满载而归。我打柴是一把好手，屋檐下，柴房里，堆满了我的劳动成果。

寒冷的冬天，火是个宝。谁家柴多，有火烤，那真是一种幸福。

谁家火旺，人气自然也旺，湾里的邻居都会望火而来，火灶或炉子边围着一大堆人，谈天说地，直至深夜主人家要封火了方肯离去。

但感到冷最主要的原因还是太贫穷，没有御寒的衣服。那时穿着暖暖和和的棉衣过冬的人不多，除了几户地主以外，一般的老百姓很少有。湾门口义龙五爷有件皮袄，那萝卜丝一样卷曲的羊毛，给人印象很深。皮袄是上海的女儿特意孝敬他的，成了全湾人羡慕的稀罕物。添一件棉衣，要自己种棉花，自己纺线，自己织布，对庄稼人来说，这是一件要筹划几年才能办成的大事。谁要是冬天里添了一件新棉袄，那可是令大家眼热得不得了："啧啧！发财了，捡到金元宝了，穿上新袄子啦！"河对门铺子"新祥泰"卖猪肉的生大老板，小本经营，生活也还过得去，但我有许多年见他顶着刺骨的北风，挑着猪肉在各个湾里转，穿着的就是一条单层的灯笼裤，外罩一条防脏的蓝围裙。

衣服珍贵，鞋子也珍贵。从春天到秋天，我们那儿的人是不穿鞋子的，只有晚上洗脚后才穿。平日里穿鞋被当成"二流子"，是不爱劳动的表现。对于农民来说，没有比劳动更神圣的了，不劳动，就是懒汉，就没有出息，没有生路。我们只有到了冬天，实在冷得不行了，才穿鞋，但许多人并没有配套的袜子，我的袜子是母亲用大人穿过的旧袜子改的，那时都是长筒袜子，大人把底子穿破了，剪掉破的那部分，再一缝，就成了我们小孩穿的袜子。我的棉衣也是大人的旧棉衣改的。"新三年,旧三年,补补纳纳又三年。"旧布旧棉絮,发板,穿在身上不暖和。冬天,湾里常见"草绳族",他们用草绳结紧在腰上。那不是装饰品,不是什么好玩意,有钱人绝不这样做。那是命运卑贱的象征。找根布条都难,草绳是用稻草搓成的,要容易得多。用意很明显,他们要让每一块布片和棉絮都紧贴着身子,发挥其最大的保暖效益。

爷爷喻丹书,早年丧妻,我父亲一岁多就没了妈。爷爷年轻时得过伤寒,留下腿疾,身体又单薄,不能下地干农活。身在农村,不会干农活,其家境可想而知。他有一个绰号叫"黑皮"。一次家里酿酒,晚上,他举着点亮的竹篾去看坛子里的酒,看成色如何,没想到一下把酒坛里的酒点着了,满坛的酒"扑"的一下窜出很高的火苗,因为躲得快,未造成重大伤害,但还是把脸熏黑了。他会种牛痘的技术,每年带着我父亲,到宁乡和华容等地去种牛痘,挣点养家的钱。我是长孙,下面还有弟弟妹妹,父母照顾不过来,从小,爷爷就要求我和他在一张床上睡觉,这除了因为爷爷很疼爱我,想格外亲近我以外,我的另一个真实感受是:冬天,爷爷需要我的体温,为他煨脚。他的一双脚血气不旺,总是冰凉冰凉的。我和他分睡两头,他就要我把他的双脚抱在怀里,直至暖和为止。脚暖和了,他就会说:乖孙孙,真不错,等过年杀了猪,给你个猪耳朵吃!

一床不知盖了多少年的破棉被,棉絮像丝瓜瓢子,许多地方都没有了棉絮,剩下一个个破洞。这样的棉被当然很难御寒。床上没有垫被,躺下去是令人倒吸凉气的竹席,冰凉冰凉的,人钻进被窝里,半天也暖和不过来。为了弥补不足,我们把避雨的棕蓑衣也压在了被子上。当然火箱是必备的,睡觉前，把灶膛里已经燃尽、尚还通红的火渣，铲起来放进火箱的钵里。火箱是用木板或竹子做成的，里面放一个盛火渣的陶钵子。睡觉时，把火箱放在被子里，利用火渣的余热来取暖。这种办法很有效，冰冷的被窝顿时变得暖和起来。这样做，当然有危险，我常常担心：万一睡着后，火箱倒了，钵子里的火渣引燃了被子怎么办？所幸这种事一次也没有发生过。用火箱在被窝里取暖，不止我们一家，湾里人家几乎家家都用，但也从没有听说别人家有发生火灾事故的事。这事一直让我困惑不解。也许人们在困苦中学会了生存，掌握了即使睡着了，火箱也不会翻倒的本领。不过这样的温暖也持续不了几个钟头，火渣的火力会渐渐消退，被窝还是会慢慢冷起来。每到天亮，爷爷掀开我的被子，总是拍着我的屁股说："你看看，你看看，树上掉下来一条大虫子，蜷缩得一个团团罗！"

"布衾多年冷似铁"，杜甫所经历过的那种难熬的寒夜，竟让我也赶上了，真是刻骨铭心！古人称穷苦人家为"寒门"，称穷秀才为"寒士"。鄙人出身"寒门"是无疑的，庆幸未入"寒士"行列。

贫穷，可怕的贫穷！贫穷对于一个国家来说肯定是灾难，积贫必弱，就会挨打，受人欺侮。但对于一个人来说，贫穷也许并不完全是坏事，相反是一种磨炼，是一份并非每人都能得到的"财富"。贝多芬是出生在波恩一所破旧屋子的阁楼上；凡·高常常为了一顿晚餐而发愁；莫扎特一辈子在贫苦、饥饿和挣扎中度过。他们成了天才，除了别的因素以外，都与贫困有关。一个人眼里有了太多物质化的东西，就会离心灵越来越远。我因为从小有了贫困这种经历，知道自己的出身、来路，就能够比较正确地面对名利，以一份平常心，来看待人世间的声色犬马；因为有了这种经历，所以我对生活就极易满足，从来与奢靡格格不入；因为有了这种经历，我就能面对许多艰难困苦，不断挑战逆境，打破宿命，去实现人生的最大价值；因为有了这种经历，每逢向贫困地区捐送衣被，我就感同身受，生出一份爱心。我从内心里希望那种寒冷的感觉不要再出现在孩子们的生活中，不要再出现在他们夜晚的梦里；希望天下人都有足够的衣服和被褥，对付寒冷的冬天；希望所有的人对冬天的寒冷都不再心存畏惧。

牧童旧梦

牛是农家宝。在没有机械耕作的年代,对于农民来说,牛的地位举足轻重。保护耕牛是农耕文明的传统。早在春秋战国时代,秦国就制定了《厩苑律》,规定每年进行耕牛评比,奖励优秀饲养者,唐宋以后,依然沿袭此制,明朝开国皇帝朱元璋是放牛娃出身,更出台了禁杀耕牛的政策,违者百姓受罚,官员革职。就是到了共产党执政的年代,政府每年也要统计耕牛数量,乡村房屋的土墙上写着"保护耕牛"的大标语。每到冬天,上头就会下发耕牛防病防冻的通知。

母亲回忆说,你从四岁就跟着爷爷放牛。

"我有那么大本事吗?"

虽然连自己都有点疑惑——因为我已记不清自己最初放牛的具体时间和年龄,但放牛时我岁数很小却百分之百是真的。我是老大,即使只有四岁也是老大,老大得有老大的样子,也有老大的责任,我不放谁放?如果放牛也算一项工作的话,那么我的履历就得重写。

我放过两头牛,一头黄母牛,一头水牯牛。家里没有本钱养一头整牛,两头牛都是和人共养的。黄母牛是和三姨夫合养，三姨家离我家有几里路，春耕时很不方便，来去要翻过好几道山岭；水牯牛则是和同湾的人合养。各占一半，一家两条腿，放牛也是一家半年。

我放牛精心着呢。牛要吃露水草才肥，我每天天蒙蒙亮就起床，赶着牛儿上山。哪处山坡、哪处田埂草旺，我心里都有数，所以我包放的那半年，牛一定是膘肥体壮。

如今城里人养宠物成风，猫啊，狗啊，成了家庭上宾。农民也有自己的宠物，那时农民的宠物是牛。当然，同是宠物，区别很大。农民是粗人，没有那么多花花肠子。牛就是牛，不是水牛，就是黄牛，或者黑牛、花牛，不像现在城里人对狗那种关系，亲昵地称狗"宝宝"、"贝贝"、"心肝"，女人把小狗抱在怀里，脸贴着脸，还要小狗叫自己"妈咪"，有的人家甚至让狗上床，人狗同衾共枕。

牛享受不到这种待遇。狗是富人的宠物，牛是穷人的宠物，作田汉的宠物。城里人养宠物狗是为了玩，为了消解寂寞；乡里人养牛纯粹是为了干活，为了生存。

牛是农民的朋友和帮手，也是家境是否殷实的一种象征。谁的牛栏里有牛，猪圈里有猪，谁的脸色就光润，眼神就安逸，说话的中气就足。没有牛，到了春耕时节，一副愁脸就在等着你，你的田翻不转，耕不了，得到处求人，弄不好就误了农时。农民把牛看得特别珍贵，怕它饿着，怕它渴着。春雨天，雨水凉，在它脊背上盖上蓑衣。冬天，牛栏里必须垫上厚厚的稻草，增加牛的御寒能力；同时，人都尽吃红薯，可得给牛准备米粥和酒糟，增强牛的体质。"雷打冬，十家牛栏九家空。"冬天响雷，必有严寒，牛安全过冬成了许多人忧心的一件大事。夏天呢，要定时赶牛到水塘里洗澡，要给它赶牛虻，如果牛皮肤上长了寄生虫，就得用手给它捉。牛总是埋头吃草，埋头干活，在家畜中，它是最勤劳，最善良，最坚忍不拔的。当然，牛善良中也不失其威猛，有时公牛互斗，那犄角，那眼神，那全身血液贲张的决斗姿态，仍可见其英姿，其雄风，其祖先传下来的那套在荒泽大野中，防守进攻的看家本领。我家的水牯牛个头很大，长着一双弯弯的、亮亮的、漂亮的犄角。我喜欢那亮亮的犄角，透过它，可以看见一个圆圆的天空，寻找到一种很阳刚的感觉。晴天的傍晚，水牯牛悠闲地走着，犄角上挂着几缕晚霞；遇上雨天，湿淋淋的犄角上又垂下一帘雨意。我站在牛跟前，比它的腿高不了多少。但水牯牛从不欺侮我，它总是听我的招呼，我能自由自在地从它的犄角爬上它的脊背。如果我用梳子梳它的皮毛，它定会站着一动不动，忽扇着耳朵，摇晃着尾巴，嘴里极有滋味地反刍着，表示很舒服，很满意。有时，为了召唤同伴，或者呼喊主人，水牯牛会发出"哞，哞哞"的叫声，声音浑厚而悠长，很远的地方都能听见。

　　我喜欢放牛。放牛是一件很惬意很浪漫的事儿。"哞，哞"，我常常迎着水牯牛的歌唱，开栏放牛，然后大摇大摆地坐在水牯牛的背上，得意地扬起赶牛的鞭子，走出湾去，招摇于田野阡陌之间。把牛赶到山坡处，长长的牛绳拴在一棵树上，牛就以牛绳为半径，老老实实地吃草，它的厚道真令人感动。牛也有犟脾气，有使劲拉牛绳也拉不动它的时候，但大多数时候它并不这样，而是顺从人意。牛只顾低头吃草，吃饱了，就站在那里，慢慢反刍回味。这个时候，我就可以躺在青草地上，悠闲地看天上云彩的风景，或者看我的闲书，或者和对面山坡上放牛的小朋友对唱野歌子。

每逢要轮换放牛的时候，是我最难受的日子。我和牛天天在一起，有了感情，一旦要离别许多日子，真有点难舍难分的感觉。牛推动了人类文明的进程，它是先人崇拜的图腾。对于农民来说，牛的作用要比狗和猫大得多，形象也要比猫狗高贵得多。什么时候家里能拥有一整头牛呢？这是我童年的梦想。

上学记

除了拥有一头牛以外,我童年的另一个梦想是上学读书,最好是能够读到小学毕业。

那时的农村,读书不易,学校少,教师少,文盲遍地皆是。人人知道,读书好,但能不能读得起书,是与家庭经济状况联系在一起的。那时,农村普遍贫穷,孩子能读到小学毕业的不多,小学以上的更是凤毛麟角。

1946年的秋天,我五岁半的时候,准备发蒙读书。学费要一斗谷。现在看来,一斗谷,值不了什么钱。可是在当时,对一个农户来说,一斗谷还是挺当一回事的。

我制定了一个筹措学费的计划。我把计划说给父母听,他们喜笑颜开,都很赞成。我的计划是,开学前,利用收割稻子的机会,去捡"禾线子",也就是捡稻穗。我把一斗谷作为自己的奋斗目标。

我决定每天跟在打稻子的扮桶后面捡稻穗。

收割季节,扮禾是件大事,也是件劳累的事。跟在扮桶后面捡稻穗也不轻松,因为我们那里是水田,稻田未干,还有很深的稀泥巴,我一个五岁的孩子,必须深一脚浅一脚地在泥巴田里走，半天下来，浑身就像个泥猴似的。

我们那里有"散禾花"的传统，就是每到收工之前，主人会留下一些"田尾巴"，让扮禾的农工自己去收割，"田尾巴"里的稻子归他们所有。这算奖励，类似于"小费"。"今年散个双，明年扮得一仓；今年散个单，明年扮得一餐；今年不得散，明年不用扮。"这是留在扮禾农工嘴上的口头禅，是唱给主人听的谶语，希望主人为了讨个来年的吉利，不要吝惜，多散点禾花。我当然不能享受"散禾花"的待遇，但扮禾的农工叔叔知道我要攒学费，就故意把一些边角的地方割得不干净，留下一星半点的稻穗，让我多捡一些。

一天又一天，常常天黑才回家。半个月下来，我捡的稻穗，晒干风净，居然够了一斗谷。

我有了一斗谷，我有了上学的学费，这是一个多么好的开始！

开学那天，正是下雨，路上泥滑，我和湾里另一个孩子，由我父亲用箩筐挑着进了学堂。

在学堂里，跟着老师念"人、手、足、刀、尺"，读"来，来，来，来上学；去，去，去，去游戏"，然后用毛笔填红模子里的字。读书的感觉真好。

语文课本的第一页是"国父遗像"，一张孙中山的照片，第二页是"蒋主席像"，是蒋介石的一张戎装照片，至今记得很清楚。回过头来看，颇有点政治教育的味道。

学生的行装很简陋，一个破布袋里装两本书、一支笔、一个墨盒。

学校的条件很差，土砖上支一块木板就算桌子，屁股就坐在砖头上。全部使用毛笔，有些淘气的学生，两节课下来，手上必定是黑的,甚至脸上也像黑花猫似的。孩子们没见过世面,并没有对这种学习条件有什么不满,以为天下的学校都是这样,一样安心学习。

那时学校里普遍存在体罚,"不打不成材",好像体罚天经地义。每天上课,第一件事是学生上前领取昨天老师批改过的作业本子。老师手执教鞭,等待学生上来,老师翻开作业本,错一道题,就往学生手掌上打一竹鞭,有的学生错的题多了,手掌都有被打肿的;如果有学生打架闹事,学校最严厉的处罚是让学生跪在地上的碎瓷上,结果膝盖必然是鲜血淋漓。

所幸,我遇到这样的情况几乎没有。

学会了认字,心灵的窗户就亮多了,也大多了。认的字多了,就学会了读闲书。那时没有课外作业,所有的作业都是在课堂上做好的,做完就交给了老师。因此放学回家,就有时间做家务、看闲书。从湾里粗通文墨的人手里,可以借来《封神演义》、《说岳全传》、《七侠五义》,以至后来的《三国演义》、《红楼梦》,于是我在放牛的时候,就常常躺在野山坡上看书,看得如醉如痴。每章开篇的那些绕口的诗不看,遇到不认识的字就跳过去看,囫囵吞枣,但大概的意思是看懂了的。我许多时候,躺在床上,白天借着屋顶亮瓦的天光看书,夜晚就着菜油灯的微光看书。听过古人借萤光读书的故事,我也曾捉了许多萤火虫放在玻璃瓶里,夜里一试,还是不灵,光线太微弱。没有上过学,大字不识一个的母亲,不知道我读的是闲书,对我各种的读书方式从不反对,从不干涉,她还在别人面前一个劲地夸我,说她儿子读书是如何如何用功。

我小学的成绩很不错，在班里总是名列前茅。正在我踌躇满志，准备完成小学学业的时候，1950年土改开始，我父亲受当时篡夺了村政权的坏分子的打击，被抓进了湘乡县监狱。我也被迫辍学。爷爷带着我连夜到娄底区公所申诉、告状。我至今还记得半夜路过松树山，听到夜猫子叫，浑身毛骨悚然的情景。虽然不久案子翻过来了，坏人被判了徒刑，念过两年私塾的父亲反倒进了乡政府，参加了工作，但我辍学半年已成事实。这是我人生途中遇到的第一个挫折。

后来我复学了，读到了小学毕业，实现了我的梦想。当时整个中国农村的文化水平都不高。高小毕业的徐建春回农村，就成了全国知识青年回乡的典型。后来提高了，邢燕子是初中，董加耕是高中，不像现在就是个博士回农村也算不得什么新闻了。不读书了，就种田，司空见惯，顺理成章，心里一点也不抱屈，不用做思想工作。本来最初的打算就只是开光点眼，识得一箩筐字就算了。父亲在乡政府当秘书，家里弟弟妹妹一大串，需要劳动力，也没有余钱读书。于是，田里土里，我成了母亲得力的帮手。

没想到事情居然会发生意想不到的转折！

一次，小学校的刘老师到我们湾里去招生，遇见了我父亲，询问起我的情况，父亲说，家里人口多，经济困难，儿子现在在家里劳动。刘老师说，你儿子学习成绩不错，应该想办法让孩子继续上中学。父亲犹豫不定，但最后还是被老师说得心动了，就嘴上答应：去试试吧，考上了，就上；考不上，就算了。就在我停学两年后的1955年的春天，我考上了涟源二中。"范进中举"，我成了我家祖祖辈辈第一名中学生！涟源二中，它的前身是春元中学，这所田园学府，创立于清末的1907年,是闻名遐迩的湘中名校,湾里的喻江楼、喻知非和喻穆威,都曾在这所学校读过书,后来一个当了医生,一个当了干部,一个当了教师,全是乡里百姓羡慕的职业。他们都是殷实人家的子弟,是解放前上的学。我能在这样一所学校读书,当然是不胜荣幸。我的农村户口立马变成了城市户口,我成了吃商品粮,将来有望进入仕途的"候补干部"(上世纪五十年代的中学毕业生都能分配工作)。

二中的校舍在乡村,远离城市,一派田园风光,环境十分幽静。玉兰树下,荷花池边,我认真地读了许多书。读书过程中,我结识了许多令人尊敬的老师和前辈。我邂逅了行吟泽畔、怀抱辉煌《离骚》、"九死而无悔"的三闾大夫,交际了仗剑云游、狂放高傲、诗名传流千古的太白先生,瞻仰了儒、释、道皆通,诗、词、文俱美,胸怀旷达,奇情壮采的东坡居士,还认识了国内外现当代的一大批文学名家。我的心胸阔了,目光远了。读书、品书成了我的习惯,成了我快乐的源泉。书成了我走向新的生活的路条。

也许,这就是命运。假如小学老师不到我们湾里去,假如即使去了也没碰到我父亲,假如即使碰到了我父亲,他也不答应我去考试——这一连串的"假如"都是可能的——那么,我和上学的缘分就没有了,我的一切又将完全是另外一个样子。也许我能当一个生产队长,或者会计一类的角色,也许什么都不是,也许我会养一大堆的孩子,累得腰弯背驼,过着乡里许多同辈过的那种庸常的日子。我考上了中学,超越了一个牧童原来小学毕业的梦想。从此改变了我的人生走向。

农村的孩子,谁不想跳出"农门"?读书,离开农村,走向更广阔的社会,是一个农村孩子的希望,应该说也是他们的权利。在毛泽东领导的时代,虽然不是所有的农村孩子都喜欢读书,但所有的农村孩子,都拥有这种希望和权利。当时要想离开农村有两条路,一是读书,一是参军。靠读书改变自己命运的人很多。那时即使家里很穷,由于学费极低,有助学金,只要学习成绩好,一般都能完成学业。我们的各行各业,有多少有用人才甚至顶尖人才是来自农村啊!人文之苑,艺术之林,多少出类拔萃的人物出自蓬蒿柴门啊!农村是国家人才的资源库。如果没有农村在人才方面源源不断地"输血",我们的国家会多么苍白!现在,一个真正种田的农村家庭,即使父母再努力,要供养起一个孩子大学毕业谈何容易!许多农村贫困家庭的孩子即使学习努力,成绩非常优秀,因为缴不起繁重的学费,也只好望校止步,望校兴叹,不得不弃学打工。这无疑是极不公平的,是对在贫困中苦读的农村学子基本权利的剥夺!这样做的结果,就会使许多优秀的人才被埋没!不管以什么名目,打着什么旗号,任何漠视广大农村孩子受教育的权利,上中学上大学的权利,让农村孩子感到抱怨、沮丧、失望的行为和做法,都是不合理的,都是不得人心的,因而也都是错误的。我是通过读书改变自己命运的人。有我这种经历的人,理所当然会为农村的孩子鸣不平。

我小学的刘老师和我的父亲都已谢世多年了。由于他们的原因,我得以继续升学,而后上军校,而后开辟了自己的事业。我庆幸自己的机遇,每念及此,我就向他们的英灵三鞠躬。

地坪风景

湾里最热闹的地方是地坪,相当于现在的广场。夏天乘凉,冬天晒太阳,在南方,这两件事都是大事。地坪与这两件大事都有关系。

地坪就在湾子前面,再向前就是一口水塘。地坪是块平整的空地,全湾的公共场所,娱乐活动中心,社会上发生的许多新闻,湾里出现的各种事情,人们大都是首先从地坪上知道的。其实地坪是很小一块地盘,而且也不太干净,周遭有猪栏牛栏。那时人们还没有现在的卫生观念,猪粪味牛粪味闻惯了,也觉得无所谓。人们到猪栏牛栏门前看看家畜牲口,用手丈量一下猪身的长度,看长了多少,估计什么时间能够宰杀,能卖个什么价钱,除掉买猪崽的钱,还能剩下多少,这样品评品评,还觉得是一件乐事。

夏天很热,天一黑下来,就有人搬着竹椅、凉床,拿着蒲扇,来到了地坪上纳凉。一天下来,竹椅、凉床也发烫了,勤快的人就从井里打一桶凉水浇在上面,给竹椅、凉床降温。那些婆娘们来得最晚,她们要等把家务收拾利落,把孩子洗涮完毕,才能来到这场地。

对于小孩来说，这里是听大人讲故事的地方，也是文化启蒙的地方。山精水怪，狐妖鬼魅，三国水浒，天文地理，关公、岳飞、林冲、山大王，玉帝、姜子牙、唐僧、猪八戒、孙悟空、王母娘娘、太上老君、如来佛祖，不管是全书整篇，还是一鳞半爪，大人们把自己知道的那点东西，全在这里显摆。一人讲，众人听，讲的人眉飞色舞，听的人津津有味。也有人说笑话的，讲时闻的，直说得月上中天，睡意蒙眬。许多传奇神话、民间故事，我就是通过这样的场合知道的，并且也略略知道了一些中国历史和历史上的忠奸人物。

冬天，特别是春节前后，天气很冷，屋里没有炭火烤，房子又透风，冷飕飕的，湾里人都喜欢到屋外来晒太阳。地坪北边那排杂房的街阶背风，正对着南山，太阳晒在身上，有些暖意。每天等太阳有了几丈高了，街阶上必定挤满了人，有站着的，有蹲着的，也有坐着板凳的。媳妇们纳着鞋底，做着针线活；老头老婆子们在暖暖的阳光下打着盹儿。人们说年前的庄稼和收成，说如何过年，说来年的春耕，也有瞎侃的，扯乱弹的。说说笑笑中，也掺和着牛栏里牛"哞哞"的叫声，和猪栏里猪的哼哼声，一派尘俗草根气息。中午，有的人舍不得离开，干脆端着饭碗到地坪来吃。阳光和语言温暖着彼此的身心，人们要等到西斜的太阳翻过了屋脊才肯离去。

夏夜，昊天华月，虫噪萤飞，蛙鼓盈耳。我躺在竹凉床上，望着耿耿星河，只觉得浩渺深邃，无比神秘，幼小的心灵便生出无穷梦幻。牛郎在哪？织女在哪？鹊桥又在哪？喜鹊要搭窝吗？那搭窝的树在哪？银河里有船吗？那摆渡的艄公是谁？既然是河，怎么不见波浪呢？嫦娥居住在银色的广寒宫不冷吗?天有九重,从哪儿到哪儿算一重?天上一颗星,地上一个人,我的星座在哪?长空流星坠落,今夜人世间又有谁将陨灭?无数的"天问",陶冶了我的浪漫主义情怀。

湾的南沿靠山,房后屋边有树,几棵古枫枝叶婆娑,如巨伞般兀立,像护卫湾的卫兵。后山是竹林,堆青叠翠,清风随来,摇曳有声,直扫蓝天;到了清明时节,春笋破土,迎雨疯长,披甲卸胄,扶摇直上。在远处的儒家垴,全是要几人才能合抱过来的大树,晴空下巍巍然葳蕤一片。

从地坪上翘首看过去,这山,这树,这屋宇,便有了几分美感。到了寒冬下雪天,山和树银装素裹,更添了许多情趣。我喜欢在冬日的阳光下,看这屋后的山景。

其实早有人注意了这些景致。我六叔公房子的大门正对着后山,房子不起眼,但门楣上悬着的一块匾牌倒有几分雅气,上写"秀抱南山"四个字。这四个字是湾里一个上过南京美专、1949年跑到台湾去了的画家喻有能写的,笔锋遒劲有力,给我印象极深,至今记得。几十年过去,房已毁,匾不存,但"秀抱南山"那四个字还常常出现在我脑海里,因为我曾经望着那四个字发呆过,沉思过,琢磨过,它像一束审美的火焰,照亮了我的心灵,一粒文学的种子,播种在我的心田。它使我懂得,怎样去概括美,鉴赏美。

当然,在我心目中,地坪不止是有风景,更多的是文化,一种乡村文化。那时,没有电视,也不玩麻将,打扑克的都很少。如何打发冬日的闲时和夏天的夜晚,地坪几乎是乡民唯一的不可替代的舞台,它消闲与传递文化的功能兼有。讲故事既是教育,也是娱乐。没有心计,没有弯弯绕,没有对腐败和贪官的诅咒,虽然贫穷,但人们的心灵没那么复杂,没那么沉重，一切都是那么自然、率真、单纯、透明。带着浓重乡音的话语，有泥土气息，有松竹风韵。先民的许多优秀品质，就在不经意间悄悄传承。偶尔有男女打情骂俏，那语言，那情态，也是一种原生态的情感宣泄，绝不做作，绝不修饰，总是直来直去。地坪是一张纯朴的温床，生长了许多许多的东西。几十年以后，它离我的心灵还那么近，以至于我愿意动笔写一写它，表达我对它的感激和怀念。

沉　潭

喻凡堂，排行十二，人们都叫他凡堂十二爷。

中国人对"爷"的解释多种多样，一般是尊称长一辈的男子，也有泛指男人们的。北京人称呼自己或抬举别人都喜欢用一个"爷"字，做生意的是"倒爷"，健谈的是"侃爷"，蹬三轮的是"板爷"，夏天光着膀子的叫"膀爷"。"小爷们"、"老爷们"地乱叫，显得有那么点阳刚的味道。

凡堂十二爷的"爷"字，对于他来说，辈分，男人们的泛称，两种意思都有。但就是一点尊敬的意思都没有，不过是叫惯了而已。他既无爷的身份，也过得不是爷的生活，他太穷，家徒四壁，地无半垄，粮无半升，唯有堂客还算长得标致。他以行乞为生，每天外出讨米，除了填饱自己肚子，余下的就带回给堂客吃。

一天，他来到邻村塘边湾，转了几家，要了一点剩饭，就回家了。没想到，就是这一趟，他惹下了大祸，一场灾难即将降临到他头上。

他前脚刚走，塘边湾就有人说，他家丢了一床被子。问谁来过，许多人说，只有春溪湾那个要饭的凡堂十二来过。

于是，就把偷被子的贼人锁定在凡堂十二身上。

被子丢了，只有凡堂十二来过，做贼的必定是他！逻辑推理就这么蛮横，就这么简单！

但那天有见过凡堂十二的人也说，他是两手空空地回湾的，除了用破布包了一点剩饭以外，什么也没看到。

反驳的人说，没看到，不等于没偷，说不定藏在哪儿呢！反正外人只有他一个人来过，湾里丢了东西，他脱不了干系。

塘边湾议论纷纷。塘边湾是曾姓，春溪湾是喻姓。两湾相邻，两姓相处，岁岁年年，难免会有些摩擦，有些争执，有些不和。有时会因为一点小事，把以往的摩擦和不和放大开来，引发更大的摩擦与不和。消息传到春溪湾，有点身份的清安九爷顿时大怒：这还了得，姓喻的人是贼牯子，把喻姓的面子全丢尽了！他不由分说，立即派人用箩索把凡堂十二爷捆了起来。

人，捆起来了，怎么处理？

清安九爷的意见是，执行祖宗家法：沉潭！

这个"家法"有没有形诸文字，不知道，但乡村里普遍流行这种说法，纯朴的百姓从来没有想到过要对这种"家法"质疑。

沉潭！就是把人沉入水底溺毙。这种杀人的方式，起于何时，不得而知，看起来虽比车裂、砍头要"文明"些，至少有个全尸，但这样活活地把一个人溺毙而亡，总觉得还是极其野蛮的。

凡堂十二爷跪倒在地，赌咒发誓，泪流满面，说自己没有偷，真的没有偷，说了假话是孙子，不得好死，遭天打雷劈。

但没人听他说话，他百口莫辩。一个乞丐的话是真是假，人们懒得去分辨，懒得去思考，懒得去对证，面对他的是一张张漠然的脸，一双双凶狠的眼睛。

当然，也有议论。

有人说：暂时还无十足的证据，就匆匆做出沉潭的决定，这是否有些草率？

也有人说：即使是偷了一床被子，也不过是一床被子而已，罪不至死，沉潭事关性命，这么处置是不是太严厉了？

但清安九爷一脸严肃，一脸不可容忍，一脸不容商量，一脸替天行道的正义。他说：事关家族的荣誉，春溪喻家不能毁在一人手里，你们不要面子，祖宗要面子，必须沉潭！

凡堂十二没有子女，无人为之申辩；别的人也懒得为了一个乞丐，而去得罪有权有势的清安九爷。

但熟悉湾里内情的人，私下里说，清安九爷和凡堂十二的堂客相好，他是借这个事情，想除掉自己的情敌，霸占他的堂客。

这话只是个别人私下里说，没人敢摆到台面上来。

"家族荣誉"这条堂而皇之的理由，谁也阻挡不了，最终还是决定沉潭。那时，没有法律，没有法官，代表宗族的清安九爷就是法官，他的话就是法律，就是判决。

执行的时间是在发生丢被子后的第三天，地点就在塘边湾前面小河的石桥那里。其所以把行刑地点选在那里，是有意要告诉塘边湾全体曾姓的人：我喻姓的人是何等主持正义，何等大义灭亲，何等顾及尊严！喻姓的人又是何等清白，何等高贵，容不得半个败类！

那天，小河石桥附近站满了看热闹的人。欢庆,迷茫,悚恐,悲悯，各种眼神在灰暗的空中扫来扫去。无助的凡堂十二被用篾簟卷捆起来,他没有叫喊,没有哭嚎,当他被篾簟卷捆起来后,就对这个世界彻底绝望了。

十里八乡的人都赶来看热闹。中国人喜欢看热闹,两人下棋有人看热闹,邻里吵架有人看热闹,蚂蚁搬家有人看热闹,杀人也有人看热闹。北京城菜市口杀人,每次都是挤得水泄不通的。在清朝,菜市口杀人几乎每年都有,在这偏僻的乡野,沉潭可是难得有一次,一个人一辈子也可能看不到一回,他们不愿错过这机会。

天空阴云密布,太阳没有露出脸来,圣洁的太阳不愿意看到这一幕。

一个没有阳光的日子,一个没有阳光的法场。

一声号响,人们看见,几个人抱起了长长的篾簟。

这长长的篾簟里捆着"族规"、"宗法",捆着无数冠冕堂皇的"仁义道德",捆着历史沉淀下来的种种凛然不可侵犯的威权。

农人村夫们感到了篾簟的沉重。沉重,是因为这篾簟里捆着的不是一根木头,不是一块砖石,不是一团破布烂絮,而是一个活生生的人。这个人昨天还活蹦乱跳,能说能笑,现在也还能呼吸,还有心跳,还能说话,但转眼间,他就要阴阳两隔,进入另一个世界。把一个活生生的人如此强暴如此不容分说地赶进另一个世界,这能不沉重吗?行刑的人手有些抖。

篾簟举到了半空中。仁慈,宽容,怜悯,恻隐,同情,这些先人留下来的古训,这些一般正常人都应具备的人性,此时都有了重量,使举着篾簟的人不堪重负,好像要压垮自己。他们平日里和凡堂十二没有过节,没有仇怨,于心有些不忍。

刚才捆的时候，凡堂十二虽然没有说话，但眼睛里分明充满了怨恨，仿佛在说：你们就这样忍心把我处死？他这无声的话语，如今像雷声一样在耳边轰鸣。他死了后会不会报复？他的魂灵会不会缠着你？人们想着，有些害怕。

竹编的篾簟，在乡人淳朴的眼里，不再那么亲切，仿佛是砒霜，是炸药，是枪弹，是剑刃。

他们不是决定凡堂十二生死的人，但他们是执行死刑的人，虽然不是主凶，但肯定是从犯。

人生下来，从知事起，爷爷奶奶、父亲母亲就对你说，要多做善事，少做恶事。现在，这样去处死一个人，算不算恶事？算不算残忍？人们想得很多，心有些发酸，腿有些发软。

此刻，仁慈的上帝，大慈大悲的观世音菩萨，佛法无边的如来佛祖，所有人们心灵中被视为神圣的尊神，全都回避，没有一个肯显灵，没有一个肯出头露面。

行刑的锣声终于响了，人们不能再有犹疑，尽管沉重，他们也必须把篾簟高高地举起来，然后一松手，凡堂十二终于像一个包裹的粽子一样，从天空中落下，然后倒插入河中。

此刻，天空下起了小雨，上天不忍，掉下了几滴眼泪。

没有浪花，没有回响，寂然中，只在篾簟沉入水中的地方，冒出了几圈水泡。平时，河中有水泡的地方，说明有鱼在活动，是生命的表现；现在，河中冒出的水泡，证明的则是一个生命的毁灭。

人群中发出几声叹息。

儒家冲的霞仙大人是曾国藩的姻亲，在当地算是说一不二的官宦人家。他们家的人闻讯，觉得事情有些蹊跷，急急赶来相救，如果他们家有人说情，清安九爷就不能不给这个面子。可惜的是,等他们赶到塘边湾石桥那里,整个行刑的程序都已经结束,见到的已是一具尸体。

凡堂十二死后,七天无人收尸。别人都不敢去看,唯有塘边湾一个叫曾双清的无赖之徒,每次路过,就去踢死者的脑袋,没想到,一次他踢了死者脑袋一脚后,死者的双眼一下鼓了出来,顿时把他吓得半死。受了惊吓的双清神志出了问题,再也干不了农活,只好求神拜佛,后来久治不愈,不得不离家去当了道士。

一个乞丐,一个卑微的生命,就这样像一块石头一样丢进了河里,结束了自己的一生。

这是发生在一百年以前的事情。这个故事听起来有些原始,有些荒唐,人们怎么可以不经过调查,不经过审判,不经过法律程序,就这样草菅人命?但这是一个真实的故事。我们的先人编写了这个故事。我们的先人确确实实是从发生这样原始而又荒唐故事的年代中走过来的。他们就是这样解释法律、道德和荣辱的。

时至今日,我们在一些荒唐的案例中,依然可以找到那个故事的影子,依然可以找到凡堂十二那样卑微而无助的生命,依然可以看见清安九爷那样自以为代表法律,随意草菅人命的人物,这是不能不引起我们的警惕的。

红军婆

国勇卖壮丁出去一年多后从江西回来了。令人意外的是,他不仅没有丢掉性命,反而未花一个铜板,带回来了一个老婆。

带回来的女子叫彭富媛。中等个儿,长相不是很漂亮,但也不丑,年纪二十七岁,头发梳成小髻,留有刘海,额角上有一颗黑痣,身体很健壮。

这是1939年的事。

彭富媛在湾里生活了八年,生养过两个孩子,大的是儿子,取名"得胜",小的是女儿,取名"红秀"。已经六岁的儿子不慎掉到井里淹死了,她曾伤心欲绝。母亲说,你小时候一定见过她的,湾里许多人都见过她的。不知为什么,我反复回忆,对她的模样却一点也想不起来。

人们不知道彭富媛的来历,只知道她是江西人,仅此而已。人们再细问她,她总是笑而不答。

母亲说,彭富媛待人很好,平时很少说话,在人多的地方更不多嘴,和湾里的人很合得来,人们都说,国勇不花钱,白捡了个好堂客。

国勇个子不大脾气大,动不动就发火,就骂人,有时甚至还动手打人。富媛挨骂挨打后，从不还口，也不还手。人们都说，彭富媛性子儿真好。当然也有打抱不平的。一次国勇打了富媛一巴掌，打得嘴角都流血了，就有人放"冲天炮"：富媛姐，你咋不还手呢，对国勇这种牛脾气的人，你就该脱下鞋子，用鞋底子猛劲抽他！

富媛擦掉嘴角的血，没理会。

彭富媛田里土里都去得，干活很麻利，家里也收拾得干净。湾里人都很喜欢她。唯一觉得不足的是，她话太少，没人能跟她深谈；她性子也太善，尽受国勇的欺侮。

日子一天天过下来，倒也相安无事。她常下田干活，袖子卷起来，露出健壮的胳膊。勤劳善良，安分守己，这是她给人们共同的印象。

但在一个夏日的傍晚，因为一件事，湾里人对她的印象却发生了根本的改变！

国勇的脾气是变得越来越暴躁了。这天，他干完农活，浑身灰土，放下锄头就吆喝着要洗澡。富媛准备好了洗澡水，让国勇去洗澡。国勇跳进澡盆，就破口大骂，说澡水太热，烫死人了。富媛赶紧过去，又加了两瓢凉水。国勇跳进澡盆，又破口大骂，说澡水太凉了。"你一个娘们，在家里连盆洗澡水都弄不好，是冷是热都不知道，真是蠢得像头猪！"骂声不绝，连邻里听得都过意不去了，觉得骂老婆没有这种骂法，太过分了。

正当国勇骂得兴起，戏剧性的一幕发生了。只见富媛缓缓走过去，轻舒猿臂，不知哪来那么大的力气，她连人带澡盆，都端着摔到了屋外的地坪上。她重重地把澡盆撂下，嘴里怒道："你骂，你骂，我让你这个狗杂种骂个痛快，洗你娘的个好澡！

你爱怎么洗就怎么洗吧,老娘不伺候!"

瘦小的国勇赤身裸体地被撂在了地坪上。

脾气暴躁的国勇被堂客这一突然的举动惊呆了!

"你要干什么?你要干什么?"他脑子一片空白,一时竟懵懂得不知发生了什么,他不相信这是他自己老婆干的事情,他不敢相信自己会处在这样一种羞愧难当、无地自容的境地。

全湾的人也都被她这一突然的举动惊呆了!这一举动发生在平时性子和善的富媛身上,令人不可思议;富媛能连人带澡盆端到地坪上来,更是令人不可思议。

人们睁大了眼睛。人们张大了嘴巴。惊愕稍定,人们都在无声地询问:这是真的?这个婆娘怎么了?

人,加澡盆——尽管国勇身体很瘦,加起来总有一百多斤吧,一个女人怎么会有这么大的力气?她敢和暴脾气的男人斗法,哪来的这么大的胆子?

这个平时说话很少,总是笑而不语的外乡女子,到底是什么人?什么来路?人们议论纷纷。

有人猜测,彭富媛绝不是等闲之辈,她肯定会武功,是位隐忍不露的高手。她轻易不出手,一旦出手,把你吓个半死。

这一点,在不久后又得到了证实。

那天没在现场的冬猴子,长得五大三粗,力气大得像头牛,听说平时善良得像只猫的彭富媛有那等本事,他不信。他说:"鬼才信,看我怎么收拾她!"

一天,在地坪上,两人相遇,为了一点小事,冬猴子故意寻衅,对彭富媛恶语相向,并且动起手脚来。邻居们闻声而出看热闹。开始,彭富媛忍让,不想搭理他;冬猴子死皮赖脸缠住她，说：我可不是你家那个提着耳朵都能提了起来的瘦葫芦，我是你挑一担谷过八里路都不用歇气的冬爷爷。说着说着，冬猴子就动起手来。富媛一见他想动真的，就怒了。只见她猛地一个扫堂腿，就把冬猴子撂倒在地上，紧接着腿一弯，膝盖顶在了冬猴子的胸口，五大三粗的冬猴子，顿时动弹不得。冬猴子做梦也没想到彭富媛会有这一手，他这才相信那天的事是真的，嘴上连连求饶，说是闹着玩的，别太当真。此时，邻居们早已笑得合不拢嘴。

人们对彭富媛有武功，有本事，已深信不疑。国勇已不再敢欺侮她，湾里人也对她另眼相看。

不过，人们开始对她的来历和她的身世感兴趣起来。她来自江西，她原来会是一个什么人呢？

人们常常在背后用异样的目光看她，用诡秘的声调议论她。

彭富媛好像感觉到了这种目光和议论，并深深地懂得它的危险性。她又渐渐变得谨慎起来，温和起来，说话很少，不再和人动拳脚。当然，领教过老婆功夫的国勇，也不敢再轻易打骂老婆了。

乡村的风波，容易起来，也容易平息。人们慢慢又接受了那个和善少语的彭富媛。

使事情再一次发生转折的是，一天彭富媛和邻居芳四嫂一起在碓屋舂米，发生了口角。芳四嫂情急之下，突然大叫："你这个红军婆，你以为我怕你呀……"芳四嫂的话一出口，彭富媛惊讶、愕然，脸色有些发白，半晌没说出话来。彭富媛不再和芳四嫂争论，她以和善的口气说："你说什么？你怎么没有根据胡说！"

在那个年代,共产党,红军,是个令人骇然可怕的名字,谁沾上边,都有被抓去坐牢、甚至杀头的危险。

从碓屋出来,彭富媛闷闷地在自家的房间里坐了一个下午。

第二天,彭富媛不见了!她三岁的女儿也不见了!

开始人们也没在意,以为她们去了田里,去了菜地,或者去了别的什么地方。

待到天黑,彭富媛没有回来;第二天,第三天,仍不见彭富媛和她的女儿回来,人们这才焦急起来,国勇也才焦急起来。

彭富媛是真的不见了,谁也说不清她带着女儿上哪儿了。她从人间蒸发,不见踪影。

彭富媛的生活里到底发生了什么?她为什么要离开这个她生活了八年的村庄?走时,她为什么连对丈夫都没有说一声?

一个女人要离开她生活了多年的村庄,该是发生了特别大的事,她该下多大的决心啊!

人们开始认真搜索记忆中可能引起她出走的各种蛛丝马迹。大家觉得她没有什么特别不顺心的事啊!

没有事,她就不会突然离开春溪湾。

事情到了这步田地,芳四嫂才出来说:在碓屋舂米时,我俩发生口角,我说了她是红军婆。我也是听别人瞎说的。

啊,原来是这样!

人们把疑问集中在这一点上,纷纷议论起来:难道她真的是红军婆?"红军婆"三字,像电光石火一样点亮了大家的眼睛。由此平日生活里一些不太在意的小事也都成了疑问,成了破绽,并从这些疑问和破绽中联想开去。

她为什么从来不愿意谈自己的身世?她为什么把儿子取名"得胜",把女儿取名"红秀"?她为什么一听到有人叫她"红军婆",就惊讶,就潜逃?她是不是当过红军?假如她当过红军,她是怎么失散的?当红军之前,她干过什么?她为什么会有那么好的功夫?这功夫是谁教她的?彭富媛是她的真名吗?假如不是,只是一个化名,那么她的真名是什么?她走到哪里去了?投靠何人?现在在哪里?一连串的问号,在湾里人的脑子里打转。

但这些都不过是猜想,是疑问,一切都没有得到证明。彭富媛走后,几十年音信杳无,她给湾里人留下了一个永远的谜团。

械 斗

1949年以前，农村族群之间发生械斗的现象并不稀奇，有的为了利益，有的为了荣誉，有的甚至是为了一些谁也说不清的理由，双方就动起了干戈，打起了群架，结下了冤仇。

这种从原始部落时代就存在的武装争斗，历来是双方矛盾激化的一种表现，也算是解决相互间矛盾的一种极端的方法，当然，这是野蛮的方法，不是文明的方法。

我曾亲眼看到过一次械斗，并且这次械斗与我们家有直接的关系。

我们那里有烧土灰的习惯。中间垛放柴草，刨下草皮晒干，然后把晒干的草皮堆放在柴草上，点火焚烧。灰堆点着以后，可以不断向上加草皮和土，酸性的红土壤经焚烧后，就变成了土灰，变成了肥料。这是我们那里一种常用的造肥方法。每年的夏天和秋天，土壤比较干燥的时候，山边地头，就常见这样的土灰堆，冒出缕缕青烟。

1948年的夏天，我父亲在离湾大约一里远的羊河子山烧了一堆土灰。羊河子山有许多坟地，我们家烧的土灰堆在坟地的下沿。

坟地属于河对面河塘湾的五房，春溪湾是四房。我们共属于一个祖宗文雅公，文雅公的第四个儿子住在春溪湾，第五个儿子住在河塘湾，只有一河之隔。本是同族，因血缘渐渐远了，却非睦邻，常有不少摩擦发生。

坟山是一个敏感的地方，一般人都不愿触及，我父亲也不会不考虑到。其实，我们烧的土灰堆离五房祖先的坟地还有一段距离。问题的发生是因本湾里的人挑唆而起的。

我们家和本湾的汉某不睦，汉某总想找机会整我们一下。一天，他从羊河子山经过，发现了我家的土灰堆，心中大喜，鼻孔里哼出笑来："好，好，你在这里烧土灰，有你们家好看的！"

当晚，他就过河去把我家烧土灰的事告诉了河塘湾的人，并挢掇说：章二相（父亲喻伯章，排行第二，绰号"二相"，大概是"二相公"的意思）在你们祖宗的坟头上动土，烧土灰，你们就看不见，就无动于衷？啧啧，我是本湾的人都看不惯，容忍不了。

"真有这事？"

"那还能有假，不信，你们自己看去！"

很快，有几个人被鼓动起来了，他们热血沸腾，义愤填膺："这还了得，敢在我们五房祖宗的坟头上动土，胆子忒大，欺我们五房没人是吗？不行，把他那灰堆给铲啦！"

第二天上午，果然一路人马从河塘湾出发，扛着工具，气势汹汹，直奔羊河子山而来。

我母亲闻讯赶到了羊河子山，说明这土灰是我们家烧的。我们家与河塘湾的人都是熟人熟面，平时关系都不错。他们到实地一看，情况并不像汉某说的，土灰并没有烧在坟头上，离坟头还有较长的一段距离；又见章二嫂是平时关系不错的熟人，心中的气马上就减了大半。其中有人说："既然没有动坟头，以后注意就行了，我们回去了。"

一队人马，偃旗息鼓，回到了河塘湾。

事情本来完了，可汉某并不心甘。他好不容易抓到了一个机会，怎么就这样不声不响地就结束了？他灵机一动，有了主意。

汉某又悄悄地溜进了河塘湾。他见了荷戈而回的人，就煽风说："幸亏你们回来得快，章二相在家里磨刀子，准备杀人，你们回来慢了，恐怕就会人头落地！"

这一招果然灵。"本来我们以为算了，他还要杀人，这不是给脸不要脸吗？真是反了天了！"

于是，散了的人马又重新集结起来，听说章二相要拿刀子杀人，"见义勇为"的人就更多了，一个个扛着板锄，拿着棍棒，浩浩荡荡，开赴羊河子山。

这回他们不再犹豫，不再容人分说，不再听人解释。人们已经憋足了劲，积聚了足够的正义，一到羊河子山，就拿起板锄，顷刻间，把一个很大的土灰堆铲除得一干二净。

远远看去，灰土扬起、弥漫，在风中久久不散，形成了一团绛红色的雾。

参与铲土扬灰的人们，像完成了一件上对得起祖宗，下对得起儿孙，也平了心中义愤的壮举，雄赳赳、气昂昂地回去了。

知道河塘湾的人第二次来羊河子山的事后，我父亲在家里，他劝我母亲不要再去解释了，解释也没用。万事和为贵，息事宁人最好。一个土灰堆，不就是耽误了几个工嘛，让他们铲掉算了。

土灰堆铲除了，双方既没有文斗，也没有武斗，事情似乎应该平息了。

但实际情况远不是这样。

这天，春溪湾的人都走出湾来，看到了这一幕。许多人是知道这土灰堆烧在什么地方的，都觉得不到要如此兴师动众、铲土扬灰的地步。他们愤愤不平，说这是欺侮人，不是欺侮章二相一个人，而是欺侮整个四房的人！说五房的人是借土灰堆的事，给四房的人以颜色看！

一堆土灰，为两房人之间埋下了仇恨的种子。

事有凑巧。还没有过半个月，有人发现，在塘坎畲四房老祖宗翔飞太婆的坟头上，河塘湾的人也烧了一堆土灰，这堆土灰不是烧在坟头边缘，而是烧在坟头中间！

消息传到湾里，不管是穷人还是富人，也不管是男人还是女人，一个个怒火中烧。这明明是故意的，是对前些日子章二相在羊河子山烧土灰的报复。机会来了，不能犹豫，以其人之道，还治其人之身。整个四房的人，都决定用同样的手段报复河塘湾五房的人。

复仇的火焰迅速燃烧起来。由勋生和义龙五爷等人带头，决定要在极短时间内铲除翔飞太婆坟头上的土灰堆。

没有不透风的墙，何况春溪河塘只有一河之隔。四房的人要铲除坟头土灰堆的消息很快传到了河塘湾。

河塘湾的人铲除过春溪湾人的土灰堆，按理说，他们没有道理不让春溪湾的人去铲除他们的土灰堆。但明知道对方是报复来了，不作任何反应，面子上过不去。

双方都在准备，真是剑拔弩张！

7月8日下午,春溪湾的男子汉几乎全部出动,他们有备而去,都带着板锄,带着棍棒。河塘湾的人闻讯也纷纷出动了,他们知道来者不善,同样也抄起了家伙。

两个湾的人都朝塘坎畲的坟头走去,全都是一副义愤填膺、义无反顾的神情。

没有人劝诫,没有人从中调解。女人们知道自己的男人此去可能受伤,可能发生种种意外,但她们没有劝阻。几乎所有的人都觉得是去完成一件神圣的事情。因为有半个月前的羊河子山事件,双方都心知肚明,知道今天为了什么,可能发生什么。

平时邻里间可能发生过口角,可能因为一些小事发生过种种不愉快。但今天,全湾的人表现出了前所未有的团结一致。这种宗族的团结好像来源于人类的某种基因,可以追溯到很远。

这天太阳很毒,给双方对峙的气氛又添了一把火,增加了热度。

首先是四房的人占领了翔飞太婆的坟地。一声大喊:"铲啦!"只见板锄乱飞,红尘滚滚,遮天蔽日。

五房的人也不示弱,纷纷执杖而上,进行土灰的保卫战。

土灰只不过是一个中介物,一种象征。铲土灰是为了给别人颜色,打别人的脸。保卫土灰,也是为了保住自己的面子。

双方总共参加的人数不下百人。

在翔飞太婆的坟头上,双方混战起来。木器,铁器,互相交响;吆喝声,咒骂声,此起彼落。械斗惊动了所有四房五房的人,不断有人加入其中,一个个奋勇向前。多数人都只穿一条短裤,紫酱色的脊梁,喷涌着滚烫的汗珠子,在阳光下闪着光泽，土灰变成了泥浆，在脊背上流淌。

棍棒是人类最原始的武器，我们的祖先在几千年前就使用它。人们在阳光下腾挪跳跃，挥舞着棍棒，像在疯狂地舞蹈，舞蹈中显现出男人的剽悍、血性和刚猛。

为了族群的荣誉而战，为了男子汉的气节而战，他们谁也不愿意退缩。

打斗持续了很久。毕竟是同宗的人，毕竟是经常要见面的人，毕竟平日里许多人私人关系还很不错，都是称兄道弟的朋友，所以大多数人动手时，还是留有余地，尽量不伤其要害处，尽量不见血。尽管如此，四房的义龙五爷和锡福叔还是受了重伤，不得不抬下来包扎。同样，五房也有三人受了伤，流了血。

一个个灰头土脸，一个个气喘吁吁。

全然是一个战场。坟地周围的庄稼地被踩踏得一塌糊涂。

当械斗持续了近一个小时的时候，突然混战的人群中出现了一位两鬓斑白、银须飘动的道人，他身穿道袍，头戴道冠，口中朗声说道："同族同宗，相煎何急！灰也铲了，气也出了，架也打了，和为贵，该歇歇了吧！"

出人意料！酣战中，人们听到这声音，不觉一惊：怎么春溪观的清源道士站在了这里？清源道士年近八十岁了，也姓喻，既不是四房的人，也不是五房的人，早年出俗，在附近十里八乡都极有威望，很受人尊敬。谁也没有注意清源道士是什么时候来到现场的。不知为什么，清源道士的话一出，竟产生了巨大的震慑力，所有的人既不喊了，也不叫了，全都停住了手中的器械，愣愣地站在了原地。

"乡亲们，大伙散了，各自回家吧！"清源道士对械斗的是非不置一辞，只是简单说了这样一句话。

已是黄昏日落，已是筋疲力尽，双方的人群中，没有一个人说话，没有一个人表示同意，也没有一个人表示反对。但清源道士的话似乎就是命令，谁也不想抗拒。

人们默默地移动脚步，拖着棍棒散开。

最后的结局是：没有失败者，也没有胜利者，而是两败俱伤。

坟头上的土灰被铲除了，周围的地一片狼藉。人们瞪着仇恨的眼睛，带着伤，拖着疲惫的腿，悻悻地回到各自的家去。

没有人仲裁，没有人来为这场械斗做结论。纯粹的无政府主义，纯粹的无法律行为。它自发而始，终局虽然有清源道士的作用，但几乎也是自发的。唯一的收获是，双方的人都受了皮肉之苦，有的甚至受了重伤，心灵都受到了伤害，两个湾的积怨又深了一层。

械斗曾普遍存在于我国乡村，常常发生于族群之间。它是一种农民式的暴力冲突，一种准军事行动。它轻则伤害感情，重则造成惨案，破坏人与人之间的关系，于社会和谐不利。我不知道有谁研究过这个问题，中国最大的械斗发生在什么时候，什么地方？几千年前，黄帝与蚩尤进行的涿鹿大战，是不是械斗？械斗的历史的、道德的、文化的根源是什么？它与人类的繁衍、生存，乃至历史的发展，有何种关系？

这是我亲眼看见过的一次械斗。它像自己身上一个陈旧的伤疤一样，虽然过去了许多年，当我回忆起来的时候，依然令我生疼。

织女怨

她是带着深深的怨恨走的。

她嫁到春溪湾来的时候,刚满十五岁,正是豆蔻年华。第一天,闹新人房,爱开玩笑的黑蛮凑过去说:"张开嘴,让我看看,这新娘子好像没有长牙齿呀?"一见黑蛮真的伸手过来,新娘子伸出手去,冷不防在黑蛮的脸上抓了一把。

"哟,这新娘子还蛮厉害的嘛!"黑蛮笑了,大伙笑了,同时她也笑了,嘴里露出了两排白白的牙齿。

黑蛮要看牙齿终归是玩笑。第二天她遇到的可就不是玩笑,而是故意调戏和难堪了。她从石灰冲走下来,湾里三个十八九岁的小子就拦住了她,嬉皮笑脸地说:"过来,新娘子,解开衣服,让哥哥们看看,是不是黄花姑娘?"一向性格内向、腼腆、胆小的她,哪听过这种话?哪经过这种事?一时又急又慌又害羞。小子们缠住她,不让她过去。她苦苦哀求,最后没有办法,竟哇哇地大哭起来。

"哟,这新娘子还哭鼻子呀,没见过世面!"三个小子见没什么便宜可占,甚觉没趣,又见这妹子真哭了,赶紧开溜,免得让湾里人知道,挨一顿臭骂。

她丈夫的家境不好。曾经的殷实人家，到了她公公婆婆这一代，已经田无半亩，只剩下几块旱土，穷得叮当响了。虽然外表上还住着花瓦屋，但内里已全然空了，不仅没有像样的家具，连一条像样的板凳都没有。不仅穷，公公还抽大烟，婆婆又一双小脚，什么也不会做。公公瘦得像猴子，他无钱抽大烟的时候，一把鼻涕一把眼泪的那个可怜又可悲的样子，让她看了后，心悸不已。

丈夫个子矮，游手好闲，不务正业。他不管家里有没有吃的，米桶里有没有米，明天有没有菜吃，连自己妻子心里想什么，有什么感受，也从来不关心。穷惯了，饥一顿，饱一顿，他无所谓。她常常望着自己不争气的丈夫的背影，叹息不已。

十九岁那年，她有了一个儿子。儿子是她的命根子，是她的希望，她把解脱贫困与不幸的所有希望都寄托在儿子身上。她百般呵护，宁可自己饿着，也要给儿子吃。她想，即使苦着，熬着，有了儿子，总会有出头的一天。可这个名字叫喜宝的孩子，从小脾气犟得古怪，不知为什么，他五岁了还不叫娘，见了她就躲着走。每当孩子从自己怀里挣脱离去的时候，她就默默地流泪，伤心不已。

她学了织布的手艺，想以此谋生。她心灵手巧，学什么，就会什么，湾里人都夸她的布织得好，没有瑕疵。唧唧复唧唧，深夜里，常常能听到她织布机的声音。梭子带着白纱来回穿梭走着，那是她生命抽出的丝，洁白而美丽。最初，她望着那一匹匹织出的布，心里就涌动着喜悦，那布上就幻化出美丽的图景，那图景有她的明天，有她的希望，能改变她的命运。

可她织布的工具不足，每次织布，连梭子都要跑几里路，到师父那里去借。借一次可以，借两次还行，次数多了，就难为情。她本性面皮就薄，有一天，她跑到师父那里，见师父也在织布，梭子不得闲，话到嘴边又咽了回去，空着手回到家里。

慢慢地，她常常坐在织布机前，愁容满面，发呆不已。

她是个极爱面子的人。虽然家里穷，衣服旧，但她外出总是穿得齐齐整整，衣服浆洗得干干净净，加上模样儿也长得俊俏，总招人喜欢。她从小不爱吃红薯。一次在湾里一户人家织布，吃饭时，爱作弄人的为二相有意为难她，给她盛了一碗净红薯。她看着那碗红薯，眼睛里泪水直打转。我母亲正好见着，就对为二相说："你明知道她不爱吃红薯，为什么要故意这样为难她？"赶忙给她换了一碗米饭。

她要在外面做手艺，要和许多人打交道，不希望家里穷困的情况让别人知道。一次，我母亲到她家去。灶膛里正燃着柴火，锅里冒出蓬蓬的热气。我母亲说："做什么好吃的，我看看！"随手就掀开了锅盖，一看，锅里熬着一锅南瓜汤。母亲说："你们每天就吃这个？"她的脸一下红了，赶紧对我母亲说："你知道就行了，千万别对外人说，我们不吃这个吃什么呀？"

她表面上显得很平静，见了人总是打着招呼，露出笑脸，其实心里很苦。家里穷得这样，丈夫不能依靠，儿子没有希望，生活让她越来越绝望。她眼睛里埋着深深的幽怨，本来明亮的眸子渐渐黯淡起来，做起事来，也常常心不在焉的样子。

一个秋天的下午，她约了几个要好的姐妹到她家去。她说她从春溪观捡回了道士穿过的旧衣服，为自己改做了几件衣服，还做了帽子和鞋。她说穿了这样的衣服和鞋，戴了这样的帽子，会给人带来福气。她特意让姐妹们来看看。

果然是几件衣服,都做成了,是她亲手做的。还有一顶帽子,还有一双鞋子,她说都是为自己做的。

这样青灰色旧布做的衣服、帽子和鞋,穿在一个年轻女子身上,有什么好看的呢?姐妹们不解,隐隐地感觉到了什么,但又不好意思说出来。我母亲更感到了某种不祥,就委婉地劝她:"万事都别焦急,好好做手艺,等孩子长大了,总会有出头的日子哩。"

她没有点头,也没有摇头。她心中有一个湖,很深,很深,湖面没有波澜,湖底的水,很冷,很冷。

她没有文化,生活的圈子不大,没有能力解释人生,解释命运,没有能力用一种更宽阔的视野来宽慰自己。她无法走出自己的阴影。

送别姐妹们的时候,她显得很平静,嘴角还露出了一丝笑靥。

从她家出来,我母亲对别的姐妹说:一切都很反常,千万不要发生什么事情才好。

这种担心不是没有道理。

但事情终于发生了。第二天早晨,太阳很高了,她还没有起床。平时她都起得很早,准备家里的茶饭。婆婆喊她的名字,没人答应,就推开她的卧室门,发现她已吊死在房梁上。人们看到她身上就穿着昨天给姐妹们看的那些衣服,还有帽子和鞋子。

衣服、帽子和鞋子,她是为到另一个世界去而准备的。她说穿着这样的衣服和鞋子,戴着这样的帽子,会带来福气,可谁知道呢?那是另一个世界,只有上帝知道。

一个人在决定死亡之前,是那样镇定,那样安详,那样不动声色地面对亲密的姐妹,就不能说她不是一个有着特殊性格、特殊血性的人,她至少有勇敢。能勇敢地用死亡来进行反抗,反抗现实,反抗命运。

一个人一旦选择放弃,她心灵上所有的负累就没有了,就变得很轻松。当一切都沉淀在湖底,湖水自然也就清澈了。

她太弱小了,无力反抗命运。她是一个乡村里的平常女子,但不是一个愿意庸庸碌碌苟且活着的人。她不愿意再过这样的日子,不愿意再受这样的煎熬,她追求一种新的生活,哪怕是在死后,哪怕是在来世。

这是她唯一可以自由选择的道路,也是她唯一可以自由进行的反抗方式。

她毅然决然地踏出了那一步。

她死时才二十四岁。二十四岁的生命,正是含苞抽穗的黄金年华。她像一朵花,还没有来得及完全打开,就黯然凋谢了。

现在,湾里绝大多数人都不知道这个人,也很少有人再提起她。我母亲陷入深深的回忆中,然后叹息道:

"她姓刘,名叫刘柔雪,聪明,多好的一个女子哩!正因为聪明,才受不了那份苦,那份委屈。如果活着,也和我的年纪差不多。只因命不好,碰上了这样的家庭,这样的丈夫,这样的儿子,就那么早早地离开了人世。人哪,真是说不清哩!"

活人道场

竹桃十三娘是竹桃十三的后妻。竹桃十三晚年穷困潦倒，生活十分困难，他的妻子会机织袜子，就四处漂泊，靠手艺维持生计。

竹桃十三娘虽然是个女流之辈，但胆子大，敢闯荡，不仅常年在周围村镇做活，也常走他乡，远至长沙、武汉、南京、上海。

1937年春节过后，竹桃十三娘收拾行李，准备去上海。她家里没田没土，不做活，就没有饭吃；当然，没有田里土里的活，也就没有什么顾虑。河塘湾、竹山湾都有人在上海，她准备去找他们，碰碰运气。

有人劝她，这年月兵荒马乱，不安全，别远出，就在附近做做算了。

她不听劝，觉得附近老百姓穷，打光脚板的人多，穿袜子的人少，生意不好，维持不了自己的生活，坚持要去上海。

她这不是第一次去上海了，路熟，就住在同乡家里，一开始，生意有做，除了吃以外，还能剩下一些钱。

但时局变化很快，北京卢沟桥事变以后，整个上海风传日本人要进攻上海，街上人心惶惶，有许多人正在搬家内迁。竹桃十三娘就一个人，她决定边做边看，要到实在不行了才走。不过，她也是整日里提心吊胆，有时一双袜子织到一半，就有消息传来，说见到日本兵了，不得不提着家伙走人。

8月，日本重兵集结上海，有军舰，有空军，也有陆军。国民党军队也调集大量部队在上海周围待命，战火一触即发。

8月13日下午，日本海军陆战队在八字桥地区向刚刚到达该地区的国民党军88师进行突袭，守军当即予以反击，从而开始了我国在上海的"八·一三"抗战。日本动用了海陆空部队，吴淞、闸北等地成了一片火海。

上海乱了。竹桃十三娘再也待不下去了，她携着简单的行李逃离了上海。和她一起逃离上海的还有竹山湾的冬三娘。

他们沿着沪宁铁路，向南京方向逃跑。他们一路走，一路还做着活计，因为不做活，就没有饭吃。这样走走停停，年底才到南京。

没想到刚在南京落脚，惊魂甫定，就赶上了日本人攻城。

12月13日，这是一个黑色的日子。日本军队全力进攻南京城，从早晨开始，枪炮声大作，很快突破中山门和中央门，占领了整个南京。

日军在上海死伤了九万余人，他们要在国民党政府的首都进行报复，于是大规模的屠杀开始了。他们将不少的被俘人员和南京居民集体活埋在大坑里。他们把许多人成排成排地绑在树上，用刺刀捅死。他们把男女老幼集合在城墙根，进行集体射杀。

到处是死尸，到处是鲜血，到处是恐怖，到处是老百姓的哭喊，到处是日本兵的狞笑。

这是一个战火纷飞的世界，这是一个百姓失魂落魄的世界，这是一个苍天流泪的世界。

竹桃十三娘一辈子哪里见过这种阵势，吓得魂都丢了。跟随着逃难的人群走，心里没有谱，茫然无主，不知要走向何处，到处都很陌生，不知自己身在哪里，唯一的目的是逃避死亡。那一天，她和冬三娘又到了一处极其肮脏杂乱的地方，有人说这是下关。从下关到浦口，沿途挤满了逃难的百姓。日本兵沿着北护城河攻向下关，当发现有守军和成批的难民，江上的汽艇就用武器向人群射击，顿时大片的人在枪声中倒下。

慌乱中，冬三娘刚刚还看见竹桃十三娘在自己身旁，转眼就不见了。冬三娘大喊："十三娘！十三娘！"也没有人答应。周围遍地是血，冬三娘吓得魂不附体，一见十三娘不见了，以为她肯定是中弹死了，就没命地往远处跑。

冬三娘终于捡回了一条命！她一路要饭，第二年春节以后，赶回了老家。

出去时是两个人，回来时只有一个人。冬三娘讲起了整个南京城血流成河的惨境。"竹桃十三娘倒在枪下了，还有很多人倒在枪下了！"冬三娘向乡亲们述说自己亲眼看见的情景。

竹桃十三娘死了！她死在南京城下，死在日本人的枪口下，这成了远近十里的人都知道的事实。

人死了，竹桃十三娘的亲人自有一番悲伤。但人死不能复活，也只有忍痛节哀。按照本地习俗，要为死者超度亡灵。由于家里穷，没有钱，花费不起，就决定简单点，只做一天道场。

请来了道士，亲人披麻戴孝，厅堂里敲锣打鼓，有人为竹桃十三娘做了一篇祭文，痛骂日本鬼子的惨无人道，整个湾里的人既伤心，又无比激愤。

道场做完已经有三个月了，正是桐子树开花的时节。忽然，有人在鲢嘴石的路上，看见一个妇人，脸又黑又瘦，一个妹子说，这人很像竹桃十三娘。有人赶紧让她打住，说："竹桃十三娘人都死了，道场都做过了，哪还有人，你是碰见鬼了吧！"

那妹子说："大白天的，哪里有鬼，我亲眼看见的！"

人们将信将疑，回到湾里一看，果然是竹桃十三娘回来了！

这消息石破天惊，把大家搞懵了！

这是怎么回事呢？大家纷纷询问。

已经消瘦得不成人样的竹桃十三娘说，她当时听见枪声，就很快趴下了，一会儿工夫，成群的人倒了下去，她身上压了几个死人。她当时连气都不敢喘，直到半夜，没有枪声了，她才从死人堆里爬出来。当时身上浑身是血。她连夜跑出下关，路上在一家老乡家里讨了一件衣服，换掉了身上的脏衣服。后来辗转安徽、江西，才回到家的。

"一言难尽，一言难尽哪！"说起这段经历，她说自己已经死过一回，知道死的滋味了。

"死人"活了，全湾的人是又惊喜，又感叹。

我小时候，见过竹桃十三娘，她的儿子任慈还和我一块读过书。她常年在外，不太认识我。有一年过年，她家里揭不开锅，母亲让我给她送一斤肉、一升米去。我进屋放下肉和米就走。后来她见了我母亲说："有一个小相公，给我送来一斤肉，一升米，放下就走了，也不知是谁。"母亲说："那是我儿子哩。"

竹桃十三娘是一个不安于在家过日子的人,解放后,她带着儿子去了桃江,投靠一个亲戚。从此,这个南京大屠杀的亲历者,这个活着的时候就以死人的名义做过道场的人,就再也没有听到她的音信。

难忘的一九四九年

1949年,改朝换代的年月,真个是兵荒马乱,人心惶惶!

解放军大军南下,势如破竹,锐不可当;而国民党的中央军则是望风披靡,兵败如山倒。

一个新的社会要诞生,就像产妇分娩,孩子临盆,必定要流血,必定要有一番折腾。

8月4日,国民党长沙绥署主任程潜、第一兵团司令陈明仁,接受《国内和平协定》,率部七万余人宣布起义,长沙和平解放。程、陈部起义以后,白崇禧乘起义部队情绪不稳之机,进行策反,三天后,起义部队约四万人叛变南逃。一面是解放军的第四野战军部队,一面是白崇禧、宋希廉的中央军,这都是大部队。还有共产党领导的地方武装也乘势而起,迅速发展起来,光我们湘乡县就有两支。一支是刘资生领导的湘乡地方兵团,有一千多人;另一支是由陈明、聂昭良领导的湖南人民解放总队第一支队第五团。当时没有任何现代通信工具,一般老百姓也看不到报纸,唯有传闻铺天盖地而来,一会儿说哪里打仗了,一会儿又说哪支部队反水了,一会儿有人说哪里死了多少人,血流得遍地都是。今天是白崇禧的部队来了,明天是刘资生的部队来了,后天是聂昭良的部队来了,互相穿插,来回周旋。时局变动,风云易色,整个大地,所有的村庄都失去了平静。普通老百姓哪里见过这种阵势?哪里分得清谁好谁坏?天天躲兵,躲兵成了那个秋天老百姓最大的事,成了他们心头一片令人惊恐不安的愁云。有躲到稻田里的,有躲到山林里的,有躲到红薯窖里的,有慌张中摔断了胳膊折了腿的,有过于紧张逼出了病的,走不动的老人就藏在屋子的阁楼上,安危祸福,听天由命。那阵子,只觉得天下大乱,人人心惊胆战。

白崇禧的部队过去,湾里就像遭了大劫难似的。这次可不像某些戏文里写的,只欺侮穷苦哥们。普通老百姓当然倒霉,但最倒霉的还是湾里一些稍为富有的人家。要抢,要劫,普通老百姓家里没有多少东西,钱啊,粮啊,只有富有的人家才有。完全是一群下山的饿狼,见什么抢什么。这时候,中央军不分什么青红皂白了,也不保护富人了,我们湾里的几家富户,几乎无一幸免,全部遭到了洗劫。米抢去了,钱抢去了,好一点的衣服抢去了,有一家推子里推了一担谷,还没来得及碾出净米来,他们就一并照收,连糠带米打包拿走了。

国民党变成了"刮民党",功夫全在"刮"字上。真是搞得鸡飞狗跳,天怒人怨!

临走,东西多了,拿不动,就在各个湾里抓民夫。我们湾喻毓湘,是我的族房爷爷,他在兄弟中排老大,湾里人都叫他湘大爷。湘大爷夫妻非常和善,平素爱帮助人,在附近一带很有人缘。可惜只生养了两个女儿,没有儿子,他的儿子喻继英是从亲房那里过继来的。继英个子不高,人称继英矮子。他过继的酒席刚办过不久,就在慌乱中被中央军逮着了,被迫挑着沉重的担子，一直跟着白崇禧的部队南逃，最后音信渺无，不知所终。人们都以为他死了，几十年后，才知道他逃到了台湾，当了一名出租车司机。中央军抓走了继英矮子，可把湘大爷夫妇害惨了。两个老人膝下无人，加上成分又高，没有劳力，孤苦无依，晚景凄凉，上世纪七十年代，先后在饥寒中郁郁而终。

故事发生在我们家，颇有点戏剧性。一天，另一股中央军又来了，仓皇中，父亲母亲和我都钻进了后山的竹林子里。爷爷已是快七十岁的人，腿脚不便，他说他不走："我一个老倌子，他们能把我怎样，最坏也不过是一个死！"父亲母亲临走时，发现米桶里还有几升米，就要倒出来，藏起来。爷爷是个特要面子的人，从不愿说自己家穷，就不同意，说："别藏了，留下一点，免得外人来了，掀开你家米桶一看，连一升米都没有，那还像户什么人家？就这么一点点米，我相信他们不会要的。"父母就依了爷爷。

没想到，中央军走后，父母回家一看，不仅米没了，米桶也坏了。中央军已经断了供给，粒米都是命。米桶小，米抠不出来，就把米桶翻了个底朝天，踩得个稀巴烂！父母埋怨爷爷不该留下那点米，否则米桶也不会破。爷爷嘴上逞强："哼！哪知道他们是这种下流货，我当时就斥责他们了，你们真不是东西，连这么几升米也抢！"可据知道内情的人说，爷爷对中央军说的话却有另一个版本："老总，老总，行行好，可怜可怜我们一家老少，我老倌子给你作揖了，留下这点粮食吧！"不管是真是假，后来我们常常把这个版本当笑话说，嘲讽爷爷的迂腐。

几番来去，老百姓躲兵躲怕了，风声鹤唳，草木皆兵，对任何兵事都极其恐慌,也极其小心。

已是初秋,虽然稻子收割完了,但人们的脸上并没有笑容。8月中旬的一天夜晚,湾里各家都是关门闭户睡觉。突然大门敲得山响,有人大声喊门,并且脚步踏踏。屋外来兵了,来的不老少!

"又是勇拐子来了!"人们几乎异口同声。

顿时,全湾一片惊悚,所有的油灯都灭了,人们连大气都不敢出,信佛的老太婆嘴里直念"阿弥陀佛"。没有人去开门。老屋的希老倌是个瞎子,他摸着墙走着,跌进屋后背的沟坑里,摔伤了。

奇怪的是,几阵打门声过后,就又重归寂静,这与往常绝然不同。要是往常,你不开门,必定会有一阵恶喊,并且绝不会善罢甘休,硬是顶着不开门,最后他们撞也会把大门撞开的。

时间在惊恐不安中流逝。半夜下起了雨,并且雨越下越大。

有人从窗户、门缝往外瞅,借着闪电的光亮,发现无数武装的兵坐在屋檐下,蹲在稻田里,任雨淋着,并没有要冒犯老百姓的意思。这大出人们的意外!

湾里的人开始悄悄议论起来。这是亘古未有的事,是湾里无论多大年纪的人都没有见过的事。事情太蹊跷了!人们无法判断,无法作出决定。但朴素的农民宅心仁厚,看着当兵的人被雨淋着,总是于心不忍。既然他们纪律严明,秋毫无犯,连湾都不进,就不会有害人之心,做出害人之事;既然他们宁愿自己淋雨受寒,不来惊扰百姓,就必定是好人无疑。这种简单的推理,人们还是会的。于是就推举几个胆子大的年轻人悄悄溜出去,去看个究竟,看到底是怎么回事。"侦察"

的结果,又令大家大吃一惊:今夜来的不是土匪,不是前一阵子抢东西的国民党中央军,而是人民解放军!解放军的指挥官在给战士训话,说,最近老百姓见兵见怕了,一时不欢迎我们,不愿意开门,是可以理解的,我们宁愿自己受点苦,也不要去惊扰他们,要遵守纪律,一切等天亮再说。

消息迅速传开!最先打着灯笼到老屋新屋来喊门的是挨着湾前水塘住的义龙五爷,他家最靠稻田,窗户里看解放军看得最清楚。义龙五爷薄有家产,又粗通文墨,在湾里算得数一数二的人物。他大声喊,请开门,不用怕,是解放军来了!话里没有半点惊惶。

解放军,是不是红军?是不是八路?人们好像听人说起过,但从来没有人见过。

前些日子,中央军抢了五爷家不少东西,他恨得直跺脚骂娘,也怕兵怕得厉害,一说兵,脸色就变了。如今这会儿他主动出来叫大家开门,这肯定不同以往,没有了危险。于是,"吱呀"、"吱呀"的声音响起,一扇扇大门相继打开了,接着一盏盏油灯纷纷亮了起来,一个个灶膛都燃起了柴火。

解放军的这一手,是最聪明的一手,是最好的布告,最好的动员,最好的宣传。

不管是穷人还是富人,一种朴素的热情迅速燃烧起来。雨中待命的解放军迅速转移到了各家的厅屋里,男男女女又迅速给厅屋铺上干燥的稻草,为解放军打起了地铺。妇女们在自家的灶膛前,为解放军烤淋湿了的衣服。

神奇得令人目不暇接,令人无法想象。老百姓世世代代对兵的恐惧,多日里积累的对兵的怨恨,竟然在那么短的时间里消失净尽!

天亮后,解放军自动去挑水,主动打扫卫生。他们待人和善,买粮食、蔬菜和鱼肉,当场给银圆和铜板,没有银圆铜板,就打欠条,说将来可用这欠条到政府去兑钱。

一切都很新鲜,一切都与以往迥然不同。这个秋季,老百姓的脸上第一次露出了笑容。笑容和灶膛里的火苗一起燃烧。

没有欢迎的标语、口号,这笑容就是最好的标语和口号。

解放军埋锅造饭,在附近的山上挖掩体,架机关枪。从我们湘中经过的是第四野战军的主力十二兵团所属的第四十军、四十一军和四十五军,他们是从东北一路打过来的,大多数人是北方侉子。他们用冬瓜、红薯和猪肉一起乱炖,我们那儿的人见了都笑个不止,湖南人是第一次见人这么吃猪肉的。

我是第一次这么近距离接触兵。国民党中央军虽然进过湾来,但我躲起来了,没有亲眼看见;我第一次亲耳听见人说北方话,觉得很好听,很受用,讲究字眼,胜过我们的土话;我第一次看见枪,混得熟了,我还大胆地抚摸了解放军战士的步枪、连长的手枪和架在山头的机关枪。我那时已经初小毕业,多少有了一点知识,能和解放军战士说话交流了。虽然解放军在湾里只住了三天,我觉得自己的眼界开阔了许多。

附近各个湾里都住满了解放军,大部队是在这一带集结休整。出发时,浩浩荡荡的大军在离我们湾一里多远的大路上连续过了三天,队伍中有的骡马驮着辎重武器,也有高头大马上骑着指挥官的。人们猜测,这么多部队经过,肯定有一场大仗要打。部队从宁乡、娄底而来，向青树坪、永丰、白果市方向而去，要寻机与白崇禧的主力决战。果然，不久在青树坪、灵官殿等地不断传来打仗的消息。几十万人投入了战斗，军史上称此役为衡宝战役。

骑白马的人

　　湖南全境解放，国民党部队溃散南逃，只剩下湘西一带的土匪武装在负隅顽抗，解放军的47军在剿匪，那儿离我们比较远。我们那里的龙山，也有以陈光中、唐少恒为首的小股土匪出没，1951年，涟源县的民兵配合解放军，一举将其歼灭了。偶尔听说有人打信号弹，说是美蒋特务在闹事，但事后没有抓到人。天下大势已定，即使有几条泥鳅，也掀不起什么大浪来，老百姓的生活总算一天比一天安定下来。

　　新中国成立了，生活有了一种全新的感觉。乡里成立了政府，我父亲在乡政府当文秘。那时的乡政府，一个乡长，一个治安员，一个文秘，仨人，最初拿的津贴也不是钱，而是粮食。现在可了不得了，一个乡，五大班子，各色人等，总共加起来，领薪饷的有百几十号人。

　　湾里人感到变化最大也最令人兴奋的一件事是，1950年春天的某天，一个清风和煦，鲜花盛开，天气晴和的日子，往日教书的喻军骑着一匹大白马回湾里来了！

　　老远老远，就看见一个人骑着一匹白马，扬鬃奋蹄，从东边的鲢嘴石那个方向飞驰过来，有认得的，就喊：知非回来了！知非回来了！

喻军原名喻知非，喻军这名字是他自己取的。他的年龄和我父亲差不多，但论辈分，我得喊他爷爷。他家和我家是邻居，共一个厅屋。

他不是在白鹭湾的陶龛学校教书吗，怎么骑着白马回来了？解放前，陶龛学校在我们那里是一所很有名的学校，在涟水边上的白鹭湾，方圆几十里都知道，据说现在在美国和加拿大都有这个学校的校友会。

人们没有想到的是，往日那个从小就爱搞恶作剧的调皮鬼，那个讲话慢条斯理极文弱的白面书生，那个喜欢咬文嚼字的教书匠，我家的邻居，竟然是个早在1938年就参加了共产党的地下党员！

湾里的人慢慢知道，不仅他是共产党，雷全洲的刘白崇也是共产党，儒家冲官僚地主刘蓉的曾孙灵吉先生也是共产党！这些人都是富人家的子弟啊！富家子弟都造反了，代表地主资本家的国民党政权怎能不垮！年纪大的人都记得，大革命时期，湘乡县的农民协会会员超过十万人，遍地都是红帽子。民国十六年，也就是1927年，一夜之间，风云突变，无数共产党人人头落地。短短二十三年之后，共产党人又钻了出来，遍地都是！共产党是韭菜，割了又长，长得青草绿叶一般。老实巴交的农民没有想到，真是没有想到啊！

人们更没有想到的是，教书先生喻知非骑着白马进湾了，他如今当了湘乡县八区的区长，区政府就设在40里外的谷水镇。

一个骑着白马的官，共产党的官，胸前斜勒着皮带，拤着手枪，虽然说话还是过去慢条斯理的模样，但显然有了几分威严,有了几分让人见了就生出的敬重。湾里人感到高兴,感到荣耀。区长有多大,人们搞不清,但这是湾里祖祖辈辈第一个骑马挎枪的官!几十年前,新屋的寄斋十爷也骑过马,但他不是官,也没有挎过枪!

喻军骑着白马回来过几次。那时没有走后门一说,左邻右舍也没想到要沾点光,唯一的例外是上湾里汉楼十二爷的二儿子志和,他念过中学,又年轻,被族房里的这位区长擢拔出来,送到了俄文培训班学习,后来去了苏联留学,再后来,回国到一家军工企业当工程师、总工程师。

喻军原来的妻子犯哮喘病,他们结婚后感情就一直不太好。解放了,他在婚姻上也得解放一次,尽管他们有个女儿,那女的不愿意离婚,但最后还是离了。他后来的女人是教书时一个同事的妹妹,姓杨,也是个地下党员,当然是志同道合。遗憾的是,这位杨小姐不能生育,为这事,她看过不少医生,吃过不少药,夫妻间也生过矛盾,惹出了不少烦恼,后来年纪大了,不得不抱养喻军妹妹的儿子。两个人都是书呆子,带孩子闹出了许多笑话,怕孩子晚上蹬被子,就用绳子把孩子双腿捆起来;怕孩子出去惹祸,就把儿子锁在屋里。但越怕出事越出事。这个儿子长大了还就是不太争气,进过拘留所,给他们添了不少麻烦。

喻军一生最风光的日子是骑白马的时候。解放后的天是晴朗的天,书生从政,春风得意。

但这样的日子并不长。后来他调到湖南省党校当科长,以后就一直晦气不断。他家的成分是小土地出租,属于剥削阶级一类,在阶级斗争的年代,这成分首先就使他腰杆子不硬。他自小好习书画,小知识分子气味很浓,这也使他在每次政治风浪中，无可避免地要沾点边儿，不是弄湿衣服，就得弄湿鞋子。

1957年反右斗争，他虽然没有被定为右派分子，但一顶中右的帽子，就让他一辈子抬不起头，也翻不过身来。三年困难时期，他下放到了冷水滩，也就是现在的永州，一待就是好几年。后来又调到湘潭电机厂当科长，再后来又调到邵阳一个机械厂当科长，反正是地方越来越差，权力越来越小。一个"三八式"的老干部，又是知识分子，当一个一般厂子的科长，当然是走麦城了。我认识的一些部队的"三八式"老干部，即使曾经是马夫，是炊事员，最不济也弄个团级干部当当。

中国知识分子中的地下党员，当年满腔热血参加革命，又满腔热情迎接新中国的诞生，没想到，他们中的大多数，最后都成了革命斗争的对象。在无休无止的政治运动中，他们忍辱负重，小心谨慎，如履薄冰。知识分子，在当年的政治气候下，除非你是寒蝉，除非你是庸人，除非你没有自己的头脑和个性，否则，你就难逃厄运。

喻军的遭遇，湾里很少有人知道，还以为他在外面当大官，好着呢。他夫妻两人工资级别不低，生活确实比普通老百姓要好许多，人们对他还羡慕着哩。对一个极重面子的知识分子来说，喻军从来不对湾里的人说自己的情况，湾里人还保留他骑白马回家时的印象。但我去过湘潭电机厂，也去过邵阳干休所，看他的精神状态，他的居住条件，凭着我对知识分子的了解，不用问，他的情况，我能猜出个八九不离十。像他那样清高自守的知识分子，在当时的中国，没有坎坷，能够善终的，几乎很少。喻军岂能例外！

一个偶然的机会,我们互相谈心,他不得不露出一丝苦笑,说道:这就是时也,运也,命也。

晚年他在邵阳离休,落实政策,下了个括弧里写着"享受副市级待遇"的任职命令,虽然太晚了,但总算得到些许的安慰。

喻军一生小气,虽然也是个官,但从小在农村长大,骨子里还保留着农民的习性,勤劳、节俭,有时几近吝啬,是典型的农民式的知识分子。他从娄底市内到涟源钢铁厂去,将近十华里路程,又下着雨,我弟弟劝他坐公共汽车去,他却坚持要步行,要省下那份车钱。一次到我老家来,正赶上我的侄儿出生后满月,他掏出了二十元钱"挂红",还用商榷的口气问我娘:"这礼数差不多吧?"我母亲说:"够了,够了,你这太爷爷的礼数已经很重了!"1970年秋天,我和妻子到湘潭电机厂去看他,一天我陪他上街买菜,一斤苋菜,菜贩要价七分,他却只肯出六分,为了这一分钱,他和菜贩讨价还价了几分钟。我站在旁边,见他这种斤斤计较的劲儿,摇头不已。

他在邵阳党校干休所居住期间,常给我写信。他说党校空地很多,自己开了几片自留地,种了许多蔬菜,其中有多少南瓜和丝瓜,还喂了许多鸡,鸡下了多少蛋,说蔬菜和鸡蛋自家都吃不完,经常送给别人。他说他每天在地里干活,担粪水浇蔬菜,既劳动锻炼了身体,又有收获。他很得意,很满足,其乐融融。

喻军活到了八十岁。去世前,他让儿子租了一部车子,从邵阳开到春溪湾。此时,他坐在轮椅上,已不能言语,但心里很明白,他用深情的目光看了看那山,那水,那湾,用这种方式，向生养自己的土地告别。

他死后，我两个弟弟都去邵阳吊唁。事后，他们告诉我，丧事办得很隆重，他的遗体上覆盖着党旗，周围摆满了鲜花和挽幛，连省政府、省委组织部都送了花圈。当地官员说，到他死时，整个邵阳市"三八"式的干部就仅剩下两个人了，他是其中之一，对这样的老干部，丧仪自然不敢马虎。

生前寂寂，无人重视，死后享受哀荣和盛誉，受到许多廉价的赞颂。许多老干部大都是这样，这也算是一种中国特色吧。

可我对这个没多大兴趣。生前门庭冷落，无人问津，死后高调评价何用？人死灯灭，任何的虚荣、高帽，对他都没有意义了。我仰慕的不是那个遗体上覆盖着党旗的喻军，而是当年那个英气勃勃、骑着白马回乡的人。

土地的魅力

毛泽东领导的革命，本质上是农民革命，也可以说是土地革命。他依靠的主要是农民，他能够给予的主要是土地。当时的中国是一个以农民为绝对主体的社会。农民靠什么？靠土地。农民最需要的是什么？是土地。共产党打土豪分田地，这一主张受到了广大农民的热烈欢迎，因而民意都倒向了共产党这一边。

农民世世代代靠土地吃饭，靠土地生存，在土里地里耕作，在土里地里刨食。

当时中国的大多数农民没有自己的土地，土地集中在地主手里。"耕者有其田"，是农民的梦想，也是历代无数仁人志士召唤群众的一面政治旗帜。毛泽东抓住了这面旗帜，又赶上了抗日战争后革命力量迅速壮大的有利形势，所以他领导的共产党成功了。

1950年秋，人们盼望已久的土地改革开始实行。

丁玲的长篇小说《太阳照在桑干河上》和周立波的长篇小说《暴风骤雨》，写的都是土地改革，可以作为这段历史的存照。光看这些书名，就能大体知道土改对于农民的意义，感受到农民的欢欣情绪,和土改过程中斗争的尖锐性。土改是从北方老解放区开始的,我们那儿解放晚,土改也晚。我所亲身感受的土改,在形式上与那些书里的土改没有什么不同。人们用木制的尺子量地,在地界上打桩,欢天喜地。

我家分得了五亩水田,还有几块旱土,还有一片山林。

爷爷干了一辈子,没有自己的土地,常常望着别人家的田土叹息不已,每见有人攒了足够的钱或谷子,托中人买地,喜气洋洋地拿到地契的时候,就眼热得不行。如今他站在田埂上,望着属于自家的水田,花白的胡须上,流淌的都是喜悦。

所有分到了土地的人都是这样。很多有了一把年纪、对土地渴望了许久许久的人,在夜深人静的月夜,悄悄地走到分到了自己门下的田边,捏着泥土流泪。

我家分得了"牛颈大丘"。这是一块祖上的公田,田的形状像一头牛,一头身子很大,一头细长,细长的部分很像牛的颈脖子。我家以前曾租种过这丘田。这丘田靠近溪边,上游坝上来的水可以自流灌溉,一年中光浇地就省去许多工夫。因为冬季田里也有水,常年沤着禾兜,可以自肥,又省去许多肥料。这是全湾人都眼热的好田,只要按季节耕种,不愁没有收成。分田后的一天夜里,爷爷兴奋得睡不着觉,咯咯笑着对我说:"孙宝,这丘祖上的大田,过去只有做梦想租种它,但做梦也没想到会成了自己家里的田了!"

土地不仅能长出庄稼,结出谷子,还能长出欢乐,长出笑声,长出梦想。

土地改革无疑是一项革命性的措施,它对于激发当时农民积极性的历史作用,是毋庸置疑的。它使共产党领导的革命有了政治的和人力的强大支撑。解放初期那几年,农民的积极性很高,社会安定,农业丰收,农民的日子确实过得比过去好了许多。

得到了土地的中国农民,对于政府的号召,几乎是一呼百应。以美国为首的西方国家不甘于在中国的失败,不甘于数万万东方的穷棒子落入了信仰马列主义的社会主义阵营,悍然发动了朝鲜战争。朝鲜战争,实质上是对中国的战争。帝国主义者想一下子把新中国扼杀在摇篮里。

一方是战争机器庞大、经济实力雄厚的美国(尽管名义上还有许多仆从国家,但主要是美国),一方是从长久战争灾难中刚刚诞生,国力非常薄弱的新中国(尽管背后有苏联,还有朝鲜,但主要是中国)。但中国敢于应战,敢于派出几十万大军,"雄赳赳,气昂昂,跨过鸭绿江",和美帝国主义硬碰硬。这除了当时中国共产党的领导人有一股不怕鬼、不信邪的精神以外,最主要的还是得益于数万万中国农民保卫胜利果实,也就是保卫土地的旺盛热情和坚定决心。

这热情,这决心,可以成为飓风,锐不可当,所向无敌。

"抗美援朝,保家卫国!"这个口号不是刷在大街的墙上,而是写在人民的心上。

人民不愿意让获得的土地再回到地主手里,不愿意再变成没有土地的穷光蛋。他们中的绝大多数人,虽然看不清这是世界上两个阵营、两种制度的决斗这个本质,但他们对眼前自身的利害关系却非常明白。他们愤怒了,决心保卫新生的阳光,和刚刚到手的热腾腾的土地。

到处是敲锣打鼓,欢送子弟参军的热闹场面。那些热血青年,并不知道朝鲜在哪里,三八线在哪里,只知道在很远的地方,只知道是和美国鬼子打仗。但他们愿意去战斗,愿意去流血。

  我父亲虽然已经是三十好几的人了,有了好几个孩子,但他也报名参军,我爷爷支持,母亲也支持。为了土地,为了新时代的新生活,他们觉得报名参军,责无旁贷,义无反顾。只是后来因为报名人数太多,我父亲年龄偏大,又是独子,才没有去成,为此,父亲还在乡政府闹了一通情绪。

  土地,土地,在当时以农民为主体的中国,确实充满了魅力,它是人们的命根子,也是人们力量的源泉。

土地的代价

农民在获得了土地的同时，整个社会也付出了沉重的代价。这个事实，或者说这个道理，在很长的时间里，很少有人去探究，随着土地改革渐渐成为历史，人们才渐渐有所明白。

土地改革，首先是划成份。一个湾里，一夜之间，几十户人家，分成了地主、破落地主、富农、小土地出租、中农、下中农、贫农等不同阶层。我家没有自己的土地，是佃种地主的地，按政策划为下中农。

湾里最大的地主是希老倌家，他家大约有五十亩水田，还有不少旱土。希老倌是个瞎子，半点光都看不见。他的勤劳是出了名的。他有一种本事是令全湾的人匪夷所思的，他常常扛着一把耙头，挂着一根拐棍，能从家里出发，走到塘坎畲自家的地里。家与地之间，隔着一条大川，还有一条春溪河，河上要经过一座木桥。窄窄的木桥，窄窄的田埂，他居然能来去自由，不会掉到河里，不会摔到坎下。他分得清哪块地是自家的，哪块地是别人家的，用耙头挖自家的地从不越界。望着他的背影，我常常想，这个老倌子的心里一定有一张地图——当然，这张地图是他用心和生命，一寸寸、一步步绘制的。从我知事起,就见他尽管年岁已高,仍是拄着拐杖,荷着锄头,早出晚归。

希老太婆的节俭是出了名的,节俭到吝啬的地步。儿媳妇往菜锅里放了两片肥肉片子当油,她就在旁边直皱眉头:"啧啧,放一片还不够吗?放两片肥肉,真是大手大脚!"儿媳妇不满说:"你也不看看,家里有多少人,一锅菜有多少,两片肥肉片,哪就多了呢!"他们家冬天吃稀饭的时候多,而且吃的是红薯米稀饭。粮食应该是足够他们自己吃的,她那么节省,目的只有一个,就是为了买地,她需要更多的地,旺家发财,传给子孙。

因为有地,按政策,这样的人家理所当然成了地主。有时候,我想起这户我们湾里最大的地主,这户冬天靠吃红薯稀饭过日子的地主,就只觉得他们当这样的地主当得太不值、太窝囊、太可怜。

不值也罢,窝囊也罢,可怜也罢,他们是地主,是斗争的对象,是专政的对象。

划分成份,一个湾里的人,被分成了不同的等级。不管男女老少,也不管你是否如希老倌那样是个下苦力,并自食其力的瞎眼人,只要你拥有土地,雇佣过人力,出租过土地,就一律划进了剥削阶级队伍。

成份与人祸福相依,它写在你的档案里,从此你的任何一份个人表格都离不开它,成了你的生死簿。你的成份是贫农、下中农,你就根红苗正,是天生的革命者,你就有了优越感,有了一道护身的符,不怕任何风浪,在任何优惠的待遇面前,你都理所当然要向前站。你的成份是地主、富农,是剥削阶级,你就命中注定是敌人,是专政的对象,是每次政治运动中的被审查者,是阶级斗争的祭品。不管你长得是个人精似的,你成份不好,在人面前都要矮三分;不管你有多少学问,有多大本事,人家也不会信任你,重用你。

按土地多少划分阶级成份,在土改的当时,为了平均地权,也许是必须的;但作为一种政治身份,社会标签,就其延续三十多年的后果来看,影响并不好,甚至可以说非常恶劣。成份,把整个社会分裂了,心灵上的裂缝更深!人分三六九等,人与人之间筑起了藩篱,不再亲近,不再和谐。历史已经证明,这种做法是不好的,使人们用过多的精力来防范对方,消弭了相当一部分人的积极性,迟缓了社会生产力的发展。许多有才能的人,只因成份不好,就被埋没了,甚至人为地被扼杀了。许多真心相爱的青年男女,只因一方成份不好,硬是不批准结婚,生生地被拆散了。地主、富农成了一顶帽子,一个紧箍咒,随时都可以让你就范,随时都可以惩罚你。如果地主、富农本人曾经有过过错,你可以按法律办,给予惩治,但不能一概终身监外囚禁!即使地主、富农本人有错,年轻的子孙何辜,为什么要一并陪绑受罚?普天下的人,天生本应是平等的,等级制是对人性的扭曲,是对人的尊严的冒犯。

土改中,与分田分地同时进行的一项重要工作,就是打土豪,斗地主。历史剧变,土豪、地主当然不会在一夜之间转过弯来,拱手把自家祖祖辈辈积攒下来的财富送给别人,当时就有人转移财产,把银圆藏在坛子里,埋在别人不知道的地方。针对这种情况,采取适当的手段,杀杀地主土豪的威风,让没有土地的农民能顺利地得到土地,分得财富,是可以的。十月革命时,列宁领导的共产党是把沙俄的地主贵族扫地出门,流放到西伯利亚去。那样倒也干脆,避免了农民与地主贵族的矛盾。中国不行。中国人多，地主也多，中国没有西伯利亚那么广大空旷的地方可以容纳这些人。即使地主富农想逃亡，你也无处可逃。于是，在那个年代，即使苏联是先驱，是样板，也无法照苏联老大哥的办法办，只好留在当地解决。

于是麻烦就来了。现在的中国，上头的政策，一到下面就变了样，何况当时刚刚解放！当时中国的农民大都没有文化，其中也有懒汉，也有流氓无产者。他们不能全面理解党的政策，"打土豪，斗地主"，凭他们当时的水平，听进耳朵里的只有一个"打"字，一个"斗"字。他们能够在这两个字上花样翻新，发挥无穷的智慧，表现出超常的积极性。对待地主土豪的态度，其憎恨程度，往往成了衡量一个农民"革命性"的标尺。戴高帽游街，把人用笋索捆起来，"吊半边猪"，坐老虎凳，灌辣椒水，国民党用来对付共产党的那一套，许多翻身的农民用起来也得心应手。在广大的乡村里，发生了红色恐怖，发生了本可以不发生的血腥的一幕。上木冲的一户财主，只因藏了浮财，不愿交出来，被用劈柴活活打死了。后来知道，它只不过藏了一百块银圆。一百块银圆就丧了一条命！希老倌的儿子勋生，在娄底被枪毙了，人们私下里说，他虽然当过保长，办过错事，但人还算正派，大人小孩都喜欢他，他怎么会罪重至死呢？曾经打着灯笼带着解放军进湾的义龙五爷，也被用绳子吊起来打死了。

不时传来谁谁被打死斗死的消息。大多数农民，那些有恻隐之心的人，公开里不敢说，但私下里总发出唏嘘之叹。

应历史的邀请，中国共产党用暴力手段推翻了国民党旧政权，但我们决不能无节制地使用暴力，那样做，效果会适得其反，而且会自毁形象。共产党人最终的目标是要建立一个民主、均富、和谐的社会，这也是全人类的目标。

这种过头的事终于被中央发现了。1950年冬天的一个晚上，担任乡政府文秘的父亲心里忐忑不安。因为按原来的计划，儒家冲的刘光甫就过不去今夜。儒家冲是刘蓉的旧宅。刘蓉是曾国藩的幕僚，一块儿打过太平天国，后来当过陕西巡抚，也和曾家有秦晋之好，是曾纪泽的岳父，属于官僚地主。刘光甫是刘蓉的孙子，是中共地下党员刘灵吉的父亲。刘光甫是个医生，医术不错，在方圆十几里内，很有名气。有一年，八月十五，我们几个小孩去"偷秋"，摘邻居家的柚子，我翻墙时摔伤了膝盖，父母用箩筐把我抬到刘医生家，刘医生用草药给治好了，我父母感谢不尽。农村缺少医生，这样的好医生要是被打死了，岂不太可惜了。天下起了大雨，冷风飕飕。这一夜，对于刘医生来说，是鬼门关。就在我父亲忐忑不安中，上级来了紧急通知，禁止再用暴力手段打死人。父亲接到这个通知，如像接到一道赦令，他立即打着火把，踏着泥泞，冒雨赶赴那斗争的现场，终于棍下留人，救出了一条性命！

土地改革中，中国到底打死了多少人，没有公布过，我相信那不是一个小数目。为了获得土地和财富，难道我们要以别人的生命为代价吗？土地革命，土地还家，是为了实现社会公平，难道把地主打死了，把土豪打死了，就是真正的社会公平吗？

如今已经进入商品经济时代，在农村，土地已逐渐失去魅力。农民光靠种田，只能勉强维持生活，想迈上一个台阶，进入小康就难了。过去那么多人围着土坷垃转，种出的粮食总是不够吃,如今种田的人少了,粮食反而吃不完。土地上容纳不了那么多劳动力,湾里大多数年轻人都奔广东打工去了,许多分给自己的土地,要么交给别人种,要么干脆撂荒。2005年的"五一"劳动节,我领着女儿、儿子和儿媳去韶山参观,整个韶山冲就没有一丘田是栽上了稻子的,全部撂荒,长上了乱草。"喜看稻菽千重浪,遍地英雄下夕烟"的景象不见了。所有的人都去开饭馆,搞旅游了。如此冷淡土地,疏远土地,如果毛泽东地下有知,不知会做何感想!这位从韶山冲走出,靠农民起家,一生关注农民,关注土地的伟人,他做梦也不曾预想到情况会是这样!土地重要性的逐渐淡出,农业经济在国民经济中比重的逐渐下降,农村人口的逐年减少,无疑是一种社会进步。"民以食为天"这话不错,但解决吃饭问题,不仅要靠土地,靠人,更要靠政策,靠科学。如何使依然贫穷的、对土地渐渐失去兴趣的农民,重新和共产党亲热起来,再成为共产党的支撑力量,是现在执政者面临的一个重要问题。

但是,不管时势如何变迁,我们脚下的土地还在,它还是我们生存的根。现在中国的社会主义还剩下什么?最主要的标志是,还有土地,土地还属于国家所有。我们不应该忘记的是,我们曾经如此痴迷土地,渴望土地公平而进行了轰轰烈烈的土地改革,我们为土地付出过沉重的代价。

树的咏叹

在我小时候的记忆里，不管是哪个湾，哪条冲，都有自己的屋场树。高大葳蕤，绿叶婆娑，华盖盈亩。它们大都有几百年的高龄，像一群经历沧桑又精神矍铄的长者，守护着人们，为人们遮风挡雨。

我家东边有棵枫树，正对着窗户，我每天起床就能看见它，初升的太阳那柔亮晃眼的金丝，就是从那油绿的枝叶间穿透过来的。树上有个喜鹊窝，那可是喜鹊的老宅子了，从我记事起就有，窝越搭越大，子孙满堂，喳喳声不绝于耳。在我的印象里，喜鹊是鸟类中最喜欢接近人类的一种鸟，大山中那么多树，但你几乎发现不了一个喜鹊窝，它们总是把自己的家建在房前屋后，或者路旁的树上，它们喜欢红尘，喜欢人烟，喜欢与人类毗邻而居，要一起分享这世界的繁华。

小时候，每天早晨，总是那群吱吱喳喳的喜鹊把我叫醒。我喜欢看它们翼展蓝天的倩影，喜欢它们无忧无虑的样子，喜欢看它们站在树枝上尾翎一翘一翘搔首弄姿的青春形象，喜欢听它们清亮且充满吉祥的歌唱。喜鹊，论形象，论歌声，在大自然的鸟类中只算得三流演员，算不得大腕，比不上金丝雀，比不上画眉鸟，声音有些单调，而且有点过于热情，过于卖弄。它们是"乡村乐队"，是专门表演给农民看的。它们的吱吱喳喳，带来喜庆，使我们快乐，使我们的生活不至于冷寂。

屋后是竹林。苏东坡"宁可食无肉，不可居无竹"，这嗜好也传染给我。首先是它们的青翠，四季不减，绿得你心情愉快，特别是雨后，绿得你心里湿淋淋的。其次是它们劲节坚挺的风骨，让你景仰。再次是它们在风中的吟唱，犹如琴瑟。还有它们的姿容，特别是冬季的下雪天，它们一袭素衣，像一群婀娜多姿、迎风起舞的美人。

从我睁开眼睛看这个世界的时候起，整个湾依山的一面几乎全是树，绿树与房屋依偎着，簇拥着，成为一种遮挡，一种风景，使那些玄瓦黄墙有了声音，有了动感，有了生命的气息。

我们那儿属半山区，龙山山脉从西逶迤而来，连绵不断。抬头就是山，就是苍茏的风景。儒家垴上的成片成片的大树，成了我追问时间的路标；黄土垄铁干虬枝的古树，常常成为我追忆历史的证据；大牌上山葱郁的林子，是我们童年捡拾干柴、采摘野果的快乐场所。树，林子，对我有一种与生俱来的亲切感。

树是鸟的家。我喜欢看白鹭从林间的窝巢飞出，翱翔于清冷的天空，到水田里觅食；我喜欢布谷鸟热情的歌唱，使农人在繁忙的五月里更充满激情；我喜欢斑鸠在林间跳来飞去，一副活泼可爱的模样；我喜欢野鸽子从岩穴结阵而出，绿色的树梢上面开出娇美的花朵。

遗憾的是，在解放以后的岁月里，那些与我们的祖先在一起生活了几十年，甚至几百年了的古树和林子，渐渐地萎缩了，销蚀了，撤退了。

刚刚分到土地和山林的农民兴高采烈。那么高大的树木属于自己的了，那么葱郁的林子属于自己的了。他们盘算良久之后，就毫不犹豫地拿起了斧子，拿起了锯子。他们把大树伐倒之后，再锯成板子，然后或者盖房子，或者卖钱。我父亲把属于自家山林里的树锯成了很多的板子。望着这些散发着松木香味的板子，他有些得意，有些快乐，他知道，这些板子从新边港装船运到长沙，可以换成钱，使自己的家底稍稍厚实些，家里孩子多，经济困难，它需要钱。不只我父亲是这样，许多人家都是这样，都有这种想法。那些不能锯板子的杂木，人们就烧木炭。解放初那几年，烧木炭的风气很盛，山林里到处都在冒烟。这种积极性的背后，无疑还是因为贫穷，木炭可以卖钱，是当时解决山村贫穷方子里的一味常用的药。

我们很久都对森林的萎缩、销蚀和撤退麻木不仁，没有意识到森林的重要性，没有意识到森林是人类的朋友，是人类的保护神。农民的目光确实有些短浅，他们看不到山外的事物，不虑及十年、二十年后的情况，更管不了世界的变化。他们唯一关心的是自己的锅，自己的柴米，自己的房子，自己的温饱。当他们一旦醒悟的时候，灾难却已经发生了，毁掉的生命不再存在，几十年、几百年的生命无可挽回。水土流失，灾害频仍，我们付出的代价太沉重了。

土改之后，继而又是1958年的大炼钢铁，连房梁楼板都扔进土炉子，哪里还顾得及山上的树木！如此这般，劫难不已，加上几乎所有的家庭生火做饭的燃料都取自山上，砍光了树，再挖树兜，附近山林几乎都剃了光头，成了真正的荒山。以致后来，老百姓要在山上找个做镰刀把的小树都难。

年长的树们，陪伴了我们一辈又一辈的先人，它们和我们的先人一起在这方土地上成长，是他们的朋友。一年四季，人们在它们下面躲过风雨；炎炎夏日，它们撑开巨大的绿伞，给人们以荫凉；附近村民中的许多传说与树有关，这些传说让人们的心灵连接古远。它们走了，在刀斧下走了，在烈火中走了。没有遗言，没有悼词，没有坟墓，连一张照片都没留下！

曾经是那么蓊郁的生命，那么强大的灵魂，在数年之间就消失得无影无踪。

树倒了，那些分泌的树脂，不，那是汩汩流淌的血和泪水！它们燃烧起来，依然可以看见激烈的愤怒！

当我和现在的年轻人谈起那时的大树林子时，他们显得陌生，惊讶，茫然。

大树们走了，什么也没留下，唯一留下的是灾难。荒山上开出梯土，滂沱大雨一来，泥水奔涌，就划出许多深深的雨裂沟。这些沟壑，就成了大地母亲脸上苍老的皱纹！

有一天，一只失去山林庇护的黄麂子，误入了平野，落荒而逃。村民们吆喝着，追赶着，最后，在河边，那只麂子，死在了一个壮汉的铁耙之下！无助，任人宰割。一个生命结束了，鲜血淋漓！村民们兴奋得额手称庆。人们根本没有意识到，这麂子的悲剧，也是人类自身的悲剧！

灾难是人类最严厉的老师！

"文革"以后，痛定思痛，才有了植树造林、封山育林之举。由于经济的发展，农村燃料结构也发生了根本性的改变,不再烧柴了,一律改为烧煤,许多家庭还使用上了煤气罐。经过三十多年的努力,如今周围的山岭总算葱绿了。当年我亲眼看着弟弟栽的松树苗,如今都已立地顶天,拥挤成林了。

我认为农村的变化,不只是粮食的增长,收入的增加,更重要的是人们心灵的变化,他们对人与自然关系的觉醒。如今人们已经开始普遍关注自己的生存环境,关注山上的每一棵树。所有家庭承包的山地,再没有荒的了。遇有盗伐树木的人,他们会立马干涉,甚至举报。清明上坟,人们会互相提醒,不要引燃山火。这种觉醒才真正是革命性的,划时代的,是社会文明的进步与提升。有了这种觉醒,我们及其子孙,才不会再犯我们曾经犯过的那种低级的愚蠢的错误。

有了林子,鸟来了,兔子来了,麂子来了,猴面猫头鹰来了,连野猪也来了。当地政府不得不颁布政令,收缴猎枪,禁止捕杀野生动物。

我们转了一圈,又回到了原来的地方。只可惜那些百年古树、稀世佳木,是再也回不来了,见不到了。

在一定意义上说,森林是一方土地的灵气所在。

2005年的初夏,我回家乡,专门上了一趟后山和儒家垴。我走在藤萝缠脚的山道上,穿行在密不透风的新树林子里,感受到了新鲜空气的甜美,鸟儿鸣唱的欢悦。当一只野兔从我的脚边蹿过,当一对羽毛缤纷的野鸡,"咯咯咯"地欢叫着,从灌木丛中扑棱棱飞起,我一时竟惊喜得怦然心动,热泪盈眶。

虎 殇

"别哭了,别闹了!你再哭,你再闹,老虎来了!"

这是经常挂在湾里老人或中年人嘴上的一句话。

如果谁家的孩子调皮捣蛋,不听话,胡闹,大人说服不了时,就会用这样的话吓唬孩子。

听到这样的话,孩子准会把嘴闭上,不哭了,也不闹了。

解放前,在我们老家,这可不是一句虚声恫吓的话,不是说着玩的。老家处于湘中龙山余脉,离村一里多地就是山,山高林密,经常有老虎出没。每一片林子都编写过关于老虎的故事。每当天黑下来,大人就会叮嘱孩子,快回屋去,不要随便在外玩耍,别让老虎叼了去!

老虎就在你的身边,就在你的日常生活里,是一个实实在在可以感觉到的威胁,说不定某一天会突然出现在你的面前。老虎与你的精神有关,与你的忧乐有关。

1949年,上木冲一猎户,在大牌上山用双铳猎枪打死了一只老虎。按传统,打死老虎是一个猎户一生至高的荣誉。附近的村民赶去看了,我也赶去看了。那不是站在画里的老虎,不是站在传说里的老虎,而是一只几个小时前还在山林里奔跑咆哮的真老虎！体重三百多斤的老虎放在一张大桌子上，被高高地架了起来，虎口被支开了，露出了两排尖利的牙齿。斑斓的皮毛，刚硬的虎须，虽然死了，但灵魂还在，威风还在。老虎这种动物，我无数次在动物园看过，在马戏团看过，但那些老虎都没有这只老虎给我的印象深刻，虽然它是一只死的。在它死之前，食过野兔，捕过山鹿，疾奔于林中，百兽闻风而逃，它是山君，是百兽之王，人们说起它来，充满了恐惧、神奇和敬畏。不像现在动物园里的老虎，徒具虚名，懒洋洋地躺在那里，驯顺得像只猫，一头现成的病牛都无法对付。

对老虎真实的恐惧，我是从二姨那里感受到的。二姨家的田靠近大牌上山，就在山边边上，因此房子也盖在那里，单门独户。她养了两头猪。1953年，森林锐减，虎患频频，饥饿的老虎到处寻找食物，不时传来谁家的猪、谁家的牛被老虎吃了的消息。我二姨家也不得安宁，老虎天天晚上围着她家的房子转。老虎当然是为猪而来。二姨夫妇俩带着一个孩子，不敢在楼下睡，躲到了楼上。可老虎不断走动，发出低沉的吼声，他们哪里能睡得着觉啊。白日里提心吊胆，天不黑就关门闭户，晚上更是吓得魂不守舍。每次二姨到我家来，就讲起老虎的事情，我在一边听，听得我毛骨悚然。这样的日子煎熬了他们半年，后来一看实在没法过下去了，在我外公的督促下，他们不得不舍去那几亩旱田，另盖新房，搬到庄户人较多的井冲去住。

我自己和老虎也有过间接的接触，可说是擦肩而过。1954年的秋末，我和一群小伙伴去大牌上山砍柴，在一处巴茅草浓密的地方，发现了一个茅草倒伏，周围磨得很光亮的"窝"。平时听老人说过，老虎怕树上的鸟儿拉屎掉在身上，皮肤糜烂,因此常在周围没有树的巴茅草里做窝。想到这,心里一惊。随即,在"窝"的旁边,发现了一堆野兽的粪便,还冒着热气。这不是普通野兽的粪便,一般野兽的粪便我见过,没有这么多,能拉这么多粪便的肯定是大家伙。"老虎就在附近!"我们几个小家伙很快明白过来,那些平常日子里积累的有关老虎的传闻和知识,在瞬间拼凑成了一幅可怖的图画。见了老虎怎么办?老虎吃人怎么办?这一吓不打紧,我们几乎是连滚带爬地奔出了山林。此后有很长一段时间,我们都不敢上山去砍柴。

1957年一天的早上,邻居教五太婆在扯开嗓子骂娘。她提着猪食去喂猪,发现猪的头上背上伤痕累累,鲜血淋漓。她怀疑是平日里关系不睦的邻居所为,故意在猪身上报复。她骂得很难听,骂声惊动了全湾的人。纷纷有人到她家猪栏前来看究竟。这是谁干的缺德事呢?为什么要这么干呢?议论纷纷,不得其解。教五太婆指桑骂槐,平时不睦的邻居听了心里不舒服,也不依不饶,双方就打起嘴仗来,吵得一塌糊涂。事情最后还是我母亲化解的,她怀疑凶手是老虎。她发现墙头上有老虎的爪印,老虎翻过墙头跳到菜地的爪印更深,更清晰,更明显,这爪印一直延续到后山。湾里有经验的老人都出来看,根据爪印的形状、大小,大家认为定是老虎无疑。

真相出来了,矛盾也自然解决了。

这是老虎最后的爪印。它以自己的四蹄在大地上写下了最后一行文字,以这样很无奈的方式向人类告别。从此,老虎消失得无影无踪,乡人们再也没有听到过有关老虎的消息。

在那阶级斗争的年月,人人自危,谁还有心思顾及老虎!

当人们稍得安宁，猛然回首，竟大吃一惊：短短几十年间，昔日互为邻居的老虎通通不见了，好像上帝统一把它们收走了一样。不仅我的家乡不见了老虎，整个华南，整个中国，都难觅华南虎的踪迹！

一个千万年来与人类相处的物种，就那么快地濒临绝灭；一代威风凛凛的百兽之王，生命竟是那样脆弱！

如今家乡的山重新返绿还青，有了老虎的居所；野兔多了，麂子来了，野猪繁殖了，有了老虎的食物。可是老虎没了，成了历史，成了传说，成了一朵缥缈的远去的云。

每次回乡，看到那山，那树，睹物思虎，不胜伤怀。虎之殇，也是国之殇，地球之殇，人类之殇！想到这威猛的动物竟然这样悄然离我们远去，你不能不有一种沉重的沧桑感，不能不有一种沉重的伤悼之情。

如今在动物园和动物豢养中心还幸存着为数不多的华南虎，它们是人类对这个物种最后的希望。人们正在对其进行野外生存训练，盼望他们有朝一日能重返森林，重返大自然。作为一个曾经与老虎共同生活在一片土地上的我们，衷心希望这种试验能够成功。我们曾经畏惧老虎，但老虎绝不是我们的敌人，即使是敌人，人类也不希望失去一个如此美丽又如此强大的对手。人类只有面对强大的对手，才能证明自己也是强大的。

痴情女子

"黑蛮回来了,黑蛮回来了!"

湾里人老远看见黑蛮从鲢嘴石那个方向走过来,后面跟着一个挑行李的脚夫,就在地坪上直叫喊。

黑蛮是小名,大名叫喻江楼,因为排行十五,所以人们又叫他江楼十五,叫他媳妇江楼十五嫂。

黑蛮在湾里算出类拔萃的人才,毕业于国防医学院。是他父亲甫峰六爷的骄傲。六爷常说他最得意的是两件事,一是有那么多儿女,二是有个好崽黑蛮。

甫峰六爷身子很硬朗,一生也走过不少江湖,娶过两房妻子。第二个妻子是四川人,给他生了男男女女九个孩子,大女儿还留在了四川。六爷七十岁那年,妻子还为他生了一对龙凤双胞胎。黑蛮也是这位四川妻子生的。

听说黑蛮回来了,一直在家侍候公婆的江楼十五嫂把扫地的扫把扔了,高兴得不知道是在家里等着好,还是出门去迎接好。

江楼十五嫂名叫杨嫦娥,老家是鼓堂湾,离我们湾只有几里路,她姐妹俩,一个嫁在春溪湾,一个嫁在河塘湾,中间就隔一条小溪，一座石拱桥。嫦娥的高兴只能藏在心里，没有过分地在脸上表现出来。自己的男人回来了，她能不高兴吗？他们结婚已经有几年了，可同在一起的日子没有几天。嫦娥喜欢黑蛮，但她知道，公公不喜欢她这个儿媳妇，黑蛮也不太喜欢她这个乡村女子。所以她在高兴的同时，也有几分忐忑不安。

甫峰六爷的不喜欢从她过门那天就开始了，不过开始那不是对她，而是对她的亲家。那天热热闹闹过门。六爷家门前有两个沟凼，那位亲家就揶揄道："这边一个坑，那边一个坑，到底往哪儿走嘛！"惹得很讲面子的甫峰六爷老大不高兴，并且把这种不悦迁怒到嫦娥身上。

加上嫦娥有些个性。丈夫在外，她不安心家务，一个人寂寞，就想出一个主意，要到牛颈坳开旅店。牛颈坳离家有十来里，公公甫峰六爷不同意，江楼也不同意，对她说："一升一口，七担二斗，我包你生活，你不要到外面去做事，一个单身女子在外面做事，我不放心。"但嫦娥性子拗，执意要去，这样就生出矛盾，生出不和。

甫峰六爷在男女的事情上自己很开明，但对自己的儿子却管得很严，一切都要听他的。他觉得自己为儿子定的这门亲事，是一生中一个最大的错误。他有过走南闯北的经历，对年轻人的心事很了解。儿子现在是国防医学院的毕业生，是军医官，娶个农村媳妇显然不般配。嫦娥虽然容貌还好，对公婆也孝顺，但文化很低，性子又这么倔强。儿子是要在外面做大事的，将来夫妻怎么在一起生活？他后悔了，有意要拆散这对夫妻。

嫦娥穿上了一身带花点的新布衣裳，天刚刚黑下来，她就用热水洗了脚，头发梳理了，脸上抹了点凡士林，打扮得比平时要鲜亮许多。

黑蛮对这位妻子是不冷不热。冷了，不合情理，怕邻里说闲话；热了，怕父亲不高兴。他对这门原先父母做主的婚事，本来就不是很满意，又不敢违逆，就采取不即不离的态度，回家时间很少，感情自然就不是很深了。

听说黑蛮回来了，毓湘大爷到甫峰六爷家串门，看见江楼十五嫂正在洗脚。湘大爷对甫峰六爷的脾性摸得很清，也知道黑蛮不太喜欢这个媳妇，平时又爱开个玩笑，趁江楼十五嫂倒洗脚水的时候，就悄声对她说："嫦娥，我看哪，你今天晚上这脚可能是白洗了。"

嫦娥听了，不说话，心里酸涩，泪水在眼眶里打转。

果然，事情被湘大爷说中了。到了睡觉的时候，黑蛮正要向媳妇的房间走去，耳边传来了父亲的声音："黑蛮，刚回来，很累的，今晚跟我睡！"

甫峰六爷的声音虽然不大，但听起来就像命令，很威严，不容商量，不容更改。黑蛮从小对父亲的话是绝对服从的。此时，他"唉"了一声，就转移方向，向父亲的房间走去。

嫦娥只好守着空房，还有寂寞和眼泪。

黑蛮回家来，虽然和嫦娥见面时说过几句话，也交给了她一包从上海带回的几件衣服、几样首饰的东西，但始终没有和她一起上过床。

她天天盼，夜夜盼，扳着指头数日子，盼过了冬天盼春天，盼过了春天盼夏天，盼过了夏天盼秋天，盼自己的男人回来，盼自己的丈夫回来，盼自己心爱的人回来，如今回来了，没想到会是这样！男人回来了，嫦娥在湾里的邻居面前还要装着笑脸，表示高兴。她只有暗自凄然，伤心，叹息，垂泪。

转眼探家的时间期满了。黑蛮要启程回上海。全家人吃了一顿丰盛的早餐以后，弟弟岳楼就挑着行李，送江楼出发了。戴着近视眼镜的黑蛮，和湾里的熟人打着招呼，算是告别。兄弟俩当天是走到街埠头落脚，歇上一夜，然后从那里坐船到长沙，再转道去上海。

嫦娥送走了丈夫，回到自己房间，立马收拾东西，准备好包袱和盘缠。她早就打定了主意，要跟丈夫走。她不能没有丈夫，不能守活寡，不能让自己的青春岁月，就这样不明不白地度过。

天黑下来了。趁家里人都不注意的时候，她遛出了湾，直奔街埠头方向而去。她知道黑蛮和岳楼必走街埠头，只有从那里才能坐船去长沙。她走得很快。这条路她熟，只有两个时辰，她就赶到了街埠头，在一家旅店住了下来。

街埠头本来地方就不大，总共也只有两家旅店。岳楼买好一包猪头肉往回走，从侧面看见一个人影闪进了隔壁的旅店里，从背影看，是她嫂子。他回屋告诉了哥哥，两人觉得大事不好。他们小心谨慎，不敢出门，不敢出声，生怕形迹被嫦娥发现。第二天天还没亮，黑蛮就悄悄地赶到河边，搭上早开的船走了。那时外出，没有别的交通工具，要么走路，要么坐轿，要么搭船。船是木船，不是专门载客的，运货为主，顺便载人。船行得很慢，要几天才能到长沙。当天上午，只慢了一个时辰，嫦娥也坐上了另一只去往长沙的船，紧随其后。

一个在前面走，一个在后面追。其实相隔很近，总是擦肩而过。一个从未出过远门的乡村女子，为了爱情，为了自己的青春，居然有那么大的胆量，居然什么都不管不顾，一路走湘江，下长江，奔上海。

黑蛮本以为把嫦娥摆脱掉了，他做梦也没有想到，这个弱小的女子会在后面一路追赶自己。

平时很有心计的嫦娥，从黑蛮写给家里的信中，记住了黑蛮工作的单位和地址。这个开过旅店的农村女子，在茫茫的大上海，她竟没费多大气力，就寻到了黑蛮工作的地方。

当黑蛮听说有人找他，一见面竟是嫦娥，当真是吃惊不小。自己的结发妻子，黑蛮没有理由不接待她，但又不愿意和她一块居住，就把嫦娥安顿在一个在飞机场工作的同乡人喻冠群家里。

嫦娥虽然找到了自己丈夫这个人，但没有找回自己丈夫的心。黑蛮是铁心不愿意和她一块儿过日子了。

嫦娥没有工作，黑蛮每月给她提供生活费。生活有了着落，但精神更空落了。她下了这么大的决心，付出了这么多的努力，终不见结果，终没有希望。嫦娥对自己的心上人彻底绝望了。她对自己和黑蛮之间的距离估计不足，总以为是公公婆婆从中作梗的缘故，总以为夫妻俩到了一块儿就一切都好了。现在看来，情况远远不是这样。嫦娥的精神垮了，再也支撑不下去了，神情渐渐恍惚起来。不久，这个千里追夫的女子，就得了抑郁症，终日郁郁寡欢，最后就寂然地死在了上海。

黑蛮后来作为医生，参加了中国人民志愿军。我小时候在湾里就看过他在朝鲜战场寄回的照片，一身戎装，很漂亮的。他转业后，分配在北京地质学院医务室工作。1963年，我军校毕业后到北京工作，作为亲房，和喻江楼有了联系，经常到他家去玩。论辈分，我叫黑蛮爷爷。黑蛮戴着金边眼镜，说话慢条斯理，典型的知识分子模样。他和他父亲一样，也娶了个四川女子，名叫罗菊英，很热情，很健谈，但个子很矮，论模样，绝不会在嫦娥之上。黑蛮和罗菊英有三个儿子。黑蛮平时话不多。我们有过许多有关乡里情况的交谈，但始终没有涉及他父亲，没有涉及自己以前的婚姻。

自从那次离家，二十多年间，黑蛮就再也没有回过老家。他老家有老母亲，有众多的兄弟姐妹，但他一次也没有回来看望过。1961年，湘黔铁路修通了，北京就有了直通老家的火车，来去挺方便的，但他宁可把母亲接到北京，自己也不回来。我想这与他原来的妻子有关。他怕接触那个痴情女子的故事，怕碰触那根伤痛的弦。站在道义的立场，他对嫦娥的死，不能说没有责任，他对一个年轻女子的悲剧命运，不能说不应该内疚，他无颜向乡邻和亲友交代。

文化大革命中，黑蛮没有被打倒，因为他毕竟有过当兵的历史，上过朝鲜战场，不是党员，也不是当权派，平时为人又很谨慎，不太惹人注意，而不管是哪一派的人，谁也离不开医生。但他还是受到了冲击，有一阵也靠边站了。学院乱哄哄的，为了给自己找点事干，1968年，他主动申请去湖北江陵防治血吸虫病，不幸，因脑溢血，倒在了自己的工作岗位上。

黑蛮的骨灰送回了老家，就埋在后山上。湾里人对黑蛮的去世，表示惋惜。我母亲在谈及黑蛮的时候说，嫦娥其实是个很好的女子，我们很谈得来，她太爱黑蛮了，才追到上海去的，如果当时黑蛮对她好一点，相信她是不会死的。我母亲感慨道："人的命，真是一言难尽哩。"

文学启蒙

1951年,我升入了高小。学校就在官僚地主刘蓉的老宅子儒家冲。

刘蓉家是书香门第。刘蓉字孟容,号霞仙,附近乡民都称呼他霞仙大人。刘蓉和曾国藩是好友,一起在湘乡读过书,后来做过曾国藩的幕僚,当过陕西巡抚,又是曾纪泽的岳父,曾刘两家是翁亲,在我们那儿,儒家冲是大户人家。

刘宅建在一个山包上,周围是高高的围墙,东西两边有水塘。围墙内挤满了翠竹和古树。房子是典型的明清建筑,一色的砖石结构,东边大门外有长长的石阶,有牌坊和廊柱。白色的山墙上有高高的檐翘,显得宁静而古朴。刘蓉家宅又名"养晦堂"。他自幼好文,是晚清著名的散文家,有《养晦堂文集》传世。比我年长的雅文先生,幼年时和我一起放牛,一起唱山歌,他是我的牧友。他也喜欢读书,他说他见过这本《养晦堂文集》,上面有曾国藩写的题记《养晦堂记》。曾国藩说:"恶卑而就高,恶贫而觊富,恶寂寂而思赫赫之名。此世人之恒情。而凡民之中有君子人者,率常终身幽默,暗然退藏。"曾国藩通过这篇题记,阐发了生与死、荣与枯、进与退、得与失的人生哲理。他说好友刘蓉"终身幽默，暗然退藏"，"湛默而严恭，好道而寡欲"，"自得于中，而外无所求"。这无疑都是"君子之道"。在曾国藩眼里，刘蓉是一个不事张扬、清高自守的君子。按时下风气推断，为好朋友的文集写序文，写评论，总是好话说得多，溢美之词多，离我们并不太远的曾国藩的这些文字，恐怕也有过誉之嫌。刘蓉好学是真的，政治上抱负不大也是真的。但封建社会由士而大夫，是所有知识分子的人生理想，是一条唯一可走也必须走的道路。要完全脱俗，"终身幽默，暗然退藏"，几乎是不可能的。刘蓉不也是做过幕僚、做过陕西巡抚吗？不当官哪有这么大的宅子？

当然，就文章而论，刘蓉在思想上秉承程颐、朱熹"清者为贤，浊者为愚"、"去人欲，存天理"的古训，风格上善于持论，且文笔清淡疏朗，倒是后人有公论的。

我没有读过《养晦堂文集》，是在后来才读到刘蓉《养晦堂文集》中的《习惯说》一文。

这是刘蓉的代表作，一篇很有意思的文章，全文只有一百六十六个字，少得不能再少了，却有着很大的思想容量。

"蓉少时，读书养晦堂之西偏一室。俯而读，仰而思；思而弗得，辄起，绕室以旋。室有洼，径尺，浸淫日广。每履之，足苦踬焉。既久而遂安之。"

在室内读书。不停地走动，双脚踩出了一个尺把宽的坑洼，开始觉得不习惯，脚不舒服，时间长了，习惯了，也觉得没有什么。后来他父亲发现后，令人用土把室内这个坑洼填平了。

开始,他"蹴然以惊",没有了这个小坑洼反倒觉得不习惯,但"久而后安之"。最后得出了"君子之学,贵乎慎始"的结论,说明从头做起,养成好习惯的重要性。

这么短的文字,作者描写了自己从不习惯到习惯,又从习惯到不习惯,再到习惯的心理感受过程。文章写得很平实,以小见大,见微知著,于日常琐事中寄寓哲理,于平淡质朴中透出思想深度。就散文创作而言,确实是很有特色的一篇佳作。

不愧是官宦之家。土改时,我来过这里,墙上挂满了字画,曾国藩、曾纪泽、胡林翼、彭玉麟等人的书法作品到处都是。由于刘蓉的女婿曾纪泽出过洋,当过大清国驻英驻俄公使,家里也有许多画有西洋风景的挂屏。主人的一张牙床给我印象很深,一色的红木,雕工极为精细,外面是床榻,向前是丫鬟侍候人的地方,再向里才是主人的卧席。

刘蓉家最得意的恐怕要算藏书楼了。二层楼,古色古香。在我们当地,有私人藏书楼的我只见过两家,一家是曾国藩的富厚堂,一家就是刘蓉的养晦堂。楼上收藏了许多历代的珍本书籍,满满的几屋子。土地革命是农民革命,农民不识字,不需要这些书籍。在他们眼里,这些发着陈旧气味的书一钱不值。我父亲是乡里文书,负责收缴这些"废书"。这些书籍在附近无法处理,只好打包,用船装到长沙当废纸卖钱。光这些古旧书籍,就用船装了好几次。在乡间,建一个藏书楼多么不容易,它费了刘蓉家几代人的心血。一座文化的小山就这么倒塌了。如今刘宅早已改建成了中学。几年前我去过那里,藏书楼也早已被拆毁了。许多年轻学生根本不知道这里曾经有过一座藏书楼,这座楼上曾经出过一位散文家。唯一能见证那个时代的，是藏书楼旁的那棵罗汉松还在。罗汉松是树木中的佳品。这棵罗汉松的生命有几百年，只有它能述说这段历史，只有它能讲清这段历史中的是是非非。

我当时对古籍，对字画，了无兴趣，我还不具备认识它们价值的知识和阅历。我当时感兴趣的是稿纸，一本一本印有方格的稿纸我弄了许多。我从来没有见过这样的稿纸，很新奇，而且很实用，可以写字，省去了我买纸的费用。还有，我从废纸堆里，捡到了两本书，一本是郭沫若的诗集，一本是南宋词人姜夔的词集。书的封面已残缺不全。我是怀着一种好奇心和新鲜感把这两本书保存下来的，没有想到，这两本书对我起了文学启蒙的作用。

刘蓉家属于官僚地主，级别较高，斗争的规模也较高，待遇自然也不同，所有的人扫地出门，都搬出了这个大宅子，分配到附近别的湾里去了，房子准备充作公用。房屋里空空荡荡，发出一股潮湿的霉味。尽管如此，我小的时候，还是用敬畏和羡慕的眼光来看待这些老房子，敬畏那些高大的石门柱，厚重的石台阶，磨得很亮的石门槛；仰慕那些虽被毁掉但仿佛仍旧存在的文化，那些房间里散发出来的文化气息仍在熏染着我，感动着我。

当时乡间只有《西游记》、《七侠五义》、《封神榜》一类的通俗小说看，郭沫若的诗集和姜白石的词集这类纯文学作品是很难看到的。我虽然看不太懂，但我很好奇，很兴奋。郭沫若诗集中有一首《立在地球边上放号》，诗中有这样的句子：

无数的白云正在空中怒涌，

啊啊！好幅壮丽的北冰洋的晴景哟！

无限的太平洋提起他全身的力量来要把地球推倒。

啊啊！我眼前来了的滚滚的洪涛哟！

啊啊！不断的毁坏，不断的创造，不断的努力哟！

啊啊！力哟！力哟！

力的绘画，力的舞蹈，力的音乐，力的诗歌，力的律吕哟！

这是我有生以来接触到的第一首自由诗。凭我当时的学力，还无法理解这首诗深刻的内涵，它在特定历史背景下政治的和文学的革命性意义。但是反复读了以后，我隐隐约约地感到了一种汪洋恣肆的感情，一种猛烈冲撞的潮动，一种来自心灵的呼唤。我开始认识到，世界上还有这样一类的文字叫诗。

郭沫若的诗和姜夔的词放在我的床头，是我以后岁月中的伴侣。

如果说郭沫若的诗给我的是奔放的激情的话，那么姜夔的词给予我的则是清丽和典雅。姜夔又名白石道人，性喜山林，孤高自赏，气派高雅清逸，常有自然脱俗之韵。

淮左名都，竹西佳处，解鞍少驻初程。过春风十里，尽荠麦青青。自胡马窥江去后，废池乔木，犹厌言兵。渐黄昏，清角吹寒，都在空城。　杜郎俊赏，算而今重到须惊。纵豆蔻词工，青楼梦好，难赋深情。二十四桥仍在,波心荡冷月无声。念桥边红药,年年知为谁生?

这阕《扬州慢》,伤时念乱,睹物移情,繁华已去,冷月无声,很含蓄地写出了劫后空城的悲惨景象和作者的忧愤心情。

郭沫若的诗和姜夔的词,我是以后慢慢才懂的。不过这两本劫后余烬的书,对我来说,确实起过文学启蒙的作用。我能在那个年代得到那两本书,也算是一种机缘吧。

我的吃肉史

牛羊吃草,虎豹食肉,江河湖海中,大鱼吃小鱼,小鱼吃虾米,大千世界,物物各异。唯人这万物之灵,不管是蔬肉鱼虾,水陆八珍,通在食馔之列。

不过我最喜欢吃的还是猪肉。毛老人家嗜好红烧肉,把吃红烧肉当成一种享受。在下同为湖南人,也有此好,而且别的什么东坡肉以及蹄筋膀肘,也一概不拒。杀温善的羊足惜,宰耕田的牛不忍,羽毛绚丽的鸡死于刀下,也常生恻隐之心,唯对肥胖的猪一点怜悯的想法都没有,好像它天生就应该是供人烹用的。我常为许多不吃猪肉的朋友抱憾,这么香的东西不受用,来人世间岂不虚此一行?油星见世界,肉里有乾坤,这肉和我的生活太紧密相关了,它的多少及如何吃法,非常明显地反映了我的生存状况。从某种意义上讲,我的吃肉史,就是我的生存史。

说来惭愧,余少时家贫,平时是吃不起肉的,见了肉就会流哈喇子。听母亲说,两岁时,我本来是可以走路了的。那年祖宗文雅公过生日,同族的男丁可以在祠堂里免费会餐。大概是我有许多日子没有见过肉了,馋过了头,一个两岁的孩子，居然狼吞虎咽，一连结果了五块大扣肉，令当时同桌都想过过肉瘾的人猝不及防，也令所有会餐的人瞠目。我肯定是快意了，但好事并没有好结果，出了祠堂门，我一跤摔倒，爬起来腿肚子发软，又不会走路了。此事不仅让家里人焦急了好些时日，也成为我落在别人嘴里的一个笑柄。

当然这是人们后来说给我听的。从我懂事起，我只记得吃肉是一种奢侈，是难得的厚遇。因此每每对于吃肉的事总是记忆深刻，令人难忘。

爷爷是全家之长，他老人家肚子里实在没有油水了，就打发我去肉铺称回半斤肉。我父母都知道，这半斤肉是为爷爷解馋的，煮熟以后，就有意把孩子们都支开。我是长孙，爷爷对我特别疼爱，另眼相看。这种疼爱常常在这时非常明显地表现出来，他把我悄悄地叫到跟前，极怜爱地夹上一块肉，送进我的嘴里。这使我感到特别温暖和幸福，也惹得弟弟妹妹们妒忌，说爷爷偏心。

过去小孩盼过年，在很大程度上是盼吃肉，或者说盼吃一顿饱肉，因为再穷的人家，大年三十这顿有肉有鱼的年饭还是要想法争取吃的。解放前，我家也养猪，也杀猪，一般都在春节之前。但杀完猪后，自留的肉极少，绝大部分肉要卖给肉铺换钱。年饭以后，就不是每顿都有肉的了。家里总用一个很大的锅，炖一锅猪骨头萝卜，那是个每顿必上的菜，从大年初一一直吃到正月十五。这样，也就把肚子里年饭那顿饱肉留下的油水涮得差不多了。

过完春节，再要吃肉就很难得了。有时家里来了客人，或者请来了匠人做活计，比如木匠、篾匠、泥瓦匠，也要称肉打酒。母亲曾对我说过一件事：一户人家来了客人，做了一碗米粉肉,因为肉少,就用一些芭蕉茎片代替肉片来凑数。吃饭时,主人总把小块的往客人碗里夹,而自己夹的都是大块的。客人以为主人吝惜,就自己动手,故意夹了一块大的,送进嘴里一咬,才知道那不是肉,而是芭蕉。母亲说。那时拿不出一大碗米粉肉来,就只好用芭蕉来凑数,让客人吃肉,自己吃芭蕉。我家虽然没有演出过芭蕉代肉这类带泪的喜剧,但肉同样显得非常珍贵。家里来了客人,一般都是大碗的辣椒炒肉。有客人在,母亲事前都有交代,我们小孩的筷子是不敢轻易向那个有肉的碗里动的,总是处在被动的地位,等待母亲的恩赏。这种场合,母亲一般要向我们兄弟姐妹的碗里夹上一块肉,如果我们中再有人向肉碗里伸筷子,母亲就会向那人瞪眼,并叱责:"真不懂事!"我望着那块油渍渍的沾满了红辣椒的肉,总不是一下子舍得把它吃完,而是要尽量把它留得久些,不断地欣赏,直至饭吃完后,才一小口一小口地咬它,细细地品尝它的全部滋味。这时,才真正感到肉之腻,肉之香,才真正感到其味道的无与伦比。

1955年我上了寄宿中学。学校每月菜金三元,平均每日才一角钱。可想而知,吃肉的机会就是可数的了。即使是吃肉,也不过是见到一点肉星肉末,名为"打牙祭",实际不够塞牙缝儿的。因此,常常把希望寄托在回家。但家境不佳,母亲想方设法弄碟小鱼小虾是有的,弄碗肉的机会却不多。我一米八的个儿,二十五岁以前的体重一直没有超过六十五公斤,这很大程度上与吃肉太少有关。

1960年前后是天灾人祸大饥荒的年代,吃草根树叶,三年不知肉之滋味。那年月,你即使有钱,也买不到肉,在很长时间内,肉是凭票供应的,你拥有一张肉票,就等于拥有一笔财富。

1961年,我参了军,生活有了很大改善,吃肉的机会多了起来,但放开量过一顿肉瘾的机会还是没有。及至当了干部,情况依然如此。那时每月工资除了接济父母,日用零花,存留几个钱准备探家以外,每月的伙食费紧紧限制在十二元左右,绝不超过十三元。因此总要仔细算计,不敢有丝毫的大手大脚。食堂虽然常有红烧肉,也只好把馋虫掐死在嗓子眼里。再后来,结了婚,有了两个孩子,因为长期的低工资,生活就更加拮据了。贤惠能干的妻子为改善生活,使孩子不缺油水,就经常买一些猪骨头回来,大骨头炖海带成了我家餐桌上令全体人员兴奋不已的一道佳肴名菜。

我有时常想,真他妈的活得够窝囊的,等老子有了钱,巴掌大的肉片我要一次吃它三大碗!这理想不算有多么崇高,但对于我来说,却很实在。我是农家子弟,粗茶淡饭本属常事。在我过去的观念里,如果要提高一个档次,过上比较富裕的生活,一个重要的条件,或者说一个重要的标志,就是要看碗里有没有肉。

现在看来,这当然是典型的农民意识。最近二十多年的生活实践,把我有生以来关于吃肉的想法全给粉碎了!而且那吃三大碗肉的理想,让我回想起来就觉得发腻反胃。

时代瞬息万变,世事天地翻覆。事情如此出人意料,改革开放像魔术师一样,在市场上摆满了猪肉。今日中国到处都在讲吃,到处都是饕餮之徒,可总是吃不完,依然满街都是鸡鸭鱼肉。我做梦也没有想过,人吃肉还有吃够的时候,竟还有人劝你不要吃肉多吃蔬菜的时候!

钱有了,肉也有了。开始当然是过了几次肉瘾的,并为此而兴奋，而满足。而且对肉的做法也有了讲究，一样是肉，可以炒出许多花样来。时日一久，慢慢地，肠子里油水多了，皮下积聚的脂肪也丰富起来，一个明显的变化是体重增加了，肚皮日渐隆起，检查身体，脂肪肝，血脂超标。于是不得不有所节制，少吃肥的，多吃瘦的。

但问题似乎不止如此，吃肉有时成了家庭餐桌上的"焦点访谈"。妻子把一碗油渍渍香喷喷的红烧肉端上来，我正举箸享用时，女儿发出了警告："爸，您少吃肉，吃多了对身体不好！"于是，我不得不犹豫起来，不得不把伸出的筷子又缩了回来，或者舍弃那块大的肥的，只选了一块小的瘦的。

余非美食家，富贵能享，清贫能过，随遇而吃，不过对肉多一点嗜好罢了。如今生活好了，这自幼养成的好吃猪肉的习惯能否保持得下去，我确实没有把握了。

周济老师

他个子不高，背头，常穿一件黑呢子中山装，身板不太硬朗，平时不苟言笑，有几分知识分子常有的自傲和矜持，有时凝神望天时，透出些许忧郁。

这就是我念初中时的语文老师周济。

周济老师教课有水平，这是我们学生一致的评价。他备课认真，课堂上不看讲义，谈古论今，议论风生，很有儒雅气质。同学们都喜欢讲课好的老师，老师讲课好，师生关系自然也好，爱和他亲近。那时老师就住在学校，冬天老师的宿舍有炭火，常常挤着满屋子的人，师生间无话不谈，时间长了，老师的那点履历，同学们都知道了。

周济说他的文学功底，得益于小时候念了不少古书。他七岁发蒙，念了六年私塾，从《三字经》到《诗经》，读得倒背如流。据他自己说，念私塾的最后一年，他遇到了一位好老师，受益匪浅。那老师叫刘静源，是一介寒儒。民国十五年，他当过农会会长。"马日事变"后，国民党杀共产党，这位刘先生被迫远走他乡，流亡印度，在那里为华侨子弟教中文。后风头过去，遂回国返乡，在春元中学任国文老师。

卢沟桥事变之前，他告老还乡，在周围数里无人烟的一座山腰上筑室定居，躬耕自娱，有隐士风。周济家离这位刘先生的山庐不过三里地，周济的祖父认识刘静源，就带着周济去拜师，刘静源把周济收为了及门弟子。在一年时间里，刘先生主要给周济讲解《古文观止》，悉心批改他的作文。周济有灵气，很得老师赏识，遂劝其家长再送周济进新学，以期进一步造就。不久，他就去读高小。抗战后，长沙的许多学校都迁到了本地。他按着老师的指引，先后在蓝田和桥头河上了妙高峰中学和湖南第一师范。这两所学校都是从长沙迁来的。在第一师范他结识了出身书香门第的张栖桂，后来张成了他的夫人，为他生了七个很不错的儿子。

1944年，周济师范毕业后，当过小学教员、小学校长。1947年冬，国民政府考试院在长沙举行考试，这种考试犹如封建社会的科举，其性质就是考"官"，考上了可以当公务员，他不料"中第"。有了这个资格，1948年冬，经岳父的一位朋友介绍，拟派他去国民党安化县政府任主任秘书。此时正当湖南学潮高涨，革命气氛浓厚，他还没有去任职，就被当地地下党组织召回，参加了地下工作。1950年他在本地担任了农会主席。但就是那份并未到任的主任秘书的差事，成了他个人历史上的一大"污点"，成了他在历次政治运动中怎么也洗刷不清的"罪行"，也种下了他一生不幸的祸根。

由于周济文化程度较高，1951年他被调到涟源县秘书室工作。第二年春天，他突然吐血，经检查，是肺结核，只好离开秘书岗位，重操旧业，在涟源二中，当起了教书先生。我后来就在这个学校就学。

涟源二中原名春元中学。1907年，由当地乡绅蒋孝原先生捐资创办。这所学校地处乡村，富有田园气息。学校有个藏书颇丰的图书馆，还有个订有各种杂志和文艺期刊的阅览室。我在这里学到了很多东西，也从书本上认识了许多文化名人和文艺大家。一次偶然的机会，在我父亲重病之后，我写了一篇关于父亲的作文。由于是自己亲身经历过的事，有真情实感，写得比较生动感人，受到了周济老师的褒扬。那时我们一个年级六个班，他在自己任课的班级推荐和朗读了这篇作文。这对我鼓舞很大，从此我认识了自己的潜质，对写作产生了浓厚的兴趣，同时也与周济老师有了更多的接触。

1957年夏天的一个傍晚，在学校的操场上，周济老师把一篇自己写作的童话拿给我看。他准备把这篇童话投寄给上海《文汇报》，投寄之前，他先让我看看，征求我的意见。这种对学生的尊重，使我很感动。凭我那时的能力，当然无法提出中肯的修改意见，而且作为学生，也怯于对老师的作品发表看法。在教室门口，我把作品还给周济老师，他因笔误把"午门"写成了"五门"，我只在"五门"二字下面画了一条浪线，表示这里有错。这时，同班同学傅镇南也在场。

不久，反右斗争开始了，一夜之间学校的走廊、墙壁上都糊满了大字报。昨天还谈笑风生、满脸书卷气的先生们，如今有的成了噤若寒蝉、可怜兮兮的"落水狗"；有的则成了在阶级斗争中冲锋陷阵的"勇士"。没有料到的是，傅镇南把"五门"那件事汇报了上去，也成了周济的一大罪状，语文组的积极分子们如获至宝，在批斗会上大揭其短，诟骂周济连"午门"都不知为何物，枉为人师，误人子弟，早就应该推出"六门"斩首。

周济被打成了右派，数学老师梁中兴也打成了右派，凡有真才实学、颇受同学们爱戴的老师，几乎无一幸免地都成了右派。1958年4月，周济被定为反党反人民反社会主义极右分子，开除公职，送劳动教养。1961年解除劳动教养，摘掉"右派分子"帽子，到一个公社当民办教师。文化大革命中，他再遭一击，新账老账一起算，被一抹到底，清洗回老家劳动。他经历过无数次的斗争会，照周济的话说，他有几根眉毛，别人都数清楚了。他体弱多病，食不果腹，受人凌辱，人格倍受摧残，一直过着一种日不敢串户，夜不敢出门，提心吊胆，生怕又是"新动向"的屈辱日子。

反右中，有些事听起来令人哭笑不得。周济不管怎么说，还糊过几张大字报，说过蓝苹（江青）在上海当演员如何如何，多少还沾点边；有位老兄只给党支部书记提了几条意见，就定为反党，成了右派。更为荒唐的是，涟源湘剧团到湘乡县演出，一个团员嫌招待不好，就把牢骚发到了舞台上。演出时，他唱道："老子演出到湘乡，天天吃的南瓜汤，主人若要不改正，我收拾行李回家乡。"下面的观众连词都没听清楚，不知道他说了些什么。但团里的人听清楚了。回到涟源，这个演员就成了斗争对象，他的罪名是"恶毒攻击社会主义"。他就因这几句话，被打成了右派。等他被改正时，已经年老体衰，来日不多了。

人，可能因为一句话，甚至半句话，被打成了右派。一分钟之前，你还是人，还可以和别人平起平坐；一分钟之后，你变成了鬼，只能俯首帖耳，任人羞辱。右，意味着政治生命的死亡，意味着你的生活将通向地狱。

右派，右派，这是一个在长达二十年的时间内，令所有的中国知识分子都感到不寒而栗的名词，一顶沉重如紧箍咒的帽子。

其实，人的左右是很难分得清的。那些表面上很"左"的人，嘴里高喊"高举"、"清廉"、"奉献"的人，说不定心里是多么自私、卑劣和肮脏呢。

我对"反右"历来不满，最直接的原因，就是那次运动把自己最敬重的老师都打倒了，把那些真正的知识分子打倒了。

什么是知识分子？依我的理解应该是：他们是知识的继承者和传布者；他们是社会的良心；他们是真理的质疑者。有些人虽然有很高的文凭，尊为人师，但只会人云亦云，只会照本宣科，只会吹牛拍马，只会照领导的意图办事。这样的人不能算作知识分子，他们不配，只能称他们为庸碌之辈，宵小之徒！全国五十五万右派，其中绝大多数是知识分子。他们有学养，有智慧，是知识的继承者和传布者；他们独立思考，敢说真话，代表大众利益，是社会的良心；他们不盲从，凡事要问个为什么，是真理的质疑者。总之，他们是中国社会的精英。把这样一批精英打倒，意味着什么吗？对国家，对个人来说，都只能是意味着浩劫，意味着灾难。

凡喜欢拿正直的、有良知的知识分子开刀的人，不是暴君就是匪徒。

那些戴过"右派"帽子的人，过了二十多年凄风苦雨的日子。五十五万人，除了本人受苦以外，还祸及了多少家庭和子女！许多人冤死了，许多人伤残了。周济还算幸运，他回到老家后，因聚族而居，乡邻都属同宗，暗地里受人照顾，还没有受到太多的虐待，总算保下一条命来。

十年浩劫结束，周济被涟源四中聘去当代课教师。1979年4月平反，他终于从那精神的炼狱中解放出来了，见到了阳光。他又先后在涟源四中、六中任语文教师,并兼教研组长。他还是那个老作风,教课极为认真,每晚批改作业,常常工作到凌晨一两点。二十多年报国无门,他有心把失去的时光赶回来。他多次被评为地、县优秀教师和优秀班主任。1986年年届六十二岁的他退休了。他养了几个好崽,有四个孩子先后下海,按周济的话说,大鱼没能耐捞到,小虾却摸了几只。他的老六在娄底开了几个饮食店,还把饭馆开到了长沙,生意做得很火。儿子为他盖了一座楼。周济老师看报养花,颐养天年,从苦难中过来的他,做梦也没想到,晚年还会有这么一段好时光。

周济老师被劳教后,我就不知道他的去向,他从我们同学的视野里消失了,消失得无影无踪。我有三十八年不知道他的音信。我曾经想打听他的消息,但不知道去问谁。他的许多事情,是我很久以后才知道的。

1995年"五一"节后,我突然收到一封来自娄底的信,打开来看,是周济老师寄来的!真是喜出望外!他还活着,还在人世。他怎么知道我在北京,怎么知道我的单位地址?真是百感交集。

看完信后,才知道情况是这样的:1994年11月,娄底日报的副总编安敏有一篇访问记《读喻晓》,刊登在《湖南日报》上,还配有我的照片。安敏在这篇文章中引用我的话说,周济老师是我的文学启蒙老师,我很怀念他。周济老师看到了这篇文章,遂与安敏联系,知道了我的单位和地址。不久后,我有一篇散文《重读南山》发表在《湖南日报》的副刊版上。周济也看到了。他老家也有类似的一座山,对我在文章中所发感慨,深有同感。于是就按捺不住兴奋的心情,给他当年比较得意的学生写了这封信,述说了我们离别三十八年中他的大体情况。

从此以后,我们之间有了书信联系,每次回家,我都要去看望他。他虽然年事已高,但对时政和文学问题,仍然保持着敏锐的洞察力,有许多精辟的见解。

名誉恢复了,尊严恢复了,但二十多年的时光无法恢复,那二十多年正是他的盛年,他的黄金岁月啊!

每次看到周济老师,我就想起他们那一代人,想起那至今令人毛骨悚然的"反右斗争"。"反右斗争"是中国政治进程中的一个转捩点。1950年到1957年上半年,社会本来比较安定和谐,人们心情也比较舒畅,我们中学同学中有不少是成分不好的,彼此间也没有太当回事。反右后,阶级斗争猛然升温,从此运动不断,劫难不已,人与人之间"阶级"与"阶级斗争"的观念和界线就非常注重了。

彻底否定反右斗争,为所谓的"右派分子"全面恢复名誉,是历史的必然,是应有的社会公正。它不仅使几十万人得以重生,也使共产党得以重生。如果沉冤得不到昭雪,那共产党的威信还能在哪呢?那改革开放的政策怎么能施行下去呢?任何为反右辩护、开脱的观点都是站不住脚的。否定文化大革命,纠正冤假错案,也是中国革命的一个转捩点,它为中国告别过去,重整旗鼓,开辟新的道路,奠定了思想和人才的基础。想到这些,我不能不怀念"文革"后在拨乱反正中力排众议,力挽狂澜,力主全部摘掉右派分子帽子的胡耀邦同志,怀念这个时任党中央总书记的小个子湖南老乡。在当时的政治气候下,要做到这一点,是需要远见、勇气和魄力的。单凭这一点,历史就会给他留下一座碑。

饥馑岁月

1958年秋天，大跃进，大办人民公社，大办钢铁，大办公共食堂，全社会从上到下，头脑发热，思想膨胀，高喊着"超英赶美"的口号，好像明天就是共产主义，真是幼稚到家了，浪漫到家了，也愚蠢到家了。

这年是个大丰收年。稻子丰收，红薯丰收，花生丰收，大豆丰收，几乎种什么有什么。人们兴奋了，陶醉了，慷慨了，摆出一副过共产主义日子的派头。

普遍流行的口号是："放开肚皮吃饭，鼓足干劲生产。"肚皮是放开了，大碗喝酒，大碗吃肉，走到哪里吃到哪里，谁都不用交钱，哪里都不用记账。干劲也确实是鼓足了，到处热火朝天，到处披星戴月，到处车水马龙。

但生产却是虚假的，许多是无效劳动。"亩产万斤"，"亩产十万斤"，牛皮越吹越大，"卫星"越放越高，浮华风越刮越烈。"钢铁元帅"升帐，全民大炼钢铁。我们那里既产煤，又产铁，优势明显，责无旁贷，积极性就愈益疯狂，到处人欢马叫，到处炉火熊熊。人们都炼钢铁去了，田里的稻子，地里的红薯，许多都没人收，烂在地里，大家觉得没收就没收吧,烂在地里就烂在地里吧,反正有那么多,吃饭不用愁,浪费一点也没什么,集体的东西,谁都不心痛,天天过共产主义多好啊!

祖祖辈辈由家里做饭的规矩被废除了,全湾是一个生产队,一个公共食堂,做饭的家伙全集中到了食堂,家里剩下的锅啊勺啊,送进土炉子炼铁去了。我妈多了一个心眼,家里藏了一只锅。

丰产不丰收,头脑发热,报应是迟早的事。灾难正在前面向你微笑,惩罚之剑悬在每个人头顶。

整个生产队抽出几个妇女在食堂里做饭。开始粮食勉强够吃,矛盾还少,相安无事。后来粮食不够吃了,矛盾就多了,你说她偷了公家的米,她说你揩了集体的油,谁蒸的饭分量不够,谁炒的菜没有放油,你骂她,她骂你,鸡一嘴、鸭一嘴,闹个没完没了,食堂做饭的人手换了一拨又一拨。

1959年,形势急转直下,很快全社会都闹起了粮荒。中国这么多人,短缺了粮食会是一个什么局面,不是亲身经历,是很难想象出来的。全湾的人按年龄大小、劳力强弱,定量分配粮食,大人每顿四两,小孩二两,每人一个陶制的钵子,钵子上写上了各人的名字。人们嫌饭的量太少,填不饱肚子。不知谁发明了一种新方法,往钵里多放水,蒸的时间延长一倍,表面上看去,那钵饭量是多了,但稀松得很,吃了还是不顶用。那时没有油水,好像多少粮食都填不饱肚子似的。

人们开始吃野菜了,吃糠巴巴了,吃代食品了。我父亲在供销社,有时能弄到一点用糠巴做的"代食品",我们见了就像见了宝贝似的。

许多人开始浮肿,政府把那些浮肿严重的人集中起来,配给少量的黄豆,给予特殊照顾。即使这样,有的人还是熬不住了,死掉了。每天都有听说有人死掉的消息。我外公开始是浮肿,慢慢地走不动路了,慢慢地不出门了,慢慢地躺在床上了,眼一闭,向另一个世界报到去了。

我小妹在幼儿园。一天,我带着父亲给我的"代食品"去看她。幼儿园的老师黑心,贪吃了小孩的粮食,我见我小妹在揪树叶向嘴里塞。她骨瘦如柴,我掀开她的衣服,发现她的肚子发青,那是误食了树叶的缘故。我当时落泪了,赶紧把代食品交给她,她小小的年纪,也要承受这样的苦难。

填饱肚子成了中国最大的问题。我吃过红薯叶,南瓜藤梗。吃了南瓜藤梗便秘,几天拉不出屎来。我也吃过蛇和老鼠。凡是能吃的,哪怕是几辈子都不敢吃的东西,人们都不忌讳了。

1959年秋天,学校要建教学楼,我们高中部的学生都去龙山扛木头和竹子。要把木头和竹子从深山里背出来,送到孙家桥水库边的码头上。翻山越岭,那是很重的体力活,可粮食是定量的。我们住在一个山村,地里的红薯刚刚挖过。我们每天扛完木头竹子,实在饿得不行,就去翻老百姓已经收获过的红薯地,捡老乡遗弃的红薯根,然后用刀切碎,放在茶缸里煮熟,以填补肚子。

我上山时,父亲用粮票买了一斤饼干送给我。我离家时,把一半留给了母亲,另一半放在随身带的挎包里。有一天,我扛的是一棵大竹子,回到驻地,已累得筋疲力尽。吃完定量的饭,觉得肚子里还空空的,就去翻老乡的红薯地,不走运,地已被别人翻过几遍了,干干净净,什么也没捡着。我颓然坐在地上。肚子里咕噜咕噜叫,实在饥饿得很。这时我想到了那半斤饼干。我小心翼翼地从挎包里拿出一个纸包,打开,露出了那橙黄色的饼干。我闻了闻，很香。我已经很多次拿出来闻过了，我熟悉这香味。那是麦子经过膨化后独有的香味。我虽然多次拿出来闻过，但一直没舍得吃。我拥有的不是一件普通的东西，在当时来说，这是一笔难得的财富。我也一直犹豫不决，是吃还是不吃。几次想吃，都打消了这个念头，把它又放回到挎包里。但今天不行了，我实在太累了，也实在太饿了。我决定享用父亲的赠予，先吃掉它一半。我一小块一小块地向嘴里送，极仔细地品味，确实很脆很香。很快吃掉了一半。我心里对自己说，再吃一块吧，再吃一块就不吃了。哪知道，欲望无底，我不知不觉中，就狠心地把那一小包饼干全消灭了！我望着那张轻飘飘的黄色包装纸发愣，吃以前，希望还在，财富还在；吃完了，希望没了，财富没了！刚才还觉得这小包饼干是可以填饱肚子的，怎么吃完以后，反而觉得更饿了呢？这是一件最令我懊丧的事情。

  1960年，又是一个灾年，饥荒更趋厉害。到了冬天，野菜也没有地方挖了，日子更苦。一天，寒风凛冽，母亲带我去山上挖蕨根。蕨是一种野生植物，根含有淀粉，可以吃。蕨这种贱生又赖散的植物，到处都是。也许是因为它并非家养，对要承担养活人类的责任不太情愿，盘根错节的蕨根挖起来还真困难。我和我妈，挖了一个下午，刨了很大一片地，才挖回了一小筐蕨根。回家后反复用水洗，用锤子捶碎、捣烂，成了浆再过滤，折腾了半宿，只弄得半碗白中带黑的粉液。当时我对蕨这种植物真是充满了怨恨，觉得它太吝惜了，太缺乏同情心了，我们费了那么大的气力，它居然就只给了这小半碗淀粉！

  清冷、惨淡的月光照着这半碗粉液。我看见母亲的泪水涌出了眼眶,她摇了摇头,叹了口气,对我说:你把它和蔬菜一起煮了,同弟弟妹妹一起吃了吧!她说她实在没有力气了,要睡觉了。蕨根的淀粉虽然可食,但从未吃过,和着蔬菜一起煮着吃了,没想到满嘴都是苦涩。

三姨夫是生产队的保管。他保管的粮仓不知是老鼠的原因,还是人为的原因,在仓库底部出现了一个小洞,可以漏出稻谷来。他们借这个洞,偷过几次粮食,三姨偷偷摸摸地给我们家送过两次,每次三五升。这是很危险的勾当,当时粮食是最敏感的东西,要是发现了,可了不得,非抓起来不可。虽然只有三五升稻谷,可那是比金子还贵重的东西,能救人性命!母亲把稻谷磨成面,做成米面粥喝。母亲每次磨完面后,都要把石磨洗干净,把洗过的水倒进锅里,生怕浪费了一粒粮食。事情过去了许多年,我对三姨夫和三姨这样的"贼"还依然心存感激。

一瓶茅台酒

茅台酒是国酒,是高级酒,是大干部和外国人才能喝得起的酒,一般老百姓很少见过,更没有喝过。一瓶茅台酒的价格从三块长到八块的时候,老百姓就咋舌:"哟哟,这么贵!"

我弟弟新民在区农业银行工作。一天,主任告诉他,上级分配下来一张茅台酒票,看大家有人要不。

这是1978年,文化大革命刚刚结束不久,物资还非常紧缺。茅台酒是稀罕物,这张票自然很珍贵,平时是连茅台酒的影子都见不着的,如今竟然分配下来一张茅台酒票,可见形势有了改善,至少是上头的人群众观念强了,连茅台酒都想到了下面的普通干部。

"上面分下来了一张茅台酒票。"很快,整个区农业银行的人都知道了这件事,并有许多人对如何分配这张票产生了兴趣。

有人说,单位就一个头,分给头儿算了。

有人说,要不,等上级有领导来,当作招待客人的酒也行。

也有人说,一张票,怎么分都不好分,为了公平公正,抓阄,抽签,抓到了,抽到了,谁也没话说。

主任说，你们就是分配给我，我也拿不出那个钱来，一瓶酒，够我一个月伙食费的了。

主任家里经济不富裕，平时是老抠，他肯定不会要。

群众反映，当招待酒不合适，区里一个小小的农业银行，没有这么高的规格。你们知道茅台酒是招待谁的吗？是国宴上招待外国元首的。

这也不行，那也不行，那怎么办呢？总不能把这张票退回去吧？

大家认为退回去也不行。那就叫"不识抬举"，好不容易给了你们一张票，你不要，还退回去，下次有什么别的票，恐怕就没你的份了。大家认为这是一种权利，无论如何，这种权利不能放弃。

想来想去，有人提议：集体买来，各人分摊，咱们大伙把这瓶酒喝了！

真是众人拾柴火焰高，三个臭皮匠赛过一个诸葛亮，群众就是有智慧，这个建议提出来，顿时引起了热烈的反响。

茅台酒，听说过，没喝过，它是什么味，谁都不知道。

我弟弟是喜欢喝酒的人，人称"酒坛子"，平日是每天喝酒的，喝的当然是自家酿的米酒。自家酿米酒，就是费点谷米和柴火，花不了多少钱。

农业银行和我弟弟一样爱喝酒的人还不少，当然喝的也是清一色的米酒。

这些人都想尝尝这茅台酒的滋味，所以对个人分摊的建议均表赞成。

也有酒瘾不大的，他们在算计，这酒太贵，参加喝酒划不划算。

区农业银行一共八个人，分摊下来，每人一元钱。这个钱数，大家觉得还分担得起。于是有人就鼓劲："不就是一块钱嘛，咱们也豁出去了，开开洋荤，尝尝茅台酒的滋味！"

于是很快统一了认识：凑钱大家喝。

主任拿着票，拿着凑齐的八元钱，兴冲冲往烟酒专卖商店，把茅台酒买来了。

茅台酒是魔液，是圣物。整个区农业银行都充满着喜庆和期待的气氛。伙房专门炒了几个菜，又买了两斤猪头肉，来佐餐，来为喝茅台酒助兴。

这是中午。八只酒杯，一溜儿排开去。那瓶茅台酒摆在桌子上，格外醒目。一个圆桶形的瓷瓶，商标像绶带一样斜挂在酒瓶上，上面印着"中外驰名"、"贵州茅台酒"几个字，右下方还有"地方国营茅台酒厂"的标注（如今北京许多店子高价收购茅台老酒，区分年代，是不是老酒，首先要看有没有"地方国营"的字样），商标的左上方是一个圆形的图案，周围是稻穗和麦穗，稻穗麦穗内里是齿轮，再内里是五角星，右下角写着"中国贵州茅台酒厂出品"。酒瓶没有什么太特别的，就是有点古朴，比平时商店里卖的那些酒的酒瓶显得要庄重些。整个的商标，红颜色占了大部分，连瓶盖也是红色的，显得很热烈。

大家神情郑重。这虽然不是参加国宴，但毕竟是所有的人第一次喝茅台酒，有一种庄严的感觉。

主任亲自开瓶。开瓶前，简单说了几句。他说，这是上级分配来的，我们也开开洋荤，今天就算我们的节日，大家痛痛快快喝一杯。

酒瓶打开了。一股酒香透出来，大家都说："嚄，这酒，好香!"

酒依次倒进酒杯。清洌的酒的流动声,大家都听到了。平时大家也往酒杯里倒酒,但都没有留心酒流动的声音。今天这酒流动的声音,就像音乐那么美妙,那么迷人。

"请大家举起杯来,喝酒!"主任说。

主任没说"干杯",只说"喝酒"。干杯当然不行。他们不能一口就把一杯酒干掉,那样太奢侈了。虽然他们平时是大碗喝酒的,一口不是喝完一杯,而是喝完一碗。但今天不行。今天必须改改这个习惯。这不是普通的酒,是八元钱一瓶的茅台酒,是招待外国元首的国酒。他们必须一小口一小口地抿,必须用舌尖仔细品品这酒的滋味。

轮番把盏,一杯酒再怎么仔细品尝,五分钟也就报销了。主任又把剩下的半瓶酒倒向各人的杯里。真是上帝安排的,一瓶酒,八个人,刚好是每人两杯酒,既不多,也不少。大家一边吃菜,一边喝酒,有几个人还互相碰了碰杯。

但实事求是地说,由于过于严肃,过于谨慎,这喝酒的气氛还是不够浓烈。十分钟后,菜完杯尽,茅台酒宴就算结束了。

大家端着酒杯,还愣愣地站在那儿,大有余兴未尽的意思。

酒喝完了,议论也就来了。

有人击掌说:"你还别说,这酒真有味道。"

有人皱眉说:"这酒也不怎么样,和自家酿造的烧酒相比,味道也好不到哪儿去。"

也有人瘪嘴说:"不值!用这钱,在家里可以酿一缸酒了。"

好也罢,不好也罢;值也罢,不值也罢,反正一瓶茅台酒是喝完了。

对于嗜酒的人来说,两杯酒,量实在是太少了,刚刚尝到一点儿味道,酒没了。它没有足够的力量,点燃人的情感;人的情感没有被点燃,喝酒的人达不到酒酣耳热的程度,对酒的感受就不会太好。而平日里,即使是自家酿的米酒,猜拳行令,大碗大碗地喝,喝得满头大汗了,喝得晕晕乎乎了,人们也会一个劲儿地说:"好酒!好酒!"

但不管怎么说,这顿酒在人们心中留下了记忆,至少我弟弟到现在还在津津乐道。每当弟弟回忆这件往事时,我就想起那个物资匮乏的年代,和现在一比,真有恍如隔世的感觉。

黄氏兄弟

土改以后,最先迁入春溪湾落户的外姓人是黄氏兄弟。这在以前是不可想象的事。

自古以来,人们聚族而居,这个湾是曾姓,就大都是曾姓的人,是刘姓,就大都是刘姓的人,春溪湾是清一色喻姓。这或远或近的血缘关系,组成了一个虽没有公开名义,却实际存在的松散的社会联系,关键时候,他们会团结一致,对付外来的侵扰,保护家族的利益。因此他们对外姓人往往是持排斥态度的。

现在是新社会,排斥外姓的做法要不得了。尽管许多人心里不情愿,嘴上却说不出来,黄氏仨兄弟,连同他们的母亲和妹妹,几乎没有受到多大阻力就搬进了春溪湾。

黄氏兄弟原先住在王家坝,解放前以乞讨、打零工为生,是标准的赤贫户。按当时的政策,政府有责任分配给他们房子,他们也有资格住别的湾地主富农的房子。

他们就住进了新屋破落地主竹桃十三爷后裔的房子里。

由于他们"根红苗正",是农村最可依靠的力量,兄弟仨先后都成了共产党员,自然也顺理成章地成了领导者,大哥鹤庚当过兵，是村支部委员，老二勇敖当过生产队长和大队长，小弟勇梅也当过生产队长。

由于家庭出身好，三个儿子又是湾里属于头头脑脑的人物，黄氏兄弟的母亲，平时说话的嗓门很高，讲话的语调也很硬气，湾里人都有几分怕她。

平日里，黄家出头露脸的主要是勇敖。鹤庚在部队锻炼过，为人也厚道，个子也长得较高大粗壮。遗憾的是，老二老三却差了许多，个子都比较矮小，人们都习惯叫他们两位为"敖矮子"、"梅矮子"。他俩模样上和湾里别的同龄人比，也要差些成色，一个显著的特点就是嘴巴大。

鹤庚在部队学过文化，多少认识一些字。勇敖勇梅就一天学都没上过，大字不识一个，是纯正的文盲，每次去外边开会，自己的名字都要别人代写。

对于长相和文化，勇敖勇梅都很恼火，苦于无法改变。但这并不影响他俩在很长的时间内，成为湾里的领导者。

没有文化也有好处，也就没有思考的痛苦。大跃进时，上级说一亩田能打一万斤粮食，黄勇敖连磕巴都不打，立马肯定地说："不成问题，打一万五千斤也没问题！"

1958年全民大炼钢铁，上级号召收集废钢废铁，许多人把家里煮饭的锅都拿了出来。在全队人员参加的大会上，敖矮子说："都进共产主义社会了，我看门上的锁也可以不要了，献出来，能为钢铁卫星升天出把力，也算我们做了点贡献。"

当然，没有文化，有时候也闹出一些笑话。一次，人们正在议论《说岳全传》中的人物，敖矮子和别人赌嘴逞强，说："秦桧的爷爷肯定是秦始皇。要不，他怎么会当上大官；要不，他怎么一说一个准，皇帝老儿就听他的，把打了胜仗的岳元帅害死了呢？"惹得众人大笑不止。

勇敖是一个乐天派，他总是笑嘻嘻的。他的嘴巴本来就大，笑的时候，咧开了的嘴，露出上下两排黑而黄的牙齿。

勇敖最大的优点就是极易满足。吃糠咽菜，他什么苦日子没有过，只要稍为有点什么甜头，就心满意足，甚至把那点小小的满足可以当成到处吹牛的资本。

他家里煮不起酒，偶尔从别人家里得到一壶酒，他必定要想方设法让全湾的人都知道他喝了酒，并且绝对品出了这酒的滋味。他提着酒壶在湾里转悠，一只手时不时从裤袋里摸出一粒黄豆，黄豆到嘴里用牙一磕，刚好裂成两瓣。两瓣黄豆又落到了他的手掌上。他一般是不整颗整颗地吃黄豆的，他觉得那样太浪费，也太奢侈，而且品不出黄豆的滋味。黄豆他要一瓣一瓣地吃。——当然，他这样做，最直接的原因是他裤袋里的黄豆太少，一般只有一小把。他仔细地把二分之一粒黄豆抛进嘴里，然后又从裤袋里摸出一只酒杯，倒上半杯酒，一小口一小口地抿着。碰到熟人，他就热情地招呼着："老哥，你来尝尝，你来鉴定一下，看这酒味道正不正？够不够档次？"他总是不厌其烦地在地坪上转悠着，在他的盛情邀请下，总会有好几个人品尝到他的酒。当然，每个品尝的人只能喝小半口，只能尝尝味道。

于是，敖矮子喝了酒，喝了一大壶酒，他的酒是正宗的米酒，味道如何如何，就整个湾里所有的人都知道了。——他要的就是这种效果。

于是，以后，他就会在很多场合，毫无愧色地吹起牛来，说他经常、甚至是天天喝的什么酒，酒的味道是如何如何好，说你若不信，可以问问谁。他希望别人眼馋，流口水。他希望别人知道他过的生活很有滋味。他必须摆脱旧社会那个乞丐的影子。

有一次,他从江西打工回来,买了一条新裤子,穿在身上,就是常见的混纺的那种。在地坪上,他当着湾里许多男女的面,站定了脚,把裤管捋了起来,然后露出同样可爱的笑脸,以同样可爱的口吻说:"老哥们,老姐姐们,唉,你们的眼睛尖,看看啦,看看!这裤子咋样,质量还行吧,真正的新款货!"他的意思,其实也简单,就是要告诉大家:我穿新裤子了,我买得起新裤子。

上世纪八十年代,敖矮子娶了儿媳妇。儿媳妇模样儿长得也还算周正。娶儿媳妇那天,他喝了点酒,脸红扑扑的,他高兴啊,话自然更多了。他对着众人说:"这儿媳妇真是没说的!论长相,这湾里的妹子没有比她更漂亮的;论文化,高中生,啧啧,这湾里的妹子没有比她更高的;就是长相和文化比得过,也比不过她那两条长长的黑尾巴(辫子)!"

他说完,张着乐开了的大嘴问大伙:"你们说呢?"大伙当然是一个劲儿地奉承,说:"是、是、是,不错不错,绝对是百里挑一!"

吹牛反正不纳税,也不犯罪,就任他吹去。有时候他不吹了,大家反而觉得有些冷落,有些不太习惯。

后来,敖矮子慢慢身体不好起来,消瘦得像猴似的。临死时,他对自己的妻子立秋说:"你跟着我一辈子,真是没有过一天好日子。"

这话很快传了出去。湾里的人听了这话以后,都很感叹:"敖矮子一辈子终于说了一句真话!"

敖矮子的兄弟梅矮子,脸黄黄的,有些病色。他不仅拙于言笑，能力比敖矮子要差许多，也没有他哥哥那份人缘。生产队长嘛，吆喝，敲钟，打锣，吹哨子，指挥着大伙出工，要不了多大的能耐。他年轻时，湾里的国超九嫂，没有子女，把自己妹妹的女儿过继来，招他为上舍郎，也就是入赘。这样过了大约半年，女孩儿金姑看他既无长相，又无才能，不喜欢，就散了伙。后来梅矮子一生就再也没有和女人亲近过，打了一辈子单身。敖矮子死后没几年，他也去世了。

黄氏兄弟仨都是农村的小人物，但他们都曾担任过领导，湾里百十来口人的命运都曾掌握在他们手里。平心而论，鹤庚是不错的，他妻子秋菊人缘也好，后来他们搬出湾去，在对面山上住，我和他们交往就较少了。敖矮子、梅矮子也都是好人，虽然跟着上头做了许多蠢事，但没有做过什么明显的坏事、恶事。他们也都是和大伙一起苦哈哈过来的。如今政策好了，生活改善了，他们又都走了，没有享受到。

人们对敖矮子梅矮子的相继离去，还是惋惜的，怀念的。

但对于湾里人来说，他俩相继死去，却意味着一个时代的结束。那个时代涂抹着浓重的愚昧的色彩。

"草绳司令"

　　他大名是什么，人们已记不太清楚了，记住了的还是"草绳司令"。这是绰号。这绰号当然来源于他腰上常常缠着的那根草绳。缠草绳，既有穷的原因，也有他心理上的原因，他总想标新立异，与众不同。戏里电影里的红军都穿草鞋，万里长征红军还过了草地，带个"草"字头，便有了革命的意义。他觉得自己腰上缠根草绳，也正是革命性的体现。"司令"则是他拥有的权力。论级别，一个大队的治保主任连芝麻绿豆大的官都算不上，但那时在乡人的眼里，却是很了不得，是"地、富、反、坏、右"五类分子见了腿都打哆嗦的人物，是贫下中农也要刮目相看的人物，是类似《沙家浜》里的胡传魁司令那样说话响当当的人物。因此，老百姓也不论什么级别了，一个劲地恭维他"司令"长"司令"短地叫着。他也不来那套假谦虚，人家叫他"草绳司令"，他不反对，不觉得是一种揶揄，一种讽刺，反倒觉得光荣。

　　"草绳司令"从小身体单薄，麻秆腰，稀松的，不是干活的料。但"天生我材必有用"，他赶上了阶级斗争的年月，不用干活，也有施展自己本领的舞台。

他立的第一功是在土改的时候。那时他年纪不大，大约是十五岁左右，但天生政治嗅觉灵敏。鼎求无田无土，靠卖壮丁为生，成份本来应该划为贫农。可是，"心明眼亮"的他，一个猝不及防，就从鼎求身上搜出了十六块银圆！在当时，十六块银圆是个令许多没见过钱的农民眼晕的宝贝。可实际上，这十六块银圆是鼎求卖壮丁的卖命钱。不管你是卖命钱，还是别的什么钱，反正有白花花的银圆作证，你就是个有钱的主。因此，就给鼎求的阶级成分划成了破产地主。

他的这一举动，得到了土改工作队的表扬，说他阶级斗争觉悟高，没有让阶级敌人漏网。从此，他入了党，当上了大队的治保主任。治保主任就是管治安保卫，专抓阶级斗争。

"草绳司令"最辉煌、最如鱼得水的年月，是在文化大革命期间。

他喜欢利用自己的权力。他自己干活不行，就充分发动群众，让"五类分子"给他干，他家的煤炭，是地主富农包了挑的。他盖房子，也让地主富农去砌砖盖瓦，在生产队记工分。

他搞阶级斗争讲究一个"狠"字，不留任何情面。他的最大特点就是六亲不认。南方叔成分是高了点，但并不是地主，只是在解放前做过茶叶生意。他和南方是认得的，解放前见了面，他也是一口一句"南方叔"。传说南方家藏有金子，"草绳司令"脸黑下来了。为了让南方叔吐出金子，他可没少花力气。吊"半边猪"，坐"老虎凳"，各种刑法用尽了。南方叔一会儿承认，说在哪里哪里，派人去取，又没有；一会儿否认，说他是被逼的，说的假话。折腾来，折腾去，一钱金子没挖出来，南方叔受了不少苦，"草绳司令"也耽误了不少休息睡觉的时间。

见过"草绳司令"那个狠劲的人,想起来牙根都有些发颤。

他搞阶级斗争有自己的"创造性"。有一年,我回老家,看见他正在执行自己的任务。他把全大队的"五类分子"集中起来,用草绳一个个串联起来,排着队在大路上走。他腰上扎着草绳,雄赳赳地吹着口哨,喊着口令。地富反坏右,一个个脖子上挂着牌子,老老实实地跟着他的口令,一会儿向前走,一会儿向后走,一会儿向左转,一会儿向右转。有几个年纪大的,脑子反应不过来,差点摔倒。按传统的叫法,这应该是"游街",可他偏说这是"出操"。

这种把戏玩厌了,过了几天,他又换了新花样。还是那队人马,但每个人手里多了一样道具,有的拿着个破脸盆,有的拿着个破瓷缸。他叫大家用棍子敲响脸盆和缸子,在路上走来走去。他这支独创的乐队,丁哩咣啷,在当时也算时髦一景。

他一双小眼睛里喷涌着邪恶,他常常乐不可支,伸胳膊伸腿地舞蹈,于是整个世界都丑陋地舞蹈起来。

"草绳司令"就是希望那些比他有文化,曾经生活比他过得好的人,在他面前低声下气,神情猥琐,没有尊严,没有体面。他喜欢"司令"、"导演"这种角色,喜欢自己哨子一吹,别人就得严格执行,不折不扣地按他的指令去表演的那种感觉。

他要求全大队所有的人,每天洗过脸的水,不能倒到自家的沟凼里去沤肥,而要倒到公家的沟凼里,否则就是走资本主义,就要斗私批修。

他常到各处查巡,在屋前屋后转悠,发现谁家种有南瓜秧、丝瓜秧,他就会立即连根拔掉。他的眼睛尖得很,即使你把秧子用瓦片、用茅草盖起来,他也能发现,绝不留"资本主义尾巴"。

当然,也偶有令他不愉快的时候。退休的伤残军人笃义就不买他的账,经常要和他唱唱反调,甚至唱唱对台戏。他要"割资本主义尾巴",笃义就在会上说:"我知道,你家养了好几只鸡,为什么我一次也没有看见你把鸡蛋上交给公家,这算不算搞资本主义?"笃义是退休的残疾军人,他管不着,也不服他管,对于这样挑战性的言论,他也无可奈何。

他今天斗这个,明天斗那个,阶级斗争搞得"热火朝天"、"有声有色"。他怕寂寞。没有对手、没有斗争的生活,他觉得乏味,他不习惯。

有一种强烈的观念支配着他,他认为,阶级斗争的弦绷得紧,其标志就是要让阶级敌人不能闲着,不能有好日子过,要"地富反坏右"这些人一时一刻都不得安生。有时一种方法斗烦了,他就换一种方法。有一段时间,每天早晨,天没亮,他就到"地富反坏右"各家的窗户下吹口哨,喊他们起床。他不怕辛苦,他自己不睡觉,是为了让阶级敌人也睡不着觉。那些头上戴着阶级成分帽子、有了一把年纪的人,被他折腾得头昏脑涨,真是叫苦不迭。有人暗地里咒骂:"怎么不雷打死他!"这话当然不会让他本人知道。有成分好的人看不惯,公开说:"这不是故意折磨人吗?"这话传到他耳朵里,他没觉得心里有什么不安,反而说:"我就是要故意折磨他们,他们舒服了,革命的人民就不舒服了。"对于他来说,从精神和肉体上折磨人,是一种本事、一种快乐。

无赖、泼皮、撒旦,都成了他的祖宗和师父,他在滚滚红潮中,在这本是平庸的乡村里,扮演着顶尖的角儿。

中国真是不乏产生苍蝇和蛆虫的肥沃土壤。

人人都鄙视他，又人人都怕他。

有一段时间，他实在没有什么新题目了，寂寞得有些无聊。一天，他看着大伙出工，看着他们那副疲惫的样子，突然心生灵感，不禁为自己拍案叫好。

于是，他暗夜里像老鼠一样活动，到处观察谁到谁家里去了。如果有五类分子互相来往，就断定这是在搞串联，就是准备阶级报复。一次，天黑以后，富农分子雨楼到地主分子钥新家去坐了一会儿，他是去借把锄头的。这事被"草绳司令"侦察到了。第二天，他就把这两人在湾里示众，说他们在搞串联。弄得两人哭笑不得。

生产队出工的时候，他总是蹲伏在暗处，仔细记下五类分子干活的情况。比如锄地，哪个地主一分钟内锄了几下，比别人少锄几下；比如担粪，哪个富农一个上午挑了几趟，比别人少挑几趟；哪个偷懒，哪个怠工，他记得清清楚楚。集合五类分子训话的时候，他就会大讲"阶级斗争新动向"，举出许多例子来，有时间，有地点，有具体人，有具体数字，"言之凿凿"，不由得你不信，不由得你不低头。

他的这种"创造性"劳动，常使上级青眼有加，给予表扬。

令我意想不到的是，"草绳司令"搞的这套阶级斗争，竟也波及了我们家。"文革"开始不久，我小弟志民才八岁。一天，他和地主的儿子谦益在渠道的倒虹管工地那儿玩，两人不知怎么就把水泥管接头处的几根细小的钢筋扒断了。钢筋比筷子还细。这事被"草绳司令"发现了，当即认为这是破坏水利工程，是典型的阶级斗争新动向，要严肃处理。我家是贫下中农，志民年纪又小，他不敢怎么样，只是责令罚款十元了事。谦益是地主的儿子，对他就没那么客气了。罚钱，谦益家没有。"草绳司令"就带着几个人，把谦益猪栏里养的一头猪抬走。一头猪，对于辛辛苦苦的农民来说，那可不是一个小物件。谦益没想到会惹来这么大的祸，急得要跳河。跳河也没用，猪还是抬走了。猪抬到娄底，卖了六十元钱。"草绳司令"和同伙们，就用这钱，买了鸡，买了肉，买了鱼，买了酒，先在水管站大吃大喝了一顿。剩下的钱到哪里去了，谁也不知道。

三十年河东，三十年河西。"草绳司令"做梦也没有想到，他的鸿运只走到1978年。"以阶级斗争为纲"的路线取消了，他就不再有什么作用，甚至变得一钱不值。他失落了，彻底地失落了。他只能回到自己出发的原点，恢复到最初的本来面目。他劳动能力差，日子自然过得不太好。他得罪的人太多，许多人都懒得理他。因此，他的头越来越低了，遇见熟人也常绕着道走。

一次，他从河塘湾经过，有人故意问他："司令，那时你那么威风，如今过这样的日子，恐怕不太习惯吧？"他听了后，脸很红，作声不得，只好低着头，悄悄地快步离去。

我每年回家，都能和"草绳司令"打上一两个照面。他脸色憔悴，身子骨越来越干瘦，腰越来越弯。据我母亲说，他养的儿子是个无赖，不孝顺，一次在外面赌博输了钱，回家问娘要，娘不给，他就把自家房顶上的瓦都掀了。那晚正好赶上下大雨，"草绳司令"不得不半夜去商店买塑料布盖屋顶。前年，他寂然死去，几个乡儒凑了一副挽联：有儿子有孙子生前没过好日子，是恶人是善人死了做了回大人。其中有几分揶揄，几分凄清，几分感叹，谁能说得清。

"哑"人

自知成了哑巴!

他过去结巴都不是,怎么没灾没难的,就一下子变成了哑巴呢?整个湾里的人,问谁谁都说不明白,大伙觉得这事太奇怪了,太蹊跷了,太不可思议了。

可事实就是这样。从1963年的端午节开始,谁和自知说话,他都只"啊,啊"着,打着手势,说不出话来。他的声带没了,他的舌头不听使唤了!

开始大家不相信,以为他是装的,又不知他心里在要什么鬼门堂。"他的嘴巴过去能绕口令,能说相声,学狗叫、鸭子叫惟妙惟肖,能逗人笑得肚子痛,怎么就不会说话了呢?"众人不解。

可第一天这样,第二天还这样,半个月、一个月过去,仍然这样,人们这才相信,自知是真的成了哑巴了。

自知年纪比我大八岁,小时候,他和我们一起放过牛,砍过柴,他常常作弄我们这些年纪比他小的孩子。他的玩世不恭、脾气倔强、软硬不吃和好吃懒做,在湾里是出了名的。

他父亲勋生是保长,家里有几十亩田,算殷实人家。他是长子，得天独厚，掌上明珠，自然要送他读书。1948年，他就进了儒家冲的九三中学。九三中学是一所私立中学，地点就设在刘蓉家的别宅。那时，农村里能进中学的人是凤毛麟角，很不容易的。九三中学离我们湾不远，步行用不了一个小时。

勋生念过多年私塾，在乡村算个知识分子。我小时候，听的第一首古诗，就是他念的。他背着手，踱着步，摇头晃脑地吟道："孔雀东南飞，五里一徘徊……"他的那个样子，我至今还记得。

勋生望子成龙，当然希望儿子也能念书。可自知就是不争气，偏偏就是不愿意读书，好像提起读书就头痛。他是不愿意读那些数理化的书，却喜欢看那些闲书，我小时候看的一些"七侠五义"之类的闲书，许多就是从他那里借来的。他经常逃学，不是和伙伴们上山逮鸟，就是下河捉鱼。知道儿子的毛病后，勋生劝导的话说了几箩筐，他就是油盐不进，毫无效果，把勋生气得跺脚，直说家门不幸，出了这么个不听话的忤逆子。

事情发展到父母不得不动用家法的地步。

一天，自知不仅没去上学，而且还偷了别人家的花生，状告到家里来了。平时极重面子的勋生听说后，气得脸色铁青，不容爷爷奶奶的拦阻，就把他关在房间里，夫妻俩合伙扒光了自知的衣服，用绳子把他的手脚捆了起来。勋生准备了一把羊牯脑刺。

我和几个小伙伴扒在窗户外面看热闹。

勋生问他："你说，为什么不好好上学？"

母亲哭诉："你这个爷老倌，小祖宗，怎么就不听父母一点话呢!"

他不答。

勋生问他:"家里有的是花生,你为什么要去偷别人家的?"

他还是不答。

勋生问他:"你以后改不改?"

他仍然不答。

勋生气不打一处来,手持羊牯脑刺,狠劲地抽自知的脊背。羊牯脑刺的叶子绿而厚,每片叶子都长有五个尖刺,一把羊牯脑刺抽下去,脊背上就是一条条血痕。勋生叫他老婆准备了一碗盐水。一顿乱抽之后,勋生就把盐水泼向自知的脊背。勋生肯定考虑到了羊牯脑刺的厉害,盐水可以起到伤口消毒的作用,不致使皮肉溃烂。

因为关着门,插上了门闩,没有人能够求情,没有人能够劝阻。

盐水泼在自知的伤口上,那滋味可想而知。

看到这一幕,我们的心都发紧,倒吸凉气。

爱之深,恨之切,儿子屡教不改,勋生夫妇不得不为,不得不采取极端的手段。

家法是残酷的,痛苦的。但自知竟没有哼一声,没有流泪,没有求饶,没有服软,只把勋生夫妻气得不行,累得不行,也伤心得不行。

这是我亲眼看到的一次对自知的惩罚,以后没有再发生过,因为以后再没有机会发生这样的事,不久就解放了,九三中学也停学了,自知也不用再到学校去了。

解放后,勋生被枪毙了。死尸抬到坟地,我看见所有的家人都号啕大哭。自知也去了,我没有看见他哭,也没有看见他流泪。他对父亲是否存有怨恨,人们不知道。

勋生家被划为地主,作为地主崽子,自知的日子当然不会好过。管束,歧视,自不待说,最重要的是,他的好吃懒做吃不开了,他必须劳动,必须耕田作土,必须做一个农民所做的一切。

他虽然参加了劳动,日子过得艰难,但是他的无聊,他的恶作剧,仍然不改,有时甚至到了匪夷所思的地步。一次他爷爷希老倌打了一锅擂米粥。希老倌是瞎子,看不见,他就在粥里撒了一把灰。希老倌吃着硌牙,就说怎么粥里有沙子?希老太婆说,还不是你孙子往锅里放了灰。希老倌对着自知说:"我是你爷爷,你做这样的缺德事,就不怕遭雷打么!"

一次,到乡政府所在地茶园山看戏,回家的路上,我母亲让他帮忙背一下我四岁的小妹。他不敢说不背,但他把我小妹背到背上还没有几分钟,我小妹就尖叫哭喊起来。我母亲忙问为什么?小妹说:"自知叔叔用指甲掐我屁股,掐得很痛!"

他就是这么一个人,能躲就躲,能偷懒就偷懒,能不做的事情,他绝不多伸一下指头。

他那偷盗的习惯也并没有因为家里是地主成分而有所收敛。邻居仲和四嫂丢了一只鸡,怀疑是自知偷了。仲和四嫂的泼是有名的,嘴上不饶人,指名道姓,骂得自知狗血喷头。自知开始不作声,任他骂。骂的时间长了,自知实在不耐烦了,就跳起来说:

"你不要再咒了,我乱搞乱做,鸡也没煮熟就吃了,吃了后肚子痛,还拉稀,就是你家的那只瘟鸡,那只背时鸡,害得我一天都不舒服哩！"

自知的话引得众邻里哭笑不得，都说，拉屎病（痢疾）都有药治，自知这家伙真是冒得药治得。

1957年以前，虽然划分了成分，但对地主富农还管得不严，社会关系比较平和。自知娶了媳妇，媳妇叫刘菊英，家里也是富农。一年后，刘菊英为他生了个儿子，取名建光。

1957年反右斗争以后，大抓阶级斗争，政治空气骤然紧张，地主富农的行动就没那么自由了。生产队的脏活累活，都往他们头上派。自知常被派去担粪水，挑塘泥，还被派去修水库。三天一开会，五天一训话，不断的责难，不断的批判，你没事也让你不得安宁，你有事就更让你日子难过，精神上、肉体上双重苦难。一贯桀骜不驯的自知，在这样的阶级斗争面前，也渐渐磨去了棱角，变得服服帖帖，不敢乱说乱动。

1960年，人们饿肚子，没有饭吃，老婆刘菊英实在挺不住，就一撅屁股走了，跑到新疆去了，留下了儿子。

1963年3月，刚刚熬过三年自然灾害，身子虚弱的自知听说要把自己派去修湘黔铁路，他一下子懵了。他知道，在生产队虽然要干活，但不是天天有重活，偷点懒还容易；可修铁路就不一样了，天天箢箕扁担，土方是定量的，死任务，必须舍着命干。湾里的石珍就是在修白马水库时，挑土给累死的。再说，自己走了，儿子建光交给谁，谁来照顾他？

就在修铁路的人要出发的前三天，自知一下子成了"哑巴"，不能说话。他见了人就"啊、啊"着，打着手势，显得很难受的样子。

修铁路是政治任务，当然不能派这样的人去。于是，自知被留了下来。

一个明显的变化是，自知更邋遢了。他蓬头垢面，平日里不洗脸，不洗脚。一般人在田里干完撒石灰的活，都要跳进河里去洗澡。可他不，满身的石灰，脏兮兮的，不洗澡，也能忍受，也能躺下睡觉。他到别人家去，不坐凳子，总是身子往柴角的地上一歪，装出一副又疯又痴的样子。

他平时目光呆滞。在湾里人眼里，他没有了思想，没有了灵魂，成了傻宝，成了行尸走肉。

对于这样的人，连阶级斗争的弦绷得特紧的"草绳司令"也不再感兴趣，觉得和他打交道没什么意思。

久而久之，人们三天两天不见他，也不在意，十天半月和他不打照面，也不觉得奇怪。

这样过了一年多。到了1964年的秋天。整个生产队的人都忙着秋收，大伙也没去招呼自知。有一天，有人说："自知呢？他儿子建光呢？怎么没见到他们俩的面？"

人们这才恍然想起他父子俩来。有人认真地想了想说："你还别说，我真有好些日子没有见到他俩了呢！"

开始，大家以为很正常。但仔细一想，不对呀，他傻，他儿子不傻呀，这两人怎么就不出来了呢？这才引起大家的重视，分头寻找自知父子俩。

但到处找了，找不到自知父子的踪影。

自知不见了！他儿子建光也不见了！

这成了生产队的头号新闻。

他父子会跑哪里去呢？他是"哑巴"，也没法跟别人说话，他们能跑到哪里去呢？

一个地主崽子和他的儿子不见了，又是个哑巴，没人重视。也许他们是活不下去了，自寻短见了吧。在那个年代，地富反坏右分子和他们的子女，自寻短见的不是个别人。

一段时间过去，人们不再谈论这件事。

许多年没有自知的消息，人们都以为他死了，从这个世界上消失了。湾里的人也慢慢地把他淡忘了。

直至上世纪八十年代，突然有消息传来，自知父子俩在新疆！后来这消息又得到了他妹妹贤慈的证实。

自知没有死。听说他去了新疆后就当了教书先生，曾做到县教育局长。又听说他儿子建光上了大学，后来当了某县的副县长。2006年5月我回老家，有人告诉我，建光如今是新疆某市的副市长。

事情已很清楚：自知没有变哑，他的"哑巴"是装的，是骗人的，是一个计划的一部分，是一场精心安排的演出。令人惊奇的是，他装得那么好，那么逼真，时间有那么长。他的假装，竟逃过了大家的眼睛，没有被人发现！

我不知道自知是否看过法国作家雨果的长篇小说《悲惨世界》，我不知道他熟悉不熟悉那个装疯卖傻的冉阿让，不知道他是否受到过冉阿让的启发，反正他的表演是够天才的。冉阿让是小说家编造的人物，而自知却是真实的，就在我身边，他和我一起打过柴，放过牛，因此他的经历对我更具震撼力。相同的是，他们身上都带有悲剧色彩；不同的是，冉阿让最后几遭厄运，在孤独中死去；而自知最后却当了教书先生，他的儿子当了副市长。

"这小子小时候读书不认真，鬼点子倒学了不少！"人们这样评价他。

在那个年代，他装哑巴，甚至装疯卖傻，装神弄鬼，完全是为了出走、为了亡命天涯做准备。他的目的，就是要麻痹大家，对他以后的行动不起疑心。没想到，这个人会有那么深的心计。这是逼出来的，是一个人为了生存，使出来的一种自我保护的手段。但人们佩服自知的那种忍耐，认为这是一般人做不到的。大家没有想到自知会有这种智慧，会有这种惊世骇俗之举。

大家当然也很感叹：倘若他不装哑巴，不逃出这个湾去，也许他难逃文化大革命的劫数，或许早已死掉了，他儿子建光也不会有今天！

孤独的"大师"

"松雪大师"。从我知事起,就听到这样一个称呼,但我见到这个人,是很久以后的事。

我不太确切知道湾里的人,为什么要在他的名字"松雪"后面,加缀上"大师"二字,也不知道农村的人是如何定位"大师"的。无疑这是一种尊称,是对他某方面成就的认可。但与我心目中的"大师"身份,总觉得有些距离。今天的某些人,很随便地滥呼某些有点学问有点专长的人为"大师",我很不认同。在我心中,"大师"这称号很尊崇,很神圣,可不是能随便乱叫的。他要么学富五车,是大学问家;要么在某个领域特有专长,有独到的建树,影响广泛而巨大。只会说个相声段子,演个小品什么的,逗观众一乐子的人物,就被称为"大师",虽很时尚,也只能算作笑话。总之,大师是不等闲的人物,是人尖里的顶尖儿。大师级的人物很少,如果满街都是,就无所谓大师不大师了。

松雪先生念过书,会医道,善书画,有过两房太太,解放前穿过军装,曾在上海的某报馆当过记者,回家时穿一身制服,腰上还束着皮带,挎着指挥刀。在文化普遍不高、见识不广的家乡老百姓眼里,他是一个有一定学识、专长和身份,且带有几分神秘色彩的人。

我们当地有个习惯,常常把人的名字和职业联系起来,如果他是木匠,就呼其名为"某某木匠",如果他是裁缝,就管他叫"某某裁缝"。书法家、画家,叫什么呢?当时乡人还没有"书法家"、"画家"这个时髦概念,一般通称为"大师"。我猜想,"松雪大师"的名称,大约就是这么来的。

我听到关于松雪"大师"的故事很多,有好有坏,有褒有贬。但他做的有一件事——这件事是母亲告诉我的——当时曾经震动了附近百姓,许多年以后,也震撼了我。

1924年的阴历正月十三日,春溪湾和塘边湾的群众发生械斗。

事情的缘起是这样的:春溪湾喻孝堂的女儿是塘边湾曾炳六的儿媳。春节期间,家里煎肉饼,就是高粱面里掺上肉末辣椒粉的那种,儿媳妇在煎的时候吃了一块。婆婆见了说闲话,说你就是嘴馋,老鼠子吃东西过不了夜,你吃了,明天客人来了怎么办?为这事,婆媳俩吵了起来。就是这么一块高粱面粉做的肉饼,招来这么多闲话,儿媳妇想不通。婆媳俩越吵越凶,最后,儿媳妇就跳进水塘寻死。跳进水塘没有淹死,被救了上来。儿媳妇还不罢休,横竖不想活,又上吊。家里人发现后,急忙用刀子砍断绳子。但此时已来不及了,人死了,没气了。更不幸的是,匆忙间,砍绳子的刀子碰到了死者的额头上,碰出了一个伤口。

一块肉饼,闹出人命,闹得满城风雨,鸡犬不宁。

此事传到春溪湾,孝堂大怒。一块肉饼,就把女儿逼死了,真是岂有此理!他平日里本来就是刺头,是个无事都可以生非的人，女儿死了，他岂肯善罢甘休？人都死了，就管他亲戚不亲戚，没什么情面可讲了。他听说女儿额头有伤口，就更加火冒三丈。为了报复曾家，有意要把事情闹大。他身藏一把匕首，直闯曾家。他在看望女儿尸体时，趁人不注意，故意用匕首在女儿额头原来的伤口处捅了个窟窿。

谁也没有料到，也没有防备孝堂会来这一手。孝堂从停尸的地方出来，就哭嚎着大喊："曾柄六家杀人了！"

这样，性质就变了，自杀变成了他杀，上吊之死变成了凶杀之死！

那时没有刑警，没有法医，没有人来鉴别伤口的真假。人死在你家里，伤口也是有的，你纵是有一百张嘴，也说不清楚。

"塘边湾杀人了！""曾炳六杀儿媳妇了！"孝堂鼓动春溪、河塘两湾喻姓的人大闹塘边湾，他们声言要纵火烧房子，所有的人都到塘边湾前的大树山吃饭，吃完饭就把饭碗摔碎。族群之间的仇恨被激发出来了，矛盾有进一步激化的危险。

当时春溪喻姓有两门铳炮，过去是防强盗、土匪，自卫用的。如今人们从仓房里把两门铳炮抬了出来，扫去了上面厚厚的尘灰，运到高处，装上铁砂炮子，对准了塘边湾。他们准备点燃引信，用这两门铳炮轰击塘边湾。

就在这千钧一发的时刻，走来了一个年轻人。当他知道这一切后，疾步上前，迅速而果敢地用泥巴封住了炮管的引信。铳炮哑了，没有响，防止了一场大血案的发生。

年轻人说："这炮打不得！千万打不得！你们知道后果吗？炮一响，那是要流血，要死人的！"

这年轻人就是喻松雪。

这在双方情绪十分激烈、剑拔弩张的关键时刻，敢于用泥巴封住铳炮引信，是需要胆量，需要智慧的。

这个不寻常的举动，留给我的印象很深。

解放后，松雪"大师"家被划成地主成分，但他并不在家里住，大家又念及他以前做过那样一件大善事，也就没有怎么斗争他。

解放初期，松雪"大师"住在湘乡县的谷水镇。正当职业是医生。他儿子孟威也是医生。孟威是后娘生的，但人是由大娘带大的，对大娘有感情，而对父亲和生母却不理睬，最后甚至到了不相认的地步。孟威的年纪比我大不了许多，他和他的大娘，我都是见过的。

我上中学时，曾到谷水镇去过。我的一位同学傅镇南，家是谷水镇的，他告诉我，他认识喻松雪，街上有他写的招牌。我特意步行几十里，去谷水镇看他写的招牌。喻松雪是我本家，我心里自有一分荣耀。在傅镇南的指引下，我在谷水镇的街上走来走去，看到了松雪"大师"写的招牌有三块，都是商店的招牌。字是写得好的，有颜体风骨，遒劲有力。听说他写一个招牌，可以得到两袋面粉的报酬。我那时对这位从未谋面的"大师"，暗暗地在心里佩服得很。几个字，就能换回两袋面粉，这人绝不是个普通角色。

1958年修建水府庙水库，截断涟水，谷水镇被淹了，搬迁到了番江。松雪大师也去了那里。只是到了文化大革命，他才被遣返回原籍。

中国人讲究叶落归根，人老了，总要想方设法回到自己的出生地。但遣返回原籍可不是落叶归根，那是一种严厉的处罚，表明你被开除公职了，再无地方收留你，只有一个地方例外，那就是你的原籍，你的出生地，他们不能拒绝你，不管你是坏人或者曾经是罪犯，都必须接受你，让你用自己的劳动混一口饭吃。

于是，他来到了春溪湾，就安置在我家对门的空房里。他的大老婆早就死了。据说他刚来的时候，是带着小老婆一块来的。儿子儿媳想脱离父亲成分不好的干系，正式声明不和他往来。因此妻子生病去世后，身边就只有松雪一个人。妻子死时，他伴着妻子的尸体睡了两天两夜，湾里左邻右舍才帮他安葬了妻子。

那是一个不需要文化的年代。他回来了，老人们还知道他以前的一些情况，年轻人根本不知道他是干什么的，他的身份是历史反革命，是臭老九，是需要改造的人。很少有人和他打交道，很少有人和他说话。一个老人，一个行将就木、油干灯灭的老人。没有人向他索取字画。他的这手功夫，已经贬得一钱不值。革命派批判他，说他的那些字画，只能揩屁股，只能糊窗户。

但这个人生已走到穷途末路的人，仍保持着一种知识分子的矜持和孤傲。别人不和他说话，其实主要还是他不愿意和别人说话。对别人的任何批判，他的反应是一声不吭，保持沉默。任何的是非，他都不表示态度。在他来说，不说话是最好的防御办法。"言多有失。"他相信这句话。任何的失误，都可能成为罪过，都可能成为批判的理由。他已无力为自己辩护。同时，他也认为，自己和眼前的这些人，没有共同的语言，你有道理，也和他们讲不清楚。生产队长是文盲，你和他讲书法，讲绘画，讲医道，那是对牛弹琴。

所以，他懒得说话，一天到晚，几乎说不了几句话。

他的沉默已发挥到了极致。秋天，田里的稻子成熟的时候，生产队分配他守护稻田，防止鸡鸭糟蹋粮食。他坐在田边，绝不说半句话，看见鸡鸭过来，就捡一个石头子，或者土疙瘩，轻轻地丢过去，把鸡鸭赶走。有人问他："你为什么不像别人那样吆喝着？"他说："说话费精神。"有时甚至丢下一句这样的话："懒得和这些畜生说话。"都是短语，让你半天回不过味来。

我听母亲说，松雪大师聪明，在外面读过书，干过事，从来和湾里人保持着距离，人们对他也敬而远之。有一年，我三弟佐贤出麻疹出不出来，他坐在小河边钓鱼，我母亲迫不得已，惴惴地去请他，说孩子眼看不行了，请他去看看。他摘下金边眼镜擦了擦，不知是无能为力，还是嫌家里不干净，就是不动屁股，继续在那里钓鱼。为这事，我母亲一直对他耿耿于怀。

如今是虎落平阳，谁都可以欺侮他，自己的本事又没处使，成为一个百事皆错、一无用处的人。

但"大师"毕竟是"大师"，他仍要保持那么一点傲骨和气节，他仍要和这些作田汉、泥腿子保持一点距离。

他潦倒，他落魄，瘦骨嶙峋，已完全是风中残烛。但远远望去，他身上仍有某种气质，仍给人一种文化的感觉。

上世纪七十年代初期，我回家遇见了他。这是我第一次见到他。我没想到，我们湾里的这个名人，已经如此苍老。说实话，在我们那个缺少名人的山村里，我一直认为他是凤毛麟角，一直对他心怀敬重。我这个人有一个癖好，就是爱才，喜欢和尊重有才的人，喜欢和有才的人打交道。虽然正处在如火如荼的文化大革命中，虽然松雪大师身份不好，是一个许多人避之不及的人，但我还是走上前去，和他握手。我是第一次见到松雪大师本人，虽然潦倒，但并不邋遢，背有些弯，清癯的脸上没有一丝卑屈的颜色。他已经知道我是军人，知道我在做文字工作，在一家报社当编辑。我父亲主动把我的一篇发表在北京某大报的散文给他看。在旧社会，他也曾经干过报纸工作。他没有拒绝，戴上老花镜，仔细地阅读了我的那篇文章。我期望着他说点什么。他是内行，是前辈，我希望他能够给予指点。但他自始至终，一句话也没有说，只是微微地笑了笑，又把文章还给了我父亲。

后来，在许多的日子里，我一直在琢磨他微微地笑了笑的含意。也许他是称许，觉得文字尚好，这后生可为；也许他认为不过如此而已，都是些廉价的赞颂，算不得真正的文学作品；也许他不便说什么，怕说真心话，也不愿说假话。

沉默，成了松雪大师的特点，成了他保护自己最有效的盾牌。他不说什么，你阶级斗争的弦绷得再紧，也逮不住他什么错处，没有口实，他的日子就会相对比较安宁。

我一生中只在谷水镇街上看过松雪大师的字，他别的字画、学识，我一概不知，因此他是否有大师的水平，能否跻身大师行列，无从评判，没有发言权。但就他的沉默而言，我倒觉得有几分大师的风范。

松雪大师是孤独的，但又是傲慢的。

1974年，他在寂然中死去。几年后，文化大革命结束，松雪大师当然也在落实政策之列。但人已逝，什么平反昭雪，补发工资，恢复名誉，都与他没有关系了。

两个"和尚"

刘氏俩兄弟,一个叫松和,一个叫柏和。兄弟俩年纪相差两岁左右,相貌相似,一般的高,一般的粗壮,一般的又圆又大的脑袋,连眼睛、眉毛、嘴巴都好像一个模具造出来的一样,不知道的人还以为是双胞胎。

兄弟,兄弟,难兄难弟,每天一道日出而作,日落而息,吃的一样的饭菜,过的一样的日子,相依为命,谁也离不开谁。

但家里是弟弟柏和当家,一切开支由他说了算。

他们是迁入本湾的第二户外姓人。国超九爷去世后,没有后人,留下的房子一直空着,他们搬进湾后,就住在这栋房子里。

国超九爷过世以后不久,有人在拆他家那间大厅屋的时候,发现房顶的大梁上,有一个小布人,用钉子钉在梁上。这肯定是当年盖房子的时候,主人得罪了工匠,工匠留下了手脚。这不是一般的得罪,因为手脚下得很重,按行里的话说,是要让这房子的主人断子绝孙。

我向来不信这一套,认为这是巫术,是一个人在无奈或仇恨情况下精神的异变,小布人成了诅咒和报复的图腾,带有原始的气息。

然而令人奇怪的是，曾经先后住过这幢房子的几户人家真的都没有后人，竹林十五爷没有，国超九爷没有，如今的松和、柏和兄弟俩连老婆都娶不上，看来肯定也不会有。

无疑这是一种巧合。当然，这种巧合往往就使许多人对巫术信以为真了，而且成了那些人相信巫术强有力的佐证。

知道这事的人不多，我也是听弟弟新民说的。

松和、柏和的母亲叫求仙七娘，个子小，很和善。他们是从枫树塘迁来，房子是花了一点钱，从生产队买的。

松和、柏和兄弟俩，论长相有长相，论力气有力气，刚来湾里的时候，是顶好的壮劳力。唯一的缺陷是没有文化。

他们既年轻，又勤劳，一家三口，日子过得还算不错。即使是天灾年份，湾里其他所有的人家都缺粮食，他们家也有饭吃。家里人口少，两个强壮劳动力，田里土里，凡能耕作的地方，都努力去做。生产队出工，只要中间一休息，兄弟俩立马就去了自家的自留地干活。久旱无雨的年份，别人家的蔬菜都旱死了，他家的蔬菜却长得很好。他俩天不亮就到山塘去挑水，浇自家的菜地。有一年的夏天，他俩直把一口山塘的水全部挑干，惹得山塘下面需要用水浇稻田的人家直埋怨。

他俩里里外外，既做男人活，又做女人活。一般有女人的人家，喂母猪都得掂量掂量，因为那样大猪小猪要伺候，事太多，太累人。可他们两个大男人，为了赚钱，不怕事多，不怕活累，硬是常年喂着个大母猪，每年要卖十多个小猪崽。

就是这样一户不缺吃不缺穿不缺钱的人家，却始终没有女人进门；就是这样两个身强力壮的小伙子，却一直打着单身，从年轻时一直到现在，人都老了，还是一对光棍，光棍一对。"松和尚"、"柏和尚"，在他们还年轻的时候，这名字就这么叫开了。

为什么会这样？了解他们的人都知道，他俩除了没文化以外，还有一个共同的致命的缺陷：自私，小气，吝惜。

也曾有人带女人来看过两次，看见他俩一分钱，手板都攥得铁紧，也就不再搭白了。

还是柏和年轻的时候。有一年，柏和得了病，病得很厉害。岳楼和另一个人抬着他到洪山殿煤矿医院看病。从湾里到洪山殿路程不短，来回一趟，岳楼累得腰酸背痛，肚子空空。岳楼悄悄对求仙七娘说："我今天家里没粮，要跟你借升米，回去煮饭吃。"

求仙七娘回答说："要得，要得。"转身就要去给岳楼盛米。

此时，没想到躺在床上的柏和耳朵特尖，听见了他们的谈话，在床上大声问道："你们在说什么呢？"

他娘说："没说什么。"

柏和说："别骗我，你们说借米了。米不能借，你要是借，我今天就要死了，不信，我死给你们看！"

岳楼听了，吓得转身就走。他心想：我今天抬你上医院，跟你家借升米，这点面子都不给，真做得出来，没有一点人味儿！而且我是向你借，又不是不还你！

此事一传十，十传百，都知道了柏和兄弟的为人，就谁也不和他俩打交道了，连小孩子都不上他家去。

他俩也不和别的人家走动，湾里的人，不论男的，女的，老的，少的，他俩都没有一点交谊。

作为哥哥的松和，论起吝惜，也毫不逊色于弟弟。一次，老屋枫树塘的人来看求仙七娘，七娘从泡菜坛子里捞了点酸豆角招待。过去我们那里老百姓穷，一碗泡菜也当成招待客人的点心。待人走后，松和为了一碗泡菜，和母亲大闹了一场，哭着喊着，在地上打滚。

1964年，乡干部曾林强到湾里来，给他们老娘送来四十元救济款。那时，四十元可是一个不小的数目。赶上中午了，曾林强想留在他家吃饭。七娘说要得。可柏和怎么说都不行。他对曾林强说："湾里那么多人家，你为什么不在别人家吃饭，而非要到我们家吃呢？"曾林强听得直摇头，说："柏和尚呀，我在你家吃饭，是看得起你，因为你家是贫下中农。我吃饭又不是白吃，要数粮票，还要数钱的哪！"

上世纪七十年代，求仙七娘就过世了，留下了一对儿子相依为命。他俩的日子过得相当省俭，省到了不能再省的地步。他们吃的，全是自家种的养的，很少看到他们花钱去集镇上买荤腥。当湾里几乎每家都拉上电线、点上电灯的时候，他们家还是点煤油灯。后来安上了电灯，夜里，也很少见到他家的灯是亮着的。

兄弟俩不仅干农活，也拾破烂，什么塑料瓶呀，纸箱呀，废铁呀，全捡着。他俩经常把捡来的纸板放在田埂上，用手往纸板上糊泥巴。他俩希望自己的纸板能多些分量，能多卖些钱。

当然，他们也有失算的时候。还是生产队记工分的年月，柏和被派去到我家的粪坑挑大粪。大粪在我们那里算上等肥料，都很看重的。他在会计的账上，把挑去的两担大粪，全记在了自己的名下。这事，很快被我母亲发现了，就质问他，可他一口咬定是自家的大粪。我母亲也不示弱，叫来大队干部，亲眼去看他家的粪坑,结果他家的粪坑还原封未动。在事实面前,他不得不承认自己做了假。他为自己的错误付出了代价,本想占点小便宜,结果被罚款八元,吃了一个大亏。

由于太过自私,太过吝惜,名声在外,十里八乡都知道。没有一个人敢为他俩提媒,也没有一个年轻女子敢走上门去。就这么耽搁着,年复一年,还是两个"和尚","和尚"两个。

从上世纪五十年代到现在,兄弟俩省吃俭用,一分一毛都不浪费,钱应该是攒下了一些的。但到底攒了多少,谁也不知道。人们没有看到他俩去银行存过钱。据说有人见过,他俩把钱拿出来晾晒过,什么时期,什么币值的票子都有。

以往我每次回老家,几乎都能见到他兄弟俩,只觉得这对兄弟是越来越衰老了。今年4月我回老家,没能见到他俩。有人告诉我,松和病了,病得很厉害。毕竟都是七十开外的人了,平日里又舍不得吃,营养严重不良,有病又舍不得花钱请医生,硬挺着,咋能好呢!

湾里的好事者为他兄弟俩编了这样几句顺口溜:"干得比牛还多,吃得比猪还差,睡得比狗还晚,起得比鸡还早。"这话有些刻薄,有些损人。但仔细一想,倒也符合他俩平日生活的实际情况。

我弟弟跟我说起他兄弟俩的事时,不胜感慨:"唉,这些人哪,就到世间打了一转,空来一趟。他俩没离开过湾里一步,没去过任何大城市看过,任何好东西没吃过,没享受过,没听过收音机,没看过电视,除了田里土里干活,什么爱好也没有,一辈子连个老婆都没讨上,这值吗?这也是一世人生么?"

我听了后,沉吟良久,竟不知说什么好。心里说:人间万象,这也算是一种人生吧。

背冤单

老实巴交的州书，没想到自己会遇上这样的倒霉事。

他有四个孩子，两男两女，家境不好，孩子要念书，就靠平日里为枫树井供销社担脚，挣些钱填补家用。

那时乡村里没有公路，也没有汽车，供销社进货出货，全靠人工肩挑。因为州书家离供销社近，他为人老实，又能吃苦，所以一般挑货都让他去。

挑脚是个苦力活，南货布匹，油盐酱醋，都是值钱的东西。除了花力气，还要担份责任。

没想到事情就出在送货上。

一天，他从枫树井供销社挑货到磨子石供销社去。磨子石是船码头，那里的供销社是区里的总社，进货出货都要经过那里。那天挑去的是一担杂物，里面有收购上来的废旧物品。出发时，供销社的经理交给他两千元货款，让他捎给磨子石供销社的财会人员。供销社的经理让州书捎钱，是因为信任他，他以前也捎过钱，从没出过差错。

可偏偏这一次出了差错。

他把货送到磨子石供销社后，抹掉满头的汗水，准备去交款时,却怎么也找不到那两千元钱。州书当时几乎吓得瘫了。

"你莫急,莫急,好好找找。"供销社的人说。

他脸色苍白,浑身都是汗。他翻遍了身上的每一个口袋,把货担上的货物也翻了个遍,可就是死活找不到那钱款。

那是文化大革命中。那时,两千元,对一个农民来说,简直就是一个天文数字。全家所有家当加起来,也不值两千元!

那天,州书,这个快四十岁的汉子,脑子里一片空白,懵懵懂懂,自己都不知道自己是怎么回到家的。好像遇到了洪水,遇到了地震,山崩地裂,整个世界都一片黑暗。

他没办法见枫树井供销社的人,连自己怎么向他们解释都不知道。钱,他们是亲自交给了自己的,这一点不会错。但钱到哪里去了,他说不清楚。

他把事情说给家里人听,老婆孩子都急得哭了。

他想到了自尽。儿女们也估计到了这一点,人在无法可想,无路可退的时候,就可能想到绝路。于是,他们把绳子和刀子都收藏起来了。每天晚上,只要他父亲有一点动静,儿子建楚必定会起来监看;白天,父亲到外面去,儿子也要跟着,因为外面有水塘,那也是可以丧命的地方。

但他终究没有自尽。半个月下来,他人瘦了一圈,头发白了几茎,翻来覆去地想,觉得自己有老婆,有孩子,有一大家子人,现在不能死,老婆孩子都需要他的照顾。

那时,两千元是个大数目,丢失这么多钱是要立案侦查的。如果是贪污了,干部就要开除公职;如果是偷盗了,就要移送法院,判几年徒刑。但供销社的人认为州书从来就是老老实实做人,这次错误是初犯,就没有作为案子来办,还算是留了很大情面的。

但情面归情面,公事归公事,公家的钱丢了,钱是要还的,一分也不能少。没有人为你担待,也没人敢担待。

为了还债,州书把屋拆掉了,把家里能值钱的东西都变卖了,暂时借住在兄弟家里。

枫树井供销社的人还继续让他挑脚,用挑脚的工钱来还余欠的款项。因为要他还钱,除了用这个办法,也实在找不出什么别的办法来了。

我母亲说,有一次州书见了她,一个男子汉竟当面号啕大哭起来,心里委屈,说自己为什么会遇上这种事,会这么倒霉。

没有立案侦查,但说闲话的还是有。

"不是三块钱两块钱,这么多钱,能长了翅膀飞到哪里去?"有人这样说。

"咳,人心难测,说不定他自己把钱昧了呢!"也有人那样说。

常有人在背后指指点点。

州书经常挑担,下雨天也不能歇着。他买了一双新雨鞋,就有人说闲话了:"啧啧,你看他,天天还债,还有新雨鞋穿,哪里是没得钱罗!"

过新年了,小女儿添了一件花衣服,就会有人在挤眉弄眼:"钱哪,是好东西,什么都可以买,买田买地买新衣服都行。"

丢了公家的钱,自己说不清楚,背着冤单,别人说什么,你都得忍受着。

连续为供销社担了两年的货,风里来,雨里去,春夏秋冬,一年四季不断,分文未得,总算把欠下的余款还清了。

两年过去,精神上体力上的双重压力,使州书瘦得皮包骨,像老了十岁。一次丢钱,差一点搞得他家破人亡。

到了第三年的春天,没想到发生了意想不到的事情。他当年挑到磨子石供销社的杂物,竟还原封不动地存放在库房里。供销社请人清理库房时,一个老头在一个针线盒里翻出两千元现金来!

这不就是两年前州书丢的那两千元钱么!

为了这两千元,州书背了三年的冤单,搞得身心俱累,连头都抬不起来。

如果这钱不出来,他不知道,这冤单还要背到何年何月。

后来,虽然供销社把钱退还给了他,虽然事实本身给他恢复了名誉,但州书还是告诫自己的儿孙:"再穷,你们也不要去给供销社担货了,永远都不要!"

五癞子

正明这个大号没得人叫了，甚至很少有人还知道他有这么一个大号，五癞子这个名字倒是无人不知，无人不晓。

他头上有癞子，排行第五，人们就习惯叫他五癞子。

五癞子水蛇腰，常常几个月不理发，头发像蓬乱草，身上的衣服也是一年洗不了几次，油光瓦亮，能照得见人影子。

五癞子游手好闲惯了，百事不做，平日里赖皮叽叽，唯一的本事就是偷。

他偷成瘾，成癖，什么蔬菜，什么瓜果，不管吃的，还是用的，他顺手摸走是常有的事。

一个月色朦胧的晚上，他去偷鱼。他把衣服脱了个精光，悄悄地滑进了一个偏僻的鱼塘。抓鱼他是行家里手。水塘里抓鱼，谈何容易！别人不行，可他行，只要他想做，就几乎很少失手的。他在大庭广众前吹过牛，说在清水塘那样阔水面的塘里，他也抓到鱼。开始人们不信，说你又不是鸬鹚变的，怎么可能呢？后来人们亲眼见过几回，果真如此，也就信了。

月光下，只见他憋足了气，一个猛子扎下去，在水里乱摸了一阵，就抓到了一条两斤重的鱼。他喜滋滋地把鱼放进岸边的鱼篓里。"嗨，草鱼，明天又可以吃腥了！。"他嘴里嘟囔着。

可他再扎猛子，就没有抓到鱼；一连扎了几次猛子，都是空手。

他不太甘心就此罢手，还想继续试试。陡然间，他看见塘埂上有一个人影在晃动，以为是过路的，就说："这塘里真是没有多少鱼。"

那人影说："塘里有鱼没鱼，关你屁事！你上来吧，不要再摸了！"

五癞子问："这鱼塘是谁家的？怎么鱼养得这么少呢？"

"这鱼塘是我的！"那人影说话的声音很严厉。

"怎么，是你的！"五癞子这才慌了，他见那人手里拿着一根棍子，像要出手的样子。他怕挨打，怕受皮肉之苦，迅疾爬上岸来，提了裤衩，留下鱼篓，光着屁股，一溜烟跑了。

梅雨季节到了，正是穿水靴的时候。

文三爷在房间里说："老婆子，你见我的水靴了吗？"

他老婆回答说没有。

明狗子在问他妈："妈，我的水靴昨天还放在屋檐下，怎么今天就不见了呢？"

他妈回答说："我怎么知道。"

奇怪！接二连三，许多人发现自己的水靴丢了，不见了。丢了一双不要紧，丢了十双八双，就引起了大家的重视和警惕，都说："怎么贼牯子进湾里来了！"

一天下午，明狗子上五癞子家去玩。五癞子卧室的门是半开着的。明狗子坐在小板凳上，弯腰眼睛一瞄，突然发现五癞子的床底下有许多水靴，那靠近床脚的一双，好像就是自己丢失的那双!

这一发现让明狗子吃了一惊。

明狗子装着什么也没看见,悄悄地离开了五癞子家,直奔村长家。

村长带着几个人来到五癞子家,从他床底下拖出三十双水靴!

村长问:"这些水靴是你偷的吗?"

五癞子回答:"是,是我偷的。"物证都在,他不想抵赖。

村长又问:"你为什么要偷?"

五癞子嗫嚅了半天,才说:"我每晚出去,不摸点东西回家,心里就不舒服,就睡不着觉。水靴都放在屋檐下,或者厅屋里,我都是顺路摸回来的。"

五癞子说自己不摸点东西回家就睡不着觉的理论,让村长和湾里的人既吃惊,又有些不解。

"怎么,你有这么个特殊爱好?"众人问。

五癞子歪了歪脖子,一副尴尬神情。

五癞子的屋里站了许多人。丢了水靴的人都很愤怒。有人提议把他送派出所去,关他几天,让他好好反省反省。

水靴被各家领回去了。湾里的人都比较宽容,觉得水靴还在,就算了,最终没有把五癞子送派出所,但大家的愤怒也确实让他出了一身冷汗。

五癞子很老实了一阵,也很寂寞了一阵。他忘不了村长带人来的那天,邻居们一张张愤怒的脸,和一句句掉到地上能砸个窟窿的话。他觉得这样偷别人的东西,要真是被人逮着了,送进派出所,那罪也不好受。但他偷惯了,不偷点摸点,手痒痒,心里不舒服,很难受。

不过，湾里丢失东西的情况是明显地少了。

大约过了半年。明狗子又来到五癞子家。卧室的门还是虚掩着。明狗子习惯性地用眼角向他的床底下瞥了一下。这一瞥不打紧，让明狗子又大吃了一惊：五癞子的床底下放着一大堆石头！

"他在床底下放着这么多石头干什么？"明狗子百思不解。他试探着问五癞子："哟，五癞子，你床底下怎么藏着那么多宝贝，准备卖钱哪？"

五癞子早就注意到了明狗子的眼睛，见他开口问起，脸微微有点红，说："嗨，捡的，都是我捡的。"

明狗子说："你捡那么多破石头干什么？"

五癞子有些不好意思，说："唉，说不清楚。出门进屋，不捡点什么回家，总觉得不舒服，睡不好觉。你们这也不让捡，那也不让捡，我就每天摸个石头回来。"

听了五癞子这话，明狗子哈哈哈一顿饱笑。湾里的人听说这事后，也都一个个笑得前俯后仰。

一天傍晚，五癞子扛着两根木头来到敏二嫂家，说："听说你们家要盖房，我送你两根木头。"

五癞子拿木头送人，这种大方，这种慷慨，可是开天辟地第一回。敏二嫂既高兴，又惊奇。五癞子从来只有摸别人家的东西，沾别人的便宜，怎么今天给我送木头了？难道他真的变好了吗？敏二嫂左看右看，像遇到了一个陌生人似的，看得五癞子心里有点发毛。她收下了两根木头，并且一再说："谢谢，谢谢你啦。"

五癞子哈着腰，背着手，说："不用客气，不用客气。"

五癞子走后的第二天，敏二嫂发现自己放在门口的一双新旅游鞋丢了;又有人告诉她,五癞子送来的那两根木头是从木器家具厂偷的。

敏二嫂摇摇头说:"唉,真是狗改不了吃屎!"

六 爷

　　回忆是一件有趣的事,特别是关于六爷。
　　六爷虽然过世已有十多年了,但我还是经常想起他。
　　——每当我看到少林武术小子的表演,就会想起六爷。
　　成福六爷年轻时在军营里当过兵。他就像孙猴子一样,个子虽小,却有一些斤两,有一身功夫。你一眼就能看出他是操练过的人。一伸手,一勾腿,一招一式,就有那么点意思。他说,他年轻时在军营里和人打架,一次同时放倒过三个江北人。他花甲之年,只要高兴了,还经常要在众人面前露一手,站个骑马桩,来几套拳术,来个"鹞子翻身"、"鲤鱼打挺"。身体之灵活,之轻捷,让观者佩服之至。他有一个节目叫"栽天树"。正规的名称应该是"倒立",北方人叫"拿大顶"。可我们那里,既不叫"倒立",也不叫"拿大顶",而是叫"栽天树"。猛一听,"栽天树",很土,很俗,很方言,外地人不知是咋回事。但细一琢磨,就觉得还是我们那里的叫法最形象,最生动。你想,人倒立着,双腿伸直,像一根树干,两手叉开,像两片树叶,对于人来说,脑袋是天,如今脑袋在底下,平地长出一棵有干有叶的树来,那不是"栽天树"

吗？每当六爷表演"栽天树"，周围必有一帮子小孩看热闹，他栽的时间越长，喊声就越响亮。

六爷和我是同宗近亲，我得叫他叔公。我小时候，六爷要教我功夫，让我先从站桩练起。我练了几次，觉得单调乏味，就不想练了。他说，练武要有常性，要春夏秋冬都能坚持；你这小子没有常性，耐不得苦，练不了武，只能吃别的饭。

——每当我看到石榴花和葡萄藤，就会想起六爷。

六爷走过江湖，能说出武汉的黄鹤楼如何如何，苏州的寒山寺如何如何。我小时候，看见他的房前种着一棵石榴树和一株葡萄藤。石榴树开出艳丽的红花，在太阳下微笑，照亮孩子们的脸庞。青青的葡萄藤，沿着土墙，爬向木杆支撑的架子，那叶节处长出的触须，就像现在姑娘们烫发后弯弯的发缕，它又像小孩的嫩手，像要抓住什么，然后向上攀缘。那时我们那里是极少见到这些植物的。十里八里之内，六爷的石榴树和葡萄藤几乎是唯一的，我没有在别处见到过。大家对他房前的石榴树和葡萄藤都觉得很稀罕。这些植物告诉人们，它的主人是跑过世界的。当然，这种见过世面，是和本地那些没出过远门的乡巴佬比。所以，六爷虽然是个彻底的文盲，也是一个彻底的农民，但他毕竟是走过远乡的，是拥有过石榴树和葡萄藤的人，湾里人就会用一种别样的眼光看他。

——每当我看见钉耙，就会想起六爷。

六爷只有两个女儿。女儿出嫁后，就孤身一人生活，是湾里的五保户。

解放前，六爷基本上是靠出卖劳动力生活。谁家要挖土，谁家要耕地，都请他去。打短工的人，干一天算一天，就是满足自己的嘴巴,不会有余钱剩米。一到冬天闲月,人们不需要打短工的人了,他就没有活干。人休息了,嘴巴不能休息,因此他总是过着饥一顿饱一顿的日子。

他干得最多的活是用钉耙挖土。好像这钉耙就属于他,这活是他的专利,他最内行,谁家有这样的活,自己又不得闲,就一定会请他去。我亲眼看过他劳动的情景。他高高地举起钉耙,狠劲地砸向大地,然后使劲地一扯,一大块土疙瘩就勾起来了。他不停地反复地这么干着。他举起钉耙的姿势,就像一个古代的力士。汗水从他的额头、脖颈、胸前、脊背流出来,像有无数的泉眼在喷涌,无数的小河在奔流。他干活从来不穿上衣。南方夏天的太阳很毒,他的皮肤总是晒得黝黑,呈古铜色,油光瓦亮。他的皮肤很有特色,远近闻名。看见他,就像看见了非洲人。下雨,他也从来不戴斗笠,不用雨具,雨水淋在脊背上,就像滴在荷叶上一样,哧溜一下就滚下去了,绝对不会粘身。

——每当我看见稻草,就会想起六爷。

六爷住一间房。本来他可以在楼下做饭,也可以在楼下睡觉。但他不,非要睡在楼上。楼上就只有几块楼板,要搭梯子才能上去。人们都说,你这么大岁数了,睡楼上危险,不安全,劝他在楼下睡。他不听,说在楼上睡得舒服。他没有被褥,只在楼板上铺了一些稻草,可他几乎不感冒。他有时没柴烧,就把铺在床上的稻草也烧掉了。我母亲就经常给他补充一些稻草。每当他收到我母亲送去的稻草,就很高兴。稻草既可铺床,又可烧火,一物多用,他缺不得。我母亲说:"你烧稻草,可别把房子点着了,那可就是把自己火葬了。"他笑着说:"你放心,不会,不会!"

他没有蚊帐，南方夏天的蚊子就像密集的轰炸机，一般人不要说睡觉，就是躺在那里一小会儿都受不了。可六爷不当回事。他好像和蚊子是朋友，有过命的交情，他们之间似乎有某种默契，蚊子居然不咬他，他睡得是那么安稳，也从来没有因为蚊子问题烦恼过。

开始有人不信。"见鬼，蚊子不咬他，你认为他的皮肤是铁打的吗？"

"真的不咬他！如果蚊子咬他，他的身上怎么一个红点都没有呢？"

他的身上果然没有蚊子叮咬的痕迹。人们见过他在炎热的夏夜呼呼大睡的情景。人们不得不佩服他。后来有人说，他的汗腺里可能会分泌某种物质，蚊子闻着就跑了。在没有办法解释的情况下，人们只好相信这种说法。

他八十多岁了，还睡在楼板上。他从不点灯，总是摸着黑上上下下。这样当然很危险，人们劝告过他，他不听。有一年终于出事，他从楼上摔了下来，胳膊摔成了骨折。他是晚上摔的，第二天人们才发现。令人奇怪的是，他没有请医生，也没有敷药，几天后他的胳膊就好了。

——每当我看见鳖，就会想起六爷。

鳖，在我们那儿，也叫团鱼。团鱼死了，人们就不再吃它了，乡人说死团鱼有毒。六爷生活困难，粮食是生产队给，但蔬菜副食必须自备。他平时很少种菜，也不养猪，想吃点好的很难。因此，湾里许多遗弃的东西，成了六爷的口福。

有一次，水塘里浮起一只死鳖，上面都生了蛆了。

有人告诉六爷："水塘里有只死团鱼，你要么？"

六爷笑着说："要，要，你给我捡来。"

六爷把死团鱼破了膛，煮着吃了。死鳖不是有毒吗？可是他吃了居然没事。

有人问六爷："味道怎么样？"

他说："还行，当然比新鲜的是要差一点。"

邻居的一只小猪死了，埋进了土里。六爷知道后，悄悄地拿锄头把小猪刨了出来。他把小猪收拾干净了，煮熟了，过了半个月嘴上油光闪亮的好日子。

凡是什么死鸡死狗，只要是六爷知道了，他都要寻来吃了。

六爷几乎是百物不忌，百毒不侵，死活都吃。人们以为吃了会发瘟的，会死人的，他吃了却一点事都没有。他到底与别人有什么不同，人们解释不清楚。望着这个金刚不坏之身，人们常常摇摇头，不知何解，不知该说什么好。

——每当我看到长寿之人，就会想起六爷。

六爷的穷困是出了名的，他一生过着一种近似原始人的生活。他吃无定时，有时一天吃一顿，有时两天吃一顿，有时三天吃一顿。可是他的强健与长寿，让所有见过他的人都惊诧不已。也许一切都是与生俱来，你的寿数是你的基因早就决定了的。我们湾几个活到九十多岁的老人，几乎无一例外都是生活极其困苦，最起码的饥饱都无法保证的人。他们吃的是许多人不屑一顾的垃圾食品，有的时候，柴火不够，饭菜煮得半生不熟就吃了。他们生命的健旺，让所有特别在意自己的饮食起居，一天到晚吃保健药的人心存茫然，也让所有的营养学家和医学家瞠目结舌，因为他们的理论对这些老人来说，都毫无用处。

1988年，他九十三岁那年，我去看他。他那时住在二闺女家。他视力已经不行，但耳力很好，听到我的声音，一个鹞子翻身,就从床上坐了起来。他说见到我很快乐,即兴唱起了京戏。"黄鹤楼下惊雷动,万千兵船闹江城……"我也不知道他唱的哪出戏。六爷嗓子亮,童声,九十多岁,声音还那么好。他是个快活人,吃了上顿不知下顿在哪里,他也不会着急,随遇而安,听天由命,到哪山再唱哪山的歌。稍微吃得饱了,或者嘴里有了点油星子,他就会摇晃着脑袋,哼唱起京戏来。人们都说他是"穷快活"。

一个"穷快活"的人,居然活到了九十五岁。

"穷快活",穷,且快活着——这是一个人生问题,又是一个哲学问题——面对这样一个问题,许多人恐怕是一辈子都想不清楚。古人韩宣子正为贫困发愁,叔向却借贫以贺,给他讲骄泰奢侈,于国是哀,于己是祸的道理。看来,穷,并不一定是坏事,我们每个人,还真得经常做一做"安贫乐道"这道作文题。

打"鸟"

不是用枪打鸟,不是用弹弓打鸟,当然也不包括用石子打鸟。我这里说的是另一种"鸟",和另一种打"鸟"的人。

这种打"鸟"与天上飞的鸟无关,而是与赌博有关。那"鸟"就是博弈,打"鸟"就是赌钱的一种方式。

改革开放,百废待兴,在中国兴盛得最冒尖的是什么?如果说是赌博,恐怕不会有人说是言过其实。毛泽东时代,赌博作为社会陋习,已被荡涤已尽,销声匿迹,就像吸鸦片烟者和妓女一样,连个鬼影子都找不到了。所有的那类人都改邪归正。在那个时代,赌博是恶习,是犯罪,参加赌博的人被视为坏人,谁也不敢以自己的名声和命运下注,谁也不敢以身试法。

改革开放就像妇女临盆,孩子脏水,两者都有。好的东西来了,同时,坏的东西也来了。赌博应时而起,由暗而明,由小而大,由个别而普及,迅速风靡了整个中国,人们心中长期压抑的赌博积极性被激发出来了。我有一次从拉萨坐飞机到成都,邻座的一位老兄说:"听到麻将声了,成都快到了。"四川人玩麻将成瘾,麻将成街,成市。我们湖南与四川毗邻,也不后于人。不管是城市乡村，不管是男人女人，全民上阵，到处是麻将桌，到处是纸页子，到处是"三打哈"，打得热热闹闹，打得昏天黑地。

当地民谣："一插田，二过年，剩下的时间就耍钱。"这话多少有点夸张，但基本属实。

赌博是先盛于中国，还是先盛于外国，本人没有研究过，不敢妄议，也没有议论的必要。赌博是人类贪欲、好胜和冒险的一种表现。从人的本性而言，内心深处恐怕都隐藏着赌的欲望。有些人不赌，只不过是受理性的克制而已。赌博作为一种社会现象，与历史发展和经济水平有关。元朝许名奎著《劝忍百箴》，写了人生的一百个方面，声色犬马，无所不包。但他独独没有涉及赌博，没有"忍赌"一说。可见古风淳朴，先人对赌还不太感兴趣，至少那时赌风不烈，没有成为社会问题，还没有到伤风败俗的地步，因此也就没有进入作者的视野，引起他的关注。近几百年来西方经济发展很快，手里有了钱了，闲时多了，就思享乐，他们好赌球，赌马，连谁能当上总统也赌。到处开设赌场，建立赌城，美国早期的西部电影，就不乏赌博的场面。其实股票、彩票也是一种赌博。当然，我们也有自己的国粹麻将，它的群众性，它的普及程度，参与人数之多，恐怕是外国哪一种赌博方式也难以望其项背的。

晚清时期，广东、福建临海，得外国风气之先，赌博之风要盛于内地。据说当时福建女人赌博的兴趣很浓，参加的人数很多，许多人嗜赌成癖，以致输了钱后，典卖首饰衣物，不顾廉耻，寡妇因此失节，良妇因此改嫁。

两广总督张之洞想在粤办洋务，兴实业，造军舰，建水师,练新军,办军火厂,设炼铁厂,可谓雄心勃勃。但这一切都需要钱。当时朝廷已经穷到家了,藩库拿不出银子。于是张之洞想出了一个馊主意:重开赌禁,官府从赌局中抽头。这一招果然灵验,一时间赌场遍及粤省,财源滚滚而来。

湖南挨近广东,赌风向来很盛。我小时候,见人抓阄,那也算赌。常见的是摇骰子,有人当庄家,有人押宝,谁押对了,谁赢钱,谁押错了,谁输钱。

俱往矣,"数风流人物还看今朝"。如今的赌博真是"深入人心",遍地开花,一片繁荣景象。

于是,除了四人一台搓麻将以外,旁边还站出来一个或几个打"鸟"的人。

所谓打"鸟",就是他不亲自上阵,而是入伙,在别人那里"捅"一元、两元、五元、十元不等。那个接受你入伙的人赢了,打"鸟"的人也就赢了;如果那人输了,你也就输了。输赢多少根据你"捅"的钱数而定。

这就像你不是开车的,你是搭车的,祸福同当。

打"鸟"在外地也有,不常见,但在我们老家却很普遍。打"鸟"的人,一般不是常客。他们或因本钱不足,玩不起整圈整圈的;或因不得空闲,地里有活,班上有事,时间上赔不起。但赌瘾又大,偶尔路过,看见有人打牌,心就痒痒了,腿就不听使唤了,站在旁边就不想动弹了。想参与,人已经满了,只好以非正式成员的身份,采取打"鸟"的方式,临时过过瘾,凑凑热闹。

七十岁的益山老倌就属于经常打"鸟"的人。

益山老倌虽然年已古稀,但身板硬朗,还是个田里土里哪里都去得的劳动力。

他刚刚从地里摘了二十斤辣椒卖了,乡里的东西不值钱,一共卖了十八元。志民、小萍、国富、建宇四人正在搓麻将。益山老倌站在志民身后,看了两圈,觉得志民手气还不错,赢多输少。他看准了志民,要在他那里"捅"上一点钱。

他手里攥着十八元钱,有两元的,五元的,这些钱经过了无数小商小贩的手,经过了无数搓麻将、打纸牌的人的手,已经破旧不堪,脏兮兮的了。益山刚从地里回来,手也是脏的。一双脏手捏着这几张脏票子,使这些钱便有了更乡土的感觉,更草根的感觉,更沧桑的感觉,使人感觉到这些票子得来的艰难。这社会,手里捏着的票子币值越小,币面越脏,这钱就来得越不容易;相反,币值越大,币面越新,这钱就来得越不费事。这是规律。桌上常有人在自己的一方压着几张崭新的百元大钞,说明自己底气足,诚信度高,你们可以放心玩,输了绝对不会赖皮,绝对不会泄水。

益山老倌没有这种气魄。他今天手里就只有这十八元脏兮兮的钱,这是他种植辣椒收入的一部分。日晒雨淋,挖土施肥,这钱来得不容易。上面有阳光,有雨水,有汗。他必须谨慎行事。他站在旁边,抿紧嘴唇,聚精会神地观察了好一阵子,觉得志民手气仍然很旺,可以下注了。他认真地从几张脏兮兮的票子中抽出一张两元的,很慎重地放在了志民跟前,并伸出食指在上面点了点,桌面发出清脆的响声,大家都听到了,表示他参与了,大家也都认可了。

一副牌打下来,果然是志民和了。这样,益山老倌的两元就变成了四元。转眼间就翻了一番!

这效益不错,比卖辣椒强多了。

益山老倌想把小本经营继续做下去。一下注就赢了两元，反正是赢来的，他想连本带利一块押进去。他又把两张两元的票子放在了志民跟前，同样用食指在票面上敲了敲，提醒大家，这次不是两元，而是四元。

鸿运高照，这次志民又和了，理所当然，益山老倌的四元变成了八元。益山老倌算计着，两元的本钱，现在变到了八元，净赚六元。他有些兴奋，有些得意，嘴角溢出了淡淡的笑容。当然，仅仅"淡淡"而已。这一丝笑容，只有细心的人才会发现，益山老倌知道，赌场上绝对不能笑，更不能大笑，风云难测，谁笑到最后都不好说。

已经净赚六元了。有人劝他"见好就收"。益山老倌仍站着不动，"见好就收"当然好，但如果志民的手气继续好，中途退出，岂不丧失了难得的机会？他不是那种目光短浅的人，必须抓住时机，乘势向前，扩大战果。既然志民这两手牌都和了，保不定下一手还是他的。"要赌就赌大一点"，他心里说。他在八元钱的基础上又加了两元，干脆，凑个整数：十元。他极其郑重地把钱放在了志民跟前。这次他用食指和中指敲了敲那放在桌上的钱，敲的声音自然比原来要响，意思自然也很明白，这次不是两元，也不是四元，而是十元！大家当然也明白了，有的人就朝他打起哈哈来："益山老倌，怎么，手风顺，加码啦！"

益山老倌微微笑道："试一把看看！"

益山老倌算计着：如果这手牌志民赢了，他的四元就变成了二十元，将净赚十六元！他开始想象这光明的前景，想象光明前景出现后的愉快。

抓牌开始了，他很认真地关注志民手中的牌象。抓牌结束，立在志民面前的是一手臭牌，杂乱无章，那儿跟那儿都不搭界。益山老倌脸色不怎么好，心情有点不安起来。当然，这种不安，既不能说出来，也不能在情绪上表现出来，不能让别人知道虚实。不过，志民每抓一张牌，每出一张牌，他神色都有点儿紧张。果然，这手牌是对家和了。益山老倌眼睁睁地看着国富把他的那十元钱收入囊中。

这样下来，益山老倌不仅没赢，反倒贴进去了四元。

当然不能就此罢手。胜败乃兵家常事，这个道理，益山老倌懂。区区四元不算什么，他手里还有十四元，再坚持下去，说不定可以把输掉的四元赢回来。他决定换一个打"鸟"的位置。这次国富赢了，看来手风要转到国富那里了。不能在一棵树上吊死。识时务者为俊杰。祖宗传下来的这些教诲，他记得很清楚。关键时刻，他必须见机行事。益山老倌移动了一下方位，把五元钱放在了国富跟前，同样用食指敲了敲。

国富仰头看了看他，说："嗨，你早就应该站在我背后，你不跟财神爷站在一起，还有不输钱的吗？"

志民却不耐烦了，说："益山老倌，你硬是个捧马屁的人，谁家风水好就向谁家跑！"

益山老倌只是笑笑，不作声。

但这次他并没有押对，风没有在国富跟前停留，这手牌是建宇赢了，转眼间，益山老倌那张脏兮兮的五元票子到了别人的口袋里了。

国富又仰头看了看益山，一脸不悦："益山老倌，你真是个丧门星，只要你跟我一参合，准输牌！"

这回益山老倌确实有点惶惶然了。他算不准下手牌谁会赢，该在哪里下注，五心不定。手里还有九元钱，这"鸟"要不要继续打下去，他有点犹豫。

又要抓牌了，有人问他："还打'鸟'吗？"

益山老倌的嘴唇抿得更紧了，他这个人最怕人激，一见有人这样问他，他偏不服气，就鼓起勇气说："当然！"

他把手伸进上衣口袋，掏出一张五元票子，放在了志民跟前。他觉得国富不行，还是志民的胜算要大一些。细心的人发现，益山掏票子的那只手，明显地有些颤抖。

可这手牌还是建宇赢了。眼看着那张五元的票子又进了别人的口袋，益山老倌有点慌乱，有点茫然。

手里只剩下两张两元的票子了。益山老倌的胆子明显地小了，他从两张中掏出一张，放在了国富那一方，结果国富还是没赢，票子到了志民手里。

这样，益山老倌的手里就只剩下一张两元的票子了。原计划今天卖完辣椒后是要买一包盐和一盒烟的，余下的钱要作家用。如今手里的两元，左右只能买一样，买了盐，就不能买烟，买了烟，就不能买盐。

有人又和他打招呼了："益山老倌，还打'鸟'吗？"

益山老倌沉默着，不好开口。手里就只有两元钱了，怎么办？盐呢，烟呢，塞满了他的脑子。他觉得脑壳有点发胀。

大约五分钟后，他终于狠了狠心，决定既不买烟，也不买盐，干脆把这两元钱打了"鸟"算了。不买烟，自己忍受一下就行了；不买盐，最多挨老婆一顿数落，但家里事一贯是自己做主，老婆也埋怨不到哪儿去。他决定了：破釜沉舟，背水一战！他想，说不定靠这两元钱还可以翻本呢。赌场风云，神仙都难以预测，这种可能性是存在的。

他总结刚才的经验,在于摇摆不定。他铁定了,还是下注在志民那里。即使输了,也不能落个见风使舵的机会主义名声。

他决定不再看这手牌的牌局。他似乎有点缺少勇气。毕竟是今天最后的一线希望。他故作姿态地在周围散步,虽然眼睛不看,但耳朵仍在仔细搜索这边的动静。

遗憾的是,这局牌志民输了,益山老倌的两元又转到了别人门下。

益山老倌今天卖辣椒的十八元钱完全输光了。无论如何,他今天是不能再打"鸟"了。他从不借钱打"鸟"。一般说,赌场上也没有人肯借钱给你。有十分钟的失落,有片刻的不舒坦。但很快就过去了。打"鸟"打"鸟",打得着就打,打不着拉倒。不打"鸟"了,他也就不再紧张,不再沉重,不再担心,一切都没有了,浑身反而轻松了许多。

他不是输不起钱的那种人。卖完这茬辣椒还有下茬辣椒;即使辣椒没了,还有黄瓜,还有茄子,还有西红柿,还有土豆;即使这些都没了,还可以再种。都是自己劳动的成果,没什么!他觉得参与了,刺激了,玩了,也就够了。

他想得开。我输的是几斤蔬菜钱,人家煤炭山的人,晚上下煤窑,白天不照样到牌桌上来打"鸟"吗?他们挣来的钱,不是比我挣来的钱更辛苦吗?

这样想想,他也就心安了。

已近黄昏,益山老倌迈着步子,准备回家。这时,他才想起,他已经有了两个钟头没抽烟了,嗓子眼里有点痒痒,有点犯困。他摸摸身上,没有烟,烟已经抽光。他不得不对志民说:"给支烟抽。"

志民顺手给了他一支烟。

益山老倌点着了烟,猛劲地吸了一口,然后又呼呼地吐出一圈一圈的烟雾。他慢悠悠地向家里走着,那烟雾,慢慢地消失在田野的上空。

家　法

岳楼十六娘喝农药死了。全湾的人知道后，都惊震不已。

这事发生在2005年正月初四。大过年的，她怎么就自寻绝路了呢？人们一面叹息，一面直呼不吉利。

事情的缘起本是一件不大的事，初一那天，家里喂的那头小猪不吃食，像是有毛病的样子。岳楼十六娘让儿子超民去请兽医，超民说：大年初一，家家都在过年，哪个人会来，猪要死就让它死了算了。

超民没有去请兽医，坐在家里喝酒。

果然，初四那天早晨，小猪死了。

岳楼十六娘见小猪死了，又死在新年里，就很伤心，也很生气，直骂儿子不听话，如果去请兽医来看看，就不会出这样的事。超民不服气，说猪要死，请兽医也没用。两人就吵了起来。

吵完后，岳楼十六娘一赌气就喝了农药。

事情就这么简单，生命就这么简单。

生存——死亡，一个十分复杂、蕴涵着诸多深奥哲学与现实生活的问题，在一个农村老妪面前，一小瓶农药就解决了。

岳楼家土改划的是富农成分，在那阶级斗争的年月，一直是被管制的对象，那么长的苦日子都熬过来了，那么多难听的话都听进去了，那么多的委屈都忍受过来了，如今一头小猪，她就那么想不开。

儿子超民也是五十岁年纪的人了，年轻时，因为家里成分不好，娶个老婆都困难，只好用换亲的方式解决。妹妹嫁给了对方，对方的妹妹又嫁给了他。可对方男的实在是形象差了点，结婚后，妹妹不乐意了，离家出走，去了江西。自己的老婆虽然没有提出不般配的问题，但既然一方失约，哥哥的婚事告吹，在娘家人的撺掇下，她也就不干了，回了自己娘家。一生的婚姻就到此为止。母子俩相依为命，日子过得还算可以。那么多沟沟坎坎都过来了，为什么会在一头小猪上认了死理呢？而且是在过年的时候。

死亡是须臾之间的事，对于死者来说，并不复杂，一仰脖子就完了，即使痛苦，时间也不会太长。长久痛苦的是活着的人。岳楼十六娘在决定生死的时候，她没有考虑亲生儿子失去母亲的痛苦，和母亲死亡后，儿子所要承担的沉重的道义责任。

人死不能复生，别的人都得往宽处想，先把后事办了再说。

虽然没有人逼她，她是自己喝农药死的，这类事在农村并不鲜见。虽然没有人追究超民的责任，死的是他亲娘，不是别人，政府部门一般不管这类事情。但道义、是非不能不论。岳楼十六娘毕竟是属于非正常死亡，湾里人讲讲闲话也就算了，她娘家的人能不能通得过，会不会闹事，那就是另外一回事了。对此，大家心里都没底，而且有些担心。

超民的叔叔湘楼从江西赶回来了，同湾的亲房也来了，为了预防不测，他们又打电话叫来了我弟弟新民。新民当过多年的干部，有处理这方面事情的经验。

娘家人果然怀着满腔愤怒来了。领头的是舅舅。舅舅过去当过生产大队的干部，能说会道，是经历过事，不是三句两句话就能打发的人。娘家一干人点着拜香，打着绑腿，舅舅手里还扛着一把竹枝子，竹枝上裹着红纸，硬是一副要打人，要闹场子，不会善罢甘休的样子。

见此情景，新民交代超民，你母亲是因和你吵架而死的，亏理的是你，你舅舅要怎么搞，都任他来，打不还手，骂不还口，要让人家把气出够。只有忍，才能化解矛盾，平安地把你母亲送上山。

母亲死后，超民已经伤心地哭过几回了。母亲的死，让他一生在孝道上的建树全部白费，他无颜再和别人谈论如何孝顺长辈。如今，他只有忏悔，永远的忏悔。

对于新民的话，他点头表示赞同，说："是我的错，要杀要剐由他们吧。"

超民跪在灵堂前，等待母亲娘家人的处罚。

新民把超民的叔叔湘楼请到一边，和他商议：十六娘死了，她是和儿子吵架后死的，儿子不仅有责任，而且有罪，是大不孝，必须责罚。但怎么责罚呢？由谁来责罚呢？由他舅舅来责罚显然不合适，他也不会这样去做，做了，就碍理了。必须执行家法——这种封建社会父权思维的残余，旧时曾经在农村广为流传，有的在家庭中，有的在宗族里，大都是体罚，对维护家庭和社会稳定起到过一定的作用——不过，"家法"这个词今天由在新社会工作了多年的新民嘴里说出来，多少感到有些口生，有些不习惯，但他还是一时想到了这个有些沧桑的词，想到了这个古老的办法。他觉得除了这个办法，别无良策；用这个办法了断，简单实用，各方都能说得过去，不至于把事情闹大。他说，执行家法的事，必须由你来做，你是死者的小叔子，是超民的亲叔叔，你来责罚，是长辈对晚辈的教训。这家法怎么行，要事先商议好了。既要打，又不能打得太重，伤筋动骨，皮开肉绽，痛快是痛快了，但于事无补。但打得太轻了，又不行，娘家人不会同意，他们的气不会消。

听说要行家法，要打人，湘楼开始不愿意亲自动手，自己的亲侄子，母亲寻短见死了已经够伤心的了，再要动手打他，于心不忍。经过新民一番劝说，才同意了。

大冬天的，超民脱光了上衣。年长的萼四叔亲自把舅舅和娘家人请了出来。灵堂里站满了人。湘楼第一次执行这样的任务，多少有点紧张。他手执一捆竹枝，开始大声骂道："超民，你母亲的亡灵在上，今天当着你舅舅的面，当着众位乡亲的面，我要好好教训你这个不孝之子。"说完，他举起竹枝，朝超民的脊背打去。他当然没有太使劲，但即使这样，超民的脊背上还是留下了一条条血痕。

湘楼继续说："你母亲一辈子容易吗，你不仅不好好侍奉，还要跟她顶嘴，和她吵架，以致使她想不开，自寻短见，你作为儿子，于心何忍？我今天就要为你母亲出气，打你这个蠢材！"他又一次把竹枝高高举起，向超民的脊背抽去。

家法已经执行，打，是认真地打了的，说明我们绝不纵容，绝不姑息。当然，这种"打"，其实只是做做样子的，是做给死者娘家人看的，要让他们出气，让他们满意，给他们以台阶。湘楼也不能下重手打，把人打坏了，事情反而不好。

家法执行得行不行,能不能通过,不是湘楼说了算,也不是新民说了算,要娘家人满意了才算。

事情总得有个转圜的时候。

新民看到事情进行到了这个地步,就趋前对舅舅说:"真正地说,你这外甥还算好,娘崽俩平时关系还是不错的,你外甥五十岁的人了,单身一人,过得也不容易。去年我在湾前塘里钓鱼,正逢他娘过生日,超民到处跑,亲自到茶园山买鱼买肉,在这湾里,算起来也还是个孝顺的人……"

说到这里,舅舅是个聪明人,心里已经明白了。湘楼举起竹枝,正要继续教训超民,他就上前一把拦住,说:"叔叔停住,请听我说一句话。如今是说也说了,打也打了,骂也骂了,教训也教训了。我看事情可以到此为止。人死不能复生,超民也记住,今后好好做人,好好生活。天气很冷,快穿上衣服,大伙扶他起来吧!"

新民顺水推舟,大声说道:"超民,还不快谢过你舅舅!"

超民脑袋像鸡啄米似的,连连向舅舅叩头。

湘楼也说:"既然舅舅求情,我就饶过你这一次,否则,我非把你这不肖之子打个半死不可!"

一场家法执行完了,一场风波也算平息。

新民嗜酒,是有名的"酒坛子"。他认为今天的事办得还可以,该做的都做了,给了娘家人面子,又不太伤及超民,各方都照顾到了,基本还算满意,本来可能引起冲突和不愉快的事,结果化干戈为玉帛。他自己有些得意,中午喝酒时,就和舅舅一起,放开酒量,尽兴多喝了几杯。

溜　子

溜子，这是个新名词。字典上有"溜子"一词，但那说的是矿井中一种传送工具，这与我要说的根本不搭界，是两码子事。

我说的这种所谓的"溜子"，暂无准确定义。你说他们是强盗，他们还无强盗的本领；你说他们是黑社会，他们还没有黑社会的势力和地盘。他们也作案，也偷盗，也干一些伤天害理的勾当，但都是小打小闹，管是肯定的，但抓又似乎够不上线。他们是无业者，成群结伙，在社会上游荡，是社会的不安定因素。

这些人大都是年轻人。年纪大的人，拖家带口，没这个胆量，不敢冒这个险。只有那些愣头青，没文化，没经验，不知深浅，又不想干活吃苦，就选择了"溜子"这个行当。

山塘冲就有这样一伙溜子。几个二十岁左右的青年，从小不读书，长大了不干活，在家不听父母管教，成天游手好闲，尽干一些没屁眼的事，令家长痛恨，让邻里侧目。

山塘冲大多数人是喻姓。其实溜子也就五个人，为首的叫扁二，小学毕业，一米七的个儿，模样也算可以，只是头发留得长长的,有点男不男女不女。其他是菊四、锉五、文七、鸠八,他们几个模样都不如扁二,菊四是吊眼皮子,锉五是矮墩子,文七头上有个疤癞,鸠八瘦得像猴子。名字都是绰号,不是真名。他们称兄道弟,且一律抽烟喝酒。

五人中,扁二年纪最大,他是头儿,其他四个都称他老大。

他们很讲哥们义气,平时聚在一起,打牌赌博,吃肉喝酒,称兄道弟,不分彼此。白天人们见不到他们的鬼影子,夜晚他们就悄悄地出动了,做一些见不得人的事。

他们是幽灵,是鬼魅,是夜游神,使许多人谈起他们来,有点不安,有点紧张,有点害怕。

几十年来,从虽然贫穷、却比较平定的环境中走过来的乡民,还很不习惯这样的生活。

镇派出所频频接到报案。山塘冲的溜子让人谈虎色变,也让派出所的民警头痛。

案子报了,派出所就不得不管。一天,所长亲自出马,决心要治一治这伙不法之徒。他知道他们有凶器,所以身上也带着家伙。

所长是白天到的山塘冲。事先他就调查好了,知道了扁二的住处,就径直走向他家里。他心里盘算,擒贼先擒王,先把老大扁二制服,其他人就好办了。

没想到逮个正着。扁二就在家里。

扁二见所长来了,就笑嘻嘻地说:"哟,所长大人,今天走错地方了吧,怎么有空到我家来,有什么事啊?"

所长愣了一下,很快镇定下来,就严肃地说:"别跟我打哈哈,无事不登三宝殿,到你家来,当然有事。最近群众举报,说你及其同伙做了坏事,是确有其事吗?"

扁二从衣袋里拿出一包烟来,抽出一支,自己点着了,又递给所长一支,然后嬉皮笑脸地说:"我做的坏事多了,你说的哪一件啊?"

所长说:"这样吧,你跟我到所里去一趟,把事情说清楚!"

"好啊,我就跟你去一趟。没做亏心事,不怕鬼敲门,我怕你们不成。"扁二还是满不在乎的样子。

所长没想到事情会这么顺利,几句话就能把这伙溜子的头儿带走。心里说:看你嘴硬,到了我手里,就有你好看的!

"那就跟我走吧!"所长大步迈出了屋门。

扁二说:"行,我进里屋换件衣服,马上就跟你走。"他进里屋不到两分钟,换件衣服就出来了,跟在了所长的后面。

所长正有些得意,觉得人们说得神乎其神的山塘冲的溜子,也不过如此而已。

正当他俩要出村的时候,所长突然发现,在他面前多了几个人,站着菊四、锉五、文七、鸠八,一副副痞相,嘴角露出冷笑,手里都拿着明晃晃的尖刀。

原来溜子们早就得知了派出所所长要来村里的消息。菊四、锉五、文七、鸠八就藏在扁二家的里屋,刚才扁二进屋就是通知他们从后门出去,在村口堵截所长的。

这个变化令所长措手不及。"你们要干什么?"他大声说道,声音多少有些惊慌。

"我们不干什么!所长平时很忙,难得到我们这儿来,总不能让你空着手走啊!没什么好招待所长,只想让所长开开眼界!"一个个斜吊着眼,阴阳怪气,锉五还用尖刀指向了所长的喉咙,菊四迅速上前,卸下了所长腰上的"家伙"。

这时,所长真的有些惊恐不安了,他嘴里说:"你们别胡来,我是派出所所长，乱来要犯法的。"

扁二仍然嬉皮笑脸地说："我们不想胡来，弟兄们藏了一点东西，想让你看一看，开开眼。你就委屈一下，跟我们走吧！"

身上"家伙"被缴了，自己孤立无援，他们人多势众，没办法，所长只好跟着他们走。

他们挟持所长来到一所破旧的房子里，房子里霉味臭味直刺鼻子，房子中间有个地窖，以前大概是冬天窖藏红薯的。扁二掀开地窖的盖子，对所长说："所长大人，你过来瞧瞧，看看这里面是什么？"

所长走到地窖边，伸长脑壳一瞧，不由得倒抽了一口凉气。"啊！"他差一点叫喊起来，里面是一大堆蠕动的蛇！

"这，这……你们养这么多蛇干什么？"所长说。

扁二阴阳怪气地说："干什么？招待你啊！"

所长心里发毛，知道今天遇到麻烦了。他过去只知道这帮溜子做过坏事，没想到他们会这么狠毒，早知道，就不应该单枪匹马来，起码要带个助手，看来今天是要栽在他们手里了。

扁二又说："所长大人，要不要下去看看？"

"不……不不，你们别胡来……"所长感到额头冒汗，嗓子有点发紧。

扁二看出所长有点害怕，就威胁说："你要是不敢下去，以后我们的事你就少管。"扁二本意倒也不是真想让他下去，而是想吓唬吓唬他。

瘦猴子一样的鸠八哼着鼻腔说："你想管也行，你不是还有个上小学的儿子吗？我们到时候让他来给我们喂喂蛇！"

"啊！？"一提到儿子，所长急了："你们敢动我儿子，我跟你们拼命。"

锉五不紧不慢地说："我们敢不敢动你儿子，不是我们说了算，是你说了算。你不动我们，我们也就不动你儿子；你要是动我们，对不起，我们当然要动你儿子。"

想到儿子，想到这帮家伙什么事情都可以干得出来，又看了看地窖里一条条蠕动的蛇，看那些蛇嘴里吐出的长长的带着冷气的舌头，所长不作声了。他不能因为这事而搭上自己的儿子。

半响，所长说："好吧，我暂时不管你们的事了。"

所长说的是"暂时"，并不是"永远"。如果是"永远"，作为派出所所长，职务所在，是说不过去的。他说"暂时"，就给自己留下了退路，就算将来追究起来，自己也好为自己辩解。

溜子们都没文化，哪里听得出"暂时"二字的含意。

扁二见所长表了态，就把口气缓和下来，说："君子一言，驷马难追，我们就信你一回。我们也不为难你了，把家伙还给他，让他走人！"随后又补充了一句："你要变卦也没关系，反正你儿子跑不到天上去！"

所长本想把这伙人"办了"，没想到自己反让他们给"办了"，一脸懊丧，几天都心神不宁。

派出所所长在山塘冲溜子面前栽了，这消息慢慢透露了出来，有人添油加醋，说所长被放进了蛇窖里，吓得半死，一个星期没有起床。

自此，山塘冲的溜子就更加猖狂了，更加肆无忌惮了。他们不仅明火执仗，拦路抢劫，还把手伸向了附近的水泥厂，钢筋水泥等东西，好像是他们自家的，大白天扛着就跑。

派出所所长去管都碰了钉子，差点惹出了大麻烦，一般老百姓谁还敢管？

水泥厂主管生产的副厂长喻志民是我弟弟，从小生长于山野，与玄岩青石为伴，不缺钙，骨头硬，典型的湖南蛮子脾气。他常常敢于和自己的上级竖眉拍案，是个从不信邪、从不服输的人。钢筋水泥正是他管辖内的事情。他听了山塘冲的溜子偷了厂里的钢筋水泥，立时火冒三丈。

他决心收拾这帮家伙。

志民是高中毕业生，个子在一米七左右，我母亲是接生婆，他是幺崽，从小红皮喜蛋吃得不少，筋骨强健，有一身力气。

太阳偏西，五个溜子懒洋洋地从山塘冲过来了，正好和志民撞个正着。地点正在水塘边上。志民认识他们，他们也认识志民。志民叫住了他们，就开门见山问道："听说你们生意越做越大，大白天偷了水泥厂的钢筋水泥，有这么回事吗？"

扁二一副赖皮相，说："有，怎么样？没有，又怎么样？"

志民厉声道："有，就给老子老老实实送回来，免得赚打！"

扁二一副不屑的样子，说："赚打？我们？"

志民斩钉截铁，说："对，就是你们！"

扁二、菊四、锉五、文七、鸠八，一个个哈哈乐起来，他们还是第一次听人和他们这样说话，他们仗着人多，没有把志民放在眼里。

志民又厉声说了一次："你们是不是把东西送回来？"

扁二一干人还是在嘻嘻笑着。

志民气不打一处来，他大声说："既然你们不答应送回来，那我就不客气了!"

说时迟,那时快,志民上前伸手一掳,就把瘦猴子鸠八丢进了水塘。

这五个人做梦也没想到志民会真的动手。仓皇中,他们只好迎战。志民一个扫堂腿,又把菊四踢进了水塘。他们五个人中,只有扁二个子高一点,力气也大一点。扁二装着拼命的样子,挥舞着拳头,直向志民冲过来。志民憋足了劲,三拳两脚,就把扁二打倒趴在地上。志民一只脚踏在扁二的背上,指着锉五、文七:"来,来,小子你们再来,老子一块收拾你们!"

菊四、鸠八正在水塘里扑通,老大扁二已被踩在志民脚下,锉五、文七慌了神,知道自己不是志民对手,忙双双跪下求饶。

这一幕被水泥厂的工人看见了。开始的时候,他们还为志民担心,捏着一把汗,一旦那帮家伙真想动手,就准备上前帮忙。没想到一会儿工夫,五个混迷就被志民一顿拳脚,打得落花流水。"好,好!"见此情景,大家纷纷叫好,鼓起掌来。

溜子们有一个不成文的规矩,欺软怕硬,宰弱怯强。你一旦比他们强,收服了他们,你就是他大哥,就是他亲爹,就是他祖宗,他们就乖乖地听你使唤。

扁二在地上一个劲地说:"志哥,你饶了我们,以后我们再不敢了,偷去的钢筋水泥,我们一定送回来。"

菊四、鸠八已经从水塘里爬了上来,落汤鸡,一副余悸未消的样子。他们领教了志民的手段,当然不敢再动手了。

事情比志民预想的还好。他把踏在扁二身上的脚抽了回来,说:"起来吧!"

扁二从地上爬了起来。五个人等待志民发落。

志民说："竖起你们的狗耳朵听好了：一、把偷去的钢筋水泥，赶紧给老子送回来；二、今后不准再为非作歹。如果做不到这两条，别怪我的拳头不客气！"

五个人点头哈腰，连说："是是是，听志哥的。"

兵不血刃，一个令乡人害怕、领导棘手的问题，就这么一顿拳头解决了。

事后，有人问志民："你怎么想到用拳头解决问题？"

志民说："这伙人文化低，痞子心态，跟他们讲道理不行，讲不清，他们不听你的。他们信奉的就是拳头。"

有人问志民："和这帮亡命徒斗，你就不害怕吗？"

志民说："怕什么！害怕的应该是他们。你不要看他们表面上狐假虎威，气壮如牛，其实他们还是心虚。做贼做坏事的人总是心虚的。邪不压正，你只要真正敢和他们斗，他们就必败无疑。"

大家一想，这也对，哪个做坏事的人不心虚呢？

后来厂里研究如何对付这帮溜子。志民提了一个建议：收编他们来厂里当保安。

这个建议让大家大感不解，反对者众："保安，让这帮溜子当保安，这不是引狼入室吗？"

志民解释说："从根上说，他们也不一定是狼，也不一定都是坏人，年轻轻的，没工作，没生活来源，才走上了这条道路。如果我们让他们当保安，他们有了固定收入，也许事情就不是这个样子。如果他们变好了，也给社会治安解决了一个大问题。"

经志民这么一说，大家觉得这主意不错，不妨一试，就同意把扁二等五人全部收进厂里当了保安。

恩威并用,是一个对付绿林蟊贼的古老方子,如今对付山塘冲的溜子也果然有用。扁二等人听说志民举荐他们进厂,一个个欢天喜地,感激涕零。他们不再感到自己是被社会遗弃的人,生活有了希望。他们信守承诺,把偷去的东西全数归还,并高高兴兴地来厂里上班。

他们做梦也没有想到,一帮无业游民,变成了厂里保安,每月按时领工资。他们的积极性很高。以后,志民说什么,他们就做什么。过去厂里常常丢失东西,自从他们当了保安以后,厂里一根铁丝、一块砖头都没人敢拿。溜子没了,附近老百姓的心里也踏实多了。

乃生进城

久雨初晴,天气很好。乃生挑着一担筬箕,筬箕里装着萝卜、豆角、丝瓜等蔬菜,正往汽车站赶路。

乃生个子不高,背有些驼,头发稀落而花白,深深的抬头纹里溢满沧桑,眼神显得有些浑浊,但老实厚道的他,不管是见了谁,脸上都洋溢着拙朴而友善的笑靥。

志民在路上见到他,就问:"乃生,做么子去?"

乃生耳朵有点聋,一时没听清楚,就说:"你说什么?"

于是志民又凑近一点,大声地重复了一遍:"你做么子去呀?"

这回乃生听清楚了,就回答说:"我进城卖菜去。地里的菜太多,自己吃不了,不卖掉一点,都会老了、烂了。"

听说乃生要进城卖菜,志民哈哈笑了,他感到意外。这不仅使志民感到意外,对所有过路的熟悉乃生的人来说,也绝对是个意外。虽然娄底市里离这里只有十公里路程,但乃生一年中也难得有一回进城,更不用说进城卖菜了。于是众人笑哈哈地围过来,七嘴八舌地和乃生逗开了。

"哟,乃生哪来的空闲进城哪?"

"真是新闻哩！乃生进城卖菜，春溪湾今天的头条新闻！"

"嗨，哥们，稀罕事，这年月稀罕事多哩！连乃生都学会做生意了，要进城卖菜！"

"乃生也懂得商品经济，有了商品意识，真是时代不同了！"

"乃生，卖了菜，袋子里有了钱，别忘了去找三陪小姐呀！"

"乃生，进城卖菜，大姑娘坐轿头一回吧？"

面对大家的询问、取笑，乃生憨憨地笑着，说："可不是嘛，头一回，真的是一辈子头一回！"

也有人吓唬他："乃生，你没有执照，市场管理部门没有关系，你卖菜违法，小心被人抓起来！"

一听这话，乃生好像有点儿紧张，忙问："真能抓起来？"

旁边一个妇女说："别听他们瞎起哄，谁抓你呀？抓你有什么油水呀？"

乃生很快镇定下来，憨笑着说："不是偷的，不是抢的，把自家种的菜卖出去，就是犯法也大不到哪儿去。要抓就抓吧，正好有地方管饭。"

大家乐了，没想到乃生也会说出这样的话来。

乃生是竹林十五爷的儿子，老实厚道是出了名的。湾里人说："人要是都像乃生这样，这个国家就不需要警察。"

解放前，竹林十五爷在外面闯荡过，主要是在城市里拉粪车，辛辛苦苦积攒了几个钱，买下了几亩薄田，土改时成分划为富农。他没有文化，最大的特点是，干活不怕苦，不怕累，不怕脏。作田汉都看重大粪，认为那是田里土里不可缺少的最佳肥料。一般人把大粪浇田里土里就算了事。可竹林十五爷跟别人不一样,他要捋起袖子,伸出胳膊,用手在粪桶里,反复捏揉,直至把大粪捏揉得和粥一样均匀才罢。他捏大粪就像捏面团一样兴奋,他不觉得臭,不觉得脏。他说只有这样肥效才好。他干这活的时候,从旁边路过的男女,都会绕开他,或者捏着鼻子走。

竹林十五爷的这手独门功夫,传给了他的宝贝儿子乃生,乃生不仅用手去捏揉大粪,还在别的方面有所发挥。论起做事来,乃生同样一丝不苟,同样不怕苦,不怕累,不怕脏。他讲究精耕细作,别人家的地,用锄头挖转、耙松就行了,他则要用连枷反复捶打,把所有的土疙瘩捶得粉碎,然后再种植庄稼。这种做法,看起来很精细,其实是不科学的,它破坏了土壤的结构,使得土壤没有空隙,反而不利于庄稼的生长。但当时人们不懂得这是不科学的,都认为他是舍得花力气,是精耕细作的榜样。乃生自己也一直认为那样好,认为花了力气肯定会得到回报。他始终坚持这样做。

乃生天性憨厚,做事从来不耍奸,不耍猾,你交代他干什么事,尽管放心,保证完成好。他经常帮别人干活,从来不要求报酬。他父母解放不久就去世了,留下他,也没娶媳妇,长期是一个人过日子,与世无争,和谁都没有发生过矛盾。他虽然家庭成分高,但湾里人认为他老实厚道,凡事也就不难为他。过去为生产队做事,一个人吃饱,全家不饿,日子也还过得去。如今分田到户,他那份田土自然耕作得不错,特别是蔬菜种得好,一个人是绝对吃不完的。他想把多余的菜卖掉,也合乎情理。只不过他平日太过憨实,也从不往城里走动,大家才觉得奇怪。

从双峰开往娄底的班车过来了。乃生挑着担子,准备上公共汽车。开始,售票员见他挑着担子,就不让他上车。"下去,下去,什么乱七八糟的东西!"把他直往下面轰。后来好说歹说,见他一副老实巴交的模样,年纪大,耳朵又不好使,就让他上了。车是上了,但售票员说,你的担子占了很大空间,要另外多买一张票,他只好照办。从茶园水电管理站到娄底的票价是三元,一共收他六元。

他坐车到了娄底。娄底他是来过的,虽然近年来变化很大,但大概方向还搞得清楚。他不知卖蔬菜的市场在哪,就坐在马路边上,把蔬菜摊开在地上,等待买主。

马路边上是不准随便摆摊卖蔬菜的,城管人员撵了他好几次。最后他只好挑着担子在街上转悠。

乃生的蔬菜是全部用土家肥种出来的,没施过化肥,没洒过农药,是真正的无公害蔬菜,刚担来的时候,鲜嫩嫩的,绿茵茵的。但乃生是第一次进城卖蔬菜,他不会叫卖,不知道怎么对别人说。加上他耳朵聋,嘴又笨,每斤萝卜该卖多少钱,每斤丝瓜要卖多少钱,他自己心中都无数。

偶尔有人询问过他的蔬菜怎么卖,他耳朵聋,一时没听清,就没有回答;有时听清了,就说:"你随便给吧。"

"随便给?"人家以为他是说着玩,不是真正想卖菜,就摇摇头走了。

这样转悠到了中午,一担蔬菜还是一斤未动。

正在他不知如何是好的时候,我弟媳安福路过看见了他,知道他是来城里卖蔬菜,就帮着招呼周围的人,介绍他的蔬菜没上过化肥,没洒过农药。一会儿工夫,他的蔬菜就卖完了。

乃生的蔬菜,由于在街上转悠的时间长了,少了斤两,加上经太阳一晒,不够鲜嫩了,卖不起价钱,一担蔬菜,统共才卖了十八元钱。

他本来不想在街上吃饭的。他还没有在街上吃饭的习惯。但此时肚子实在饿了,就狠狠心,花六元钱在街上吃了一顿饭。下午,他原路返回。挑着一担筤箕,占了汽车的位置,同样还是要多打一张车票。

回到茶园车站,他挑着担子回家。汽车站周围的人,一见乃生从城里卖菜回来了,都很兴奋,好像他是从太空返回地球一样,纷纷询问。

有人说:"乃生,第一次当老板,感觉如何?"

有人说:"乃生,今天把菜卖掉了,一共赚了多少?发了财吧?"

乃生仍是憨憨地笑着。他是个本分人,就一五一十地向大家汇报:他如何在马路边摆摊,城管人员如何撵他,他如何在街上转悠,后来遇到安福,又如何把菜卖掉。最后他说:"我一共卖了十八块钱,来回车票花了十二块,在街上吃饭花了六块,里里外外,不赚不赔。"

听了乃生这番话,大家望着乃生,忍不住哈哈哈地乐起来。

有人说:"十八,好,好啊,一路发,吉祥数字!开头开得好,以后一定是生意兴隆,财源茂盛!"

有人说:"乃生,你虽然没赚钱,但你赚了一顿饭,还是划算呀!"

这是乃生第一次进城卖菜。以后他又去过几次。他说,菜多了,放在地里烂掉了,浪费也是浪费。这样不管怎么说,菜是给人吃了,没有浪费掉,也就心安了。当然,他也吸取了教训,以后每次蔬菜的数量搞多一点,时间赶早不赶晚。

这样居然每次也能赚上一些。

乃生有一个外甥在上海。1995年,他去上海看外甥。这可是进大城市了,他准备了两麻袋的礼物,登上了火车。湾里谁也不知道他那两麻袋里装的是什么宝贝。

1996年的秋天,我到上海,碰见了他的外甥李宏生,说起他舅舅来。宏生说:"他去年来我这里,我到火车站去接他,他从车上拎下来两个沉甸甸的麻袋。回到家里,打开麻袋一看,吓了我一大跳,从麻袋里滚出来的是白菜、萝卜、南瓜、冬瓜一大堆蔬菜。"

从湖南到上海,几千里,花那么大力气,带去一堆蔬菜,这多少带有点幽默色彩。但乃生是个地道的老实农民,没见过世面,他看重的,就是这些花劳动、花汗水,从田里地里出产的这点东西,他觉得这些东西是最宝贵的。他拥有的,也就是这些。

宏生不无感叹地对我说:"其实,舅舅能够给我们的也就是这些。这真正是他自己的作品,是他的劳动成果,上面有他的汗水,有他的心血,这礼物是很贵重的,我们全家都很珍惜。"

台湾来客

1988年以后，台湾开放大陆探亲，很快出现了一股大陆去台人员的回乡探亲热。我们湾虽不大，人口也不是很多，但解放前夕去台湾的人倒有几户。除了继英是白崇禧部队溃退时抓夫抓走的以外，其他人大都是从上海坐船走的。他们离乡几十年，思乡心切，一个个都赶回来看看。

我住在北京，1990年以后，到我家造访的台湾客有两人。

一个是伯福叔。

伯福叔是孝先奶奶的儿子。孝先二爷去世早，留下二女一子，和一些田产。1948年，伯福叔结婚，我是亲眼见过的。他妻子是桥头河镇人，名字叫嫦娥，很漂亮的一个女子。接亲那天，是抬着猪，抬着羊，抬着鹅，抬着家具，很有排场的。伯福叔在上海的一个军工厂工作，结婚不久后，就离乡回上海了，留下了美丽年轻的妻子。

1949年上海解放前，伯福去了台湾。妻子在家里产下一子，取名勤勉。

谁能想到，两岸相隔，音信渺无，从此夫妻一别就是几十年！

最初，嫦娥还存在幻想，希望有朝一日夫妻能够团聚。但朝鲜战争爆发，一切都没有办法实现了。

我们高喊"解放台湾"，喊了许多年，台湾还是没有解放。嫦娥不仅背着成分不好的负累，头上还有顶"台属"的帽子。

1953年，嫦娥的孩子已经四岁了，她一看等夫无望，不能再守空房，就搬回了娘家住。第二年，她就带着孩子改嫁了。

伯福叔到我家前，已经回乡几次了。他说他带着现在的妻子，曾去桥头河探望过他的前妻和儿子。

熟悉情况的人也曾经向我叙述过他们夫妻重见，父子团圆的情景。

我真不知道该怎样描述伯福叔和嫦娥婶婶重见时的心情？四目相对，他们该说些什么？一个曾经属于自己的、新婚不久的美丽的妻子，因为互相隔离，已经改嫁他人；一个曾经属于自己的亲爱的丈夫，因为同样的原因，不得不在台湾娶妻生子。他们感受的该是一种什么样的痛苦？岁月留给他们的是头上的白发，脸上的皱纹，这是看得见的；但那心上的皱纹、心上的伤痕有多少，谁能看见呢？

我又该如何去描述伯福叔和他的儿子勤勉第一次见面时的心情？一个是出生后从未见过父亲，一个是从未见过自己的儿子，中间有四十年的时间，四十年造成的隔膜和陌生，他们只是相拥而泣吗？那种复杂的心绪，不是用简单的文字可以表达的。勤勉离开我们湾以后，我就没有见过他，当我见到他时，他已是三十九岁的中年人了。我记得他和我说了一句"相见恨晚"的话。他对我都说出这样的话，对他父亲，从内心里，又何止是"相见恨晚"呢？

这种不是因为自身的原因，而是因为时代、政治、战争的原因，造成的夫妻分离、父子分离，在世界上也不多见。相思之痛，离愁之苦，精神上深深的伤痕，确实令人唏嘘感叹。一切都无法恢复原状，人们只有承认现实。即使还有一帘旧梦，也无法再圆，生活给予夫妻双方和儿子的，都是永远的遗憾，永远的伤痛。伯福给了原来的妻子以祝福，也给了自己的儿子一笔经商的钱款，让他在湘潭做点生意。但这一切，都无法补救感情的失缺，无法补救青春岁月的流逝。

伯福叔来北京前，先去了桂林和三峡。他还记得小时候的我，说起我淘气的一些往事。他说他小时候说话结巴，在湾里留下过许多笑话。他现在不再结巴了，虽然在台湾居住了四十多年，但还是有着浓重的乡音。

伯福叔在游桂林和三峡的时候，写了一些旧体诗，拿给我看。这些诗格律严谨，平仄有序，感情深厚，我认真读后，觉得虽然不算上乘之作，但总的感觉还是不错的。他不是诗人，写诗不过是爱好而已。他能写，说明台湾普遍比较重视国学，即使不是专门写诗的，也会有一定的国学基础，哼出来不致太离谱。

伯福曾对他的姐夫不满。他姐夫是小学教员，在文化大革命中，曾"揭发"他的岳母，也就是伯福母亲的所谓"反动言论"，致使母亲受到批斗。伯福的母亲孝先三娘已经去世了，这事是伯福的妹妹告诉他的。伯福对此事耿耿于怀。他很久没有和姐夫家来往。现在姐夫姐姐都去世了。别人告诉他，"文革"中的许多事也都是迫不得已，事出有因，他也就不要再计较了。这次到北京来找我，远在长春第一汽车制造厂当工程师的外甥秦罗生也赶来会合。秦罗生是我中学的同学。故人相聚，自然有说不尽的喜悦。伯福叔送我一把在桂林购买的檀香扇，我送了他一瓶五粮液和一瓶茅台酒。我们都说，看到这扇子和酒，都会想起对方。

伯福叔对故乡还是有感情的，他专门出资，在春溪小学，设立了教育基金，奖励那些成绩好的学生和工作出色的教员，这在我们整个娄底市，还是第一份。

第二个来我家的台湾客是喻伯凯。

如果说与伯福叔相聚是预想到的，那么和喻伯凯相见则有几分意外。

喻伯凯原名喻北海，论辈分，我应该叫他爷爷。以前听说过这人，说他性格凶悍，人称"猴子"，是兄弟阋墙才被迫出走台湾的。伯福叔曾告诉我，北海猴子改了名字，在台湾没有参加湘乡同乡会，平时也很难见到他。

喻伯凯从亲戚那里知道了我的通信地址。在他到我家之前，我先接到了他的一封信。

信的格式完全是旧式的，用毛笔书写，什么"兄台"、"惠鉴"之类，不熟悉这种格式的人念起来很别扭，给人一种出土文物的感觉。

那是1992年4月。喻伯凯乘坐公共汽车来到我们院子门口，打电话找到我。我去接他。一个五短身材的人，已经八十岁了，但精神特别的好，他说自己是黄埔六四期毕业的。

这个人有两件事令我惊讶。

第一件事是他已经在北京住了一年多。不仅如此，他还在方庄买了一所房子，娶了一个老婆。喻伯凯告诉我，他在台北的家很糟糕，老婆不检点，已经离婚；孩子也都不成器。说起家里事有几分凄然。我问他在北京娶的老婆多大岁数，他说四十岁，是妇产科医生。这更使我惊讶。你一个八十岁的老人，怎么跑到北京来娶一个四十岁的老婆？后来我见过这位妇产科医生，还比较漂亮。喻伯凯嘴里唠叨，说要让这个妻子为他生个儿子。他在台湾的儿女不成器，必须再生一个。我开玩笑说，你还行吗？他说，没问题，自己身体好着呢，现在每天都坚持冷水浴。

我和我爱人去方庄专门看望过他。他的房子在二十四层上，两居室。他带我们到窗前，说："你看，这里风水多好，朝东南方，一眼望去，绿野平川，广阔无垠。"

我们到他那里的时候，他那个妇产科医生的妻子不在。看起来家里也不像过日子的样子，锅里煮了一锅食物，都快要发霉了。显然他妻子是不常在这里住的。他说他得防着妻子一点，他妻子偷偷地把他身上的两千美元拿走了，剩下的钱，他藏在了不为人知的地方。他说他也不是常年住在北京，一年只来住两三个月，余下的时间都在台湾。他在台北有一处房子，他的收入来自出租的房子。我听了他的叙述，也见了他的妻子和房子，就诚恳地对他说，你不要再做你的生儿子的美梦了，那基本上是不可能的事，你要小心上当受骗，以免人财两空。

第二件事是我在凤凰卫视"李敖有话说"栏目里，两次听李敖说起喻伯凯这个名字。喻伯凯曾是台北的公共汽车售票员。一次情治单位把他抓了起来。后来又查无实据，悄悄地把他放了。喻伯凯不服，就告到监察机关，控告情治单位随便抓人，并虐待他。对质时，抓他的情治单位不承认关押了他，也不承认虐待了他。喻伯凯说：你们不承认没用，我有证据，你们把我关押在某楼的地下室，我在地下室的墙壁上写了"暗无天日"四个字，请你们去看看。监察机关派人去看，果然有这四个字，果然是喻伯凯写的。

官司打赢了。喻伯凯的名字上了报纸，他的案例也进入了李敖大师的资料库。

李敖在自己的节目里，以喻伯凯为例，说明这样一个道理：小人物不要怕，只要握有真凭实据，同样可以告倒大人物，同样可以打赢官司。

喻伯凯就是这样一个人。

喻伯凯一共来过我家三次。自从我劝诫他不要上当受骗以后，他就再没有来过。

2006年春节，我到台湾旅游。伯福叔住在桃园，我下了飞机，刚好在桃园街上吃饭，不由得想起了这位老人。随后到台北，也想起了那位八十岁还想在大陆娶妻生子的喻伯凯。十多年过去了，他们都已是耄耋之年了。两岸政治纷争，导致无数家庭离散，至今伤痕犹在。但亲情是割不断的。随着两岸经济的日益融合，生活水平差距的日益缩小，政治恩怨的日渐淡化，统一终将成为人心所向、大势所趋的潮流。我想，人们期盼的那个日子应该不会太远了吧。

井台辩论

这是一口废弃的水井,就在湾前的水塘边。

二十年以前,情况还不是这样,这口井是全湾唯一的一口水井,所有生活用水都靠它。后来上水方向建了水泥厂,打深井抽水,地下水源出现问题,这水井就不那么活了,常有附近水塘的浸水进入。湾里人嫌这水井的水不干净了,纷纷各自打井抽水自用。如今的水井成了洗衣服的场所。

我和弟弟到水塘钓鱼,就坐在井边。湾里有人出来叙旧、聊天。

军猴子和连方叔来到了井边。

湾里人有个特点,几个人聚到一起,总要找个话题,说道说道,争辩争辩。湖南人喜欢抬杠,不服输,军猴子和连方叔都属于这类人。

我虽然离家有了许多年,但对这两个人的情况和性格还是了解的。连方叔很早以前就和妻子离婚,女儿也早出嫁了,一个人独居过日子。但他身板健朗,如今还在田里干活。连方叔长期给人的印象,是个爱唱反调的人。政府的事,公家的事,要他认可很难,要他赞同就更难。农村的生活不太好,长期以来,他自己的日子过得不舒心,说起来总是牢骚满腹,怨气冲天。不管公家怎么做,他满意的时候不多。大跃进他不满意,文化大革命他不满意,改革开放他也不满意。他是个现实主义者,不能给他带来实际好处,你就把调调吹到天上去,讲出任何"理论"来,搬出任何"菩萨"来,他都不信。

今天的第一个话题是:现在好,还是过去好?

这个话题要是在城市,在知识分子中,恐怕争论就不是很大,都会说今天比过去要好。但农村就比较复杂,改革开放不是给每一个农民都带来了利益,有的人生活改善并不很大,上学、看病甚至比过去更困难了。

使我意想不到的是,连方叔的态度与以往居然完全不同。他主动和我弟弟搭话,说:"新民,现在的农村政策,要是再说不好,那就说不过去了。自古农民种地要纳税,现在农民种田不仅不纳农业税,政府还给你补贴,这是历朝历代都做不到的事。补贴虽然不是很多,但这意思到了。如今粮食产量那么高,你要是再没有饭吃,那是饿死活该。"

连方叔快八十岁了,脸上放着光泽,喜形于色,有几分自足的神情。

军猴子是敖矮子的崽。他个子明显比敖矮子高,但身板单薄,精瘦精瘦的,和别人唱反调也是其人一大特长。敖矮子过去长期当生产队长,在湾里算头头脑脑的人物。听到连方叔这么说,军猴子偏不服气,站在了反方的立场。

军猴子说:"现在好个屁,过去啥都不用操心,你只要跟着别人屁股出工,谷子不也是一担一担往家里挑吗?"

连方叔奚落军猴子:"我心里知道,你有多少担谷子往家里挑哩,还不是每年饿肚子。你要讲真话,还是现在邓小平这一套好。"

军猴子说:"过去人们种田的积极性多高,修渠道,修大寨田,一呼百应,男女老少齐上阵;现在有几个人种田,谁能指使谁,都到城里打工去了。"

连方叔辩驳道:"过去搞农业的人多是不假,但天光半夜,累得贼死,没什么效益;如今种田的人少,是不需要那么多人了,腾出人手去打工、去赚钱,这有什么不好?什么一呼百应,你不去不行,没那个自由。我是年纪大了,老了,我要像你这个年纪,也上广州深圳打工赚票子去。你说过去种田的积极性,那叫什么积极性呀,敲钟打锣让你去,你不去行吗?白天黑夜,早晨露水还没干,就催你去干活,你愿意吗?龟孙子才愿意受那份洋罪!"

军猴子说不过连方叔,他又搬出了另外一个题目。他说:"锄头底下出黄金。这是古训,违背不得。当农民,只要舍得天天动锄头,这饭碗就不发愁。"

军猴子说出这个题目,我就不由得想起他盖房子的事。他好不容易攒了一点钱,要拆掉旧房盖新房。人们没有想到的是,他把新房的地址选在一处曾经发生山体滑坡的地方。有人劝告他,那里土质松散,建房不行。可他就是我行我素。结果房子建到半截,就发生了山体滑坡,淤得两面墙壁都是泥巴石头。我去看了那个地方,根本就不行,即使能暂时居住,也后患无穷。我建议他放弃,浪费了的就算了,免得今后日日夜夜提心吊胆。可他不听,天天在那里动锄头,在那里用箢箕担土,偏要"愚公移山",把那半座山担走不可。军猴子就是这个死犟劲儿。

军猴子自认为"锄头底下出黄金"是至理名言,老一辈人都这么说，全中国都这么说，别人是驳不倒的。

别看连方叔年纪这么大了，脑子却还灵活。他对军猴子的"理论"持怀疑态度。他摇了摇头说，："我也看了这么多年了，活了八十岁了，觉得锄头底下出不了黄金，光靠扁担锄头致不了富。光靠锄头，脸朝黄土背朝天，当个死农民，一辈子也翻不了身。你想想看，过去这么多年，我们修大寨田，开荒种地，动锄头还少吗？怎么农业就过不了关，饭就不够吃呢？现在呢，随随便便弄一下，粮食一年到头吃不完。搞农业，还是一要靠政策，二要靠科学。一个袁隆平，抵你千把万把锄头！"

说到如今当农民，连方叔也有自己的"高见"。他说："现在农民收入是不高，和城市里的人没法比，但要还是好耍啦，要不怎么会有那么多闲人呢？要不怎么会有那么多闲人玩牌搓麻将呢？如今耕田比过去简单多了，插秧不用弯腰，站在田埂上抛秧就行。肥料有化肥，除草有除草剂，杀虫有农药，我一个老倌子，一年用不了几天工夫，就把田里的事情搞定了。就连过去能把人累死的'双抢'，如今也变得松快多了。"

连方叔的一席话，犹如石破天惊，使我受到震撼，不由得边听边笑起来。我没想到，农村人的思想变化那么大，特别是像连方叔这样过去经常唱反调的人，居然对新的时代、新的事物有了这么一番耳目一新的透彻的见解。

我和我弟弟对连方叔的话都点头表示赞同。

军猴子还有些不服气，拧着脖子要和连方叔辩论。连方叔挥挥手说："侄儿子，我不跟你说了，别浪费我口水。不过，我得告诉你，你还年轻，要跟上时代，别落后得太远。最主要的是，要尊重事实，我不是服从哪个领导，我是服从事实。"

井台辩论结束了。我没有说话，我弟弟也没有说话。但我俩心里都知道，我们是参加了这场辩论的，赞同什么，不赞同什么，都有自己的立场。我们也从他们两人的辩论中受到了教育，明白了一些朴素的道理。

诗歌少年

2006年4月,我回老家的第八天,一位个子不高、笑容里有几分腼腆的少年来到我面前,很虔诚地对我说,他爱好诗歌,要向我请教。弟弟说,这是喻小萍的孩子,中学生,就住在马路对面。

一个农村少年,爱好诗歌,是我的同道,我当然高兴。

我国是一个有着悠久诗歌传统的国家。诗歌的根须能伸进偏远的山村,吸引一个农村孩子,说明今天诗歌已经很普及。在此之前,我也到过一些中学,各个学校都有自己的诗社,有的出版了诗报,有的自费出版了诗集。这些现象说明,我们对当代诗歌的发展持过分悲观态度是不必要的。

他叫贺克,打小学起就爱好诗歌。他对诗歌不是一般的爱,而是酷爱。

有诗歌,我们就有了话题。

从一开始接触这个孩子,我就提醒自己——就像我接触许多年轻文学爱好者时提醒自己一样——千万别小视他们,他们接触面广,常上网,懂得的东西很多,许多见解常常令你吃惊,甚至令你自愧不如。

我同时告诫自己：不要企望年轻人都接受你的观点，不要当教师爷，他们会有他们的想法，我们之间只能是一种沟通，一种交流。

果然，从他的谈话中，我发现他熟悉当代诗歌的情况，能说出当代诗歌的流派和许多诗人的名字，有的年轻诗人，在网上有些名气的诗人，是我没听过的，不知道的。他办过诗报，编辑过诗歌，有过诗歌创作的实践。

看到他那么年轻，是个学生，对诗歌又那么痴迷，我怕误人子弟，耽误他其他的课业，耽误他的全面发展，我想我有责任提醒他。我对他说：只能把诗歌当成一种爱好，一种自娱的方式，一门提高人的素质的功课；你可以把写诗当成生活的一部分，但不要当成全部，不要把诗歌当成谋生的手段，一般说，靠诗歌生存是非常非常困难的。

我这话多少对他有些震动。他确实曾经有过毕生只从事诗歌创作的念头。他说同学中也有一批人有这种理想主义。我说，一个简单的道理，你写诗的同时，总得吃饭吧，总得生存吧。他表示同意。

在一份《花山文学》的校办报纸上，我读到了他的两首诗。一首是写给父亲的《黄昏》：

"不能再接近／那片五彩斑斓的土墙／在天空深处／种植的那片土地／今年又失去了收成／好冷酷的月光／那一双老去的双手／紧攥着一把冰冷的泥土／天空开始黄昏／在河流的边缘／我仿佛又回到了童年的尽端／过去的十七年／我成为了河流的子孙／沿着父亲走过的路上／我又见一望无垠的田野"。

另一首《雨夜》是写给母亲的:

"抓不住那一丝雨／在深夜的窗前／又一次凝视那零乱的身影／那一丝雨中的叹息／纠缠住多少无言的眼泪／读你／那是在一个宁静的夜晚／懂你／那是在一个完美的季节"。

我对他说,从你的这两首诗看,你有较好的诗的感觉,写得不直露,知道如何表达心灵的感受。但整体来看,意象零乱,缺少深刻的独到的见解,轻飘飘,内容单薄,读完后,没有使人回味的东西,更没有使人灵魂颤动的东西。

从他的诗歌能看出来,他主要是师法一些外国现代派的诗歌。我特意提醒他,可以借鉴外国诗歌,学习他们表现手法的多样化和思想的深刻性,但不必一味追求他们的形式。诗歌有很强的民族性,人民需要思想性艺术性俱佳,大家读得懂,能够接受的诗歌。诗歌不要浮泛浅薄,不要无病呻吟,不要矫揉造作。我们要崇尚自然、真诚,既视角新颖,能从现实生活中抽象出诗意来,使其对社会、对生活、对人的心灵,具有很强的概括性,又语言不晦涩,明白如话。现在有些年轻人把本来明白的事情搞得模糊不清,以为艰涩就是深奥,这是一种误解,一种不好的倾向。

我当然不希望他全盘接受我的看法。我只要求他把我的看法作为他创作实践中的参考。

其实,贺克主编的《江南诗风》上就有不少好诗。这是一张小报。报上罗松明的几首《无题》诗就很好。

如《无题（二）》：

> 抓一把挫折放在天平上
> 发现正好等于生命的重量

如《无题（三）》：

> 不要被两棵邻树表面的
> 互不相干所欺骗
> 暗地里他们早已勾结在一起

如《无题（四）》：

> 抽取出城市钢筋水泥里
> 民工的血泪
> 诸多繁华定将呈现一片叹息

我和贺克讨论这些诗。我觉得他编辑的这些诗非常好。这些诗虽然只在极小的范围流传，但完全可以登大雅之堂，完全不亚于一些诗人的作品。刊物和报纸上的作品，往往在一定程度上代表了编辑的观点和水平。它们短小精炼，有思想内涵，有强烈的时代感，既不平庸，又不晦涩，每一首诗都是对生活的一种发现。

贺克同意我的看法。贺克还是一个少年，我希望他能够成长为一颗诗歌的新星。诗歌是人类精神的灯火，我希望他能够成为一个执火者，用诗歌的火炬，照亮自己，也照亮别人。

溺水者

长生嫂和几个妇女正在门前聊天,东家长,西家短,一时聊得兴起,哈哈哈乐个不停。

长生嫂是带着三岁的儿子望龙出来玩耍的。望龙身体很好,已经能走能蹦,淘气得很,就一个人在附近玩耍。长生嫂聊天聊得高兴了,把儿子早忘了。

不料想,正在她高兴的时候,儿子出事了。妇女们聊天的地方正挨着水塘,望龙离开了几十米,到了一处拐角的地方,已经不在长生嫂的视野之内。这孩子伸手去捞水里一个塑料瓶,扑通一下掉进了水塘。

聊天的娘们谁也没有发现这事。唯一发现望龙掉进水里的是细妹子。

细妹子只有六岁,得过小儿麻痹症,走路一瘸一瘸的,而且嘴拙,说话不利落。

细妹子怯生生地走到长生嫂跟前,说:"小弟弟掉水里了。"

长生嫂正聊得兴起,根本就没听清细妹子在说什么,嘴里直说道:"去去去,别乱搭茬!"

细妹子又跑到望龙掉进水塘的那个地方,看见望龙没有上来,又瘸着腿,走到长生嫂跟前,扯她的衣服,啜嚅着说:"小弟弟掉水里了。"长生嫂正说着昨晚打麻将的事,她说:"真是一手好牌哩,抓完牌就落听,地和的牌,七小对听九万,结果打了六圈,这九万死活不来,气得我真想跳河!你猜怎么着,对家有三个九万,一张死牌!"长生嫂余气未消,余兴未尽,对细妹子的话还是没有理会。

细妹子又一瘸一拐地走到望龙落水的地方,看见望龙还是没有上岸,就走到一个老倌子跟前说:"小弟弟掉进塘里了。"没想到这老倌子是个聋子,他哪里听得见这小女孩说什么,没有搭理她,就走了。

细妹子再一次来到水塘边,看见望龙还是没有上岸,她又瘸着腿,来到长生嫂跟前,猛拉长生嫂的袖子,脸憋得通红,额头上流着汗,眼里有泪水滚动,她着急地说:"小弟弟掉进水里了!"

这回,长生嫂听清楚了,忙惊问:"你说什么?你说什么!"

细妹子又重说一遍:"小弟弟掉进水里了!"

这一声可不得了,差点把长生嫂吓个半死!

这时,长生嫂不知是急懵了,还是心存侥幸,还是对细妹子的话不相信,她没有立即去喊人救人,而是扯开嗓门大喊:"望龙哩,你在哪里?"没有人答应,她又跑去湾里各家各户询问,问他们看见自己的儿子没有?看见望龙没有?都说没有看见,她这才到塘边来寻人。

水塘里一片绿水,连点浪花都没有。

于是,"小孩掉水塘里了!""小孩掉水塘里了!"消息像风一样传遍了全湾。

大人们闻讯都出来了,塘边上站满了人。循着细妹子指的方向，几个小伙子跳下水去，四处打捞，没有发现望龙的踪影。找不着望龙，长生嫂，还有望龙的爷爷奶奶，一个个急得跺脚大哭。

这时，正在坝上放水踩田中耕的起文，老远看见塘边上围了许多人，估计是出了事。他心急火燎，飞步赶向水塘。他在路上听说有小孩落水，就一边跑一边脱衣服，刚到塘边，就飞身跳进了水里。

怪事！起文跳进水塘还没一分钟，他就找着了望龙。

起文迅速把望龙托上岸，又赶忙给他做人工呼吸。起文读过书，又经常看报，他懂得如何对溺水者进行人工呼吸。他用膝盖顶着小望龙的肚子，把望龙肚子里的水全压出来。经过半个小时的人工呼吸，发现望龙有了微微的气息。一个小时以后，望龙又微微睁开了眼睛。

望龙活转过来了！

哭得死去活来的长生嫂，跪在起文跟前磕头。

人们都说，起文是望龙的救星，没有他，这孩子还不知道怎么样呢！

从细妹子第一次报信，到起文把望龙从水里救上岸来，时间已经很长了。到底过去了多长时间，半个小时？一个小时？说法不一，一帮娘们慌急懵了，谁也记不准确，都说反正时间不短了。孩子落水这么长时间，居然能被救活，这孩子真是命不该死。

几天后，等望龙完全恢复过来，人们问他："你在水里干什么了，知道不知道？"

望龙说："我开始用手划了划，后来就睡着了，什么都不知道了。"

一个孩子溺水后,在水里待了那么长时间,还能被救活吗?当我听到这件事后,心里多少有些怀疑,就问母亲:"这是真的吗?"

母亲说:"这是真的,这附近的人都晓得。"

我弟弟又补充说:"望龙这孩子我认识。他人很聪明,身体奇好,特别是肺活量大得惊人。他高中毕业后,考上了武汉体育学院。如今是二十多岁的小伙子了,在市民政局工作。"

我不再怀疑,不再说什么,这故事绝对真实,而且主人公就是大家熟悉的人物。因此,我只能感叹:这是奇迹,这是生命的奇迹!报纸上有这样的报道:一个三岁的孩子从十楼掉下还活着;一个老人地震被埋在废墟里十五天后仍然生还。世界之大,无奇不有。命大福大造化大,有时,当人们已经绝望时,可能奇迹真的会发生。

母亲的故事

母亲是童养媳,进我们喻家时才十一岁。

母亲最初的名字叫聪秀。其实这个名字是三姐妹共有的名字,母亲是老大,叫"大聪",下面依次是"二聪"、"三聪"。旧社会女人不值钱,父母没文化,没那么花心思取名字,随便给个符号就算了事。"嘉辉"这名字是解放以后义龙五爷给我母亲取的。

刚来我家的时候,喜欢逗女孩子玩的义龙五爷就说:"妹子,你过来,我考考你。"

义龙五爷念道:"东边的太阳照着西边的墙,哥哥的岳母是嫂嫂的娘,三个半壶壶半酒,六只靴子共三双。你想想看,这说得对不对呀?"

我母亲略一沉吟,知道义龙五爷是在故意作弄她,就说:"你说得完全对,这哪里还有错呢。"

义龙五爷捻着胡子笑了笑说:"看来这女娃子不蠢,还蛮聪明的哩。"

在义龙五爷的考试面前,她虽然过了关,但在以后的岁月里,她要当家,要耕田种地,生儿育女,她面临的人生的考试还很多。

我是长子,母亲一共生了八个孩子,五男三女,中间有两个男孩夭折了。

母亲个子小,她虽然没有量过身高,但绝对不会超过一米五五,也就一米五左右。我的身高一米八,站在她跟前,要比她高出一个头还多。常常有人和她开玩笑说:"这是你的崽吗?是捡来的吧?"母亲总说:"细竹子生大笋,正常哩!"母亲虽然身子瘦小,但自我知事起,就觉得她绝对不是一个小女人,在我的眼里,她很高大。她的能干、耐苦、坚忍是全湾出了名的,好像没有她不会干的事,也没有她干不成的事。土改以后,我父亲就参加了工作,家里的大小事情几乎全由母亲操持。天蒙蒙亮就起床上山采茶,回来后要寻猪草,白天要干农活,要管全家大小的一日三餐,晚上要揉茶,要喂猪,要招呼孩子们洗澡,灯光下还要纳鞋底。人就像陀螺一样不停地转动,她永远有干不完的活,永远有那么旺盛的精力,每天总要到深夜才能睡觉。

在旧社会,女人干活能,但要决定家里的财政支出不能,家里支出都是由男人做主。我一岁多的时候,身体很弱,厌食,人清瘦,肚子鼓得很大,肚皮上满是青筋。那年的冬天,裁缝师傅三拾公公在湾里做活(叫他公公是因为他辈分大,而不是年龄大),看到我那副皮包骨、走路颤悠悠的样子,就对我母亲说:"聪秀,你儿子这样下去,恐怕难得带大哩,得想想法子呀!"那时我母亲才二十岁,看着儿子这个样子,心里着急,但不知怎么办好。母亲胆怯地说:"她爷爷爸爸都不在,我一个女人有什么法子呢?"

那时,爷爷和父亲都到外地去了,家里就剩我们母子俩。

三拾公公爱讲直话:"你怎么没有法子,你手里没钱,仓里不是还有谷嘛,你粜掉两斗谷,摘几副药给孩子吃嘛。"

邻居希老太婆听了后赶紧说:"粜两斗谷,你说得轻松,她爹老倌把谷米看得比命还重要,回来还不吵得个天翻地动!"

三拾公公说:"吵,让他吵去,是人重要,还是谷重要?"

三拾公公是个好人,恶人相,善人心。他到湾里做活,我们常去玩,爱摆弄他的工具,他不苟言笑,一瞪眼,一横眉,常常吓得我们撒丫子就跑。但其实这是表面,他内心是极和善的。邻居教五爷生了个女,因为连着生了几个女儿,就不高兴,故意给孩子取名为"不喜"。恰好就在同时,三拾公公也生了一个女儿,他也是连着生了几个女儿,他没有不高兴,见教五爷给孩子取名"不喜",自己反其道而行之,偏偏给女儿取名为"莫嫌"。不喜,莫嫌,两个姑娘长大后,人们仍然把这当成笑话来说。

母亲回到家里,思前想后,觉得三拾公公说得对,人总比谷重要,如果人不在了,留着谷又有什么用呢?她人生第一次独自做出了决定,粜谷买药,救自己的孩子。第二天,她拿出两斗谷来,粜给了在湾里打铁的铁匠,立即请医生给孩子看病。

其实,药很简单,就是驱蛔虫的"鹩鸪菜"。几包"鹩鸪菜"吃下去,三天内,我拉了一大堆蛔虫。

自此,我的肚子也消了,也爱吃饭了,很快,身体长得肥胖起来。

我母亲庆幸她有了那次决断。她的儿子健康起来了,活泼起来了,不再是那个令人担心,随时可能失去的病怏怏的儿子了。

许多年以后,当我知道这事后,我也感谢母亲听了三拾公公的话,做出了一个正确的决定。如果她不去巢谷,不去摘药,我这小命能不能活到今天,还是个未知数呢。

有了这次决定,母亲变得越来越刚强、越来越有主见起来。解放后,爷爷去世了,父亲又在外面工作,家里大小事情都是由母亲做主,田里土里她要做主,油盐柴米她要做主,谁要做一双鞋,谁要添一件衣,谁饿着了,谁冻着了,她都要操心,都要做主。小时候,母亲就是我们兄弟姐妹的依靠,有她在,我们就不发愁。即使在1960年三年自然灾害时期,母亲省着自己的嘴巴,一把糠一把野菜的,也要喂养好自己的一大堆儿女。

我们家有一丘田在山河畲。有一年天旱,那里地势高,水的来源是一口山塘。田已经干得快开坼了,眼看稻苗要枯死。母亲和我抬着一辆龙骨水车去车水。龙骨水车很重,很长,路又很陡,瘦小的母亲不知哪来那么大的力气,居然和我一起把二百多斤重的水车抬到了田边。半途,她几次差点摔倒,但她又顽强地站了起来。旱田里的禾苗不等人,我们又忙着架起水车,往田里车水。时在七月,适逢小暑。"大暑小暑,上蒸下煮。"天空万里无云,地烫人,水烫人,空气烫人,天气闷热得让人喘不过气来。母亲汗流浃背,累得筋疲力尽,但她没有叫一声苦。她知道自己不能叫苦,不能退却。叫苦和退却都会影响儿子,都可能使事情半途而废。我那时才十五岁,一起坚持着,别无选择。只有把水浇到田里,禾苗不死,才有饭吃,这日子才能过下去。母亲深谙这生活的逻辑。后来山塘里的水全干了,母亲又领着我从河里挑水往田里浇。

从河沟到田里有很长一段距离，挑一担水要流半桶汗。为了挑水，我的肩膀都磨破了。不达目的誓不罢休，母亲就有这么一股韧劲。母亲的行动，对我是鼓励，是无声的命令。那年，许多人田里的禾苗都旱死了，但我们家的田保住了，秋天，我们有了收成，有了丰收后的喜悦。

母亲生第四胎的时候，我才八岁。母亲自己为自己接生。父亲不在，我和弟妹年纪都还小，对世事还处在似懂非懂的程度。没有人为她帮忙，没有人安慰她，没有人为她煮碗热汤，没有人为她沏碗红糖水。一切都要靠自己料理。不仅如此，她还要照顾好一堆孩子，让他们吃饭，让他们睡觉。那天，我放牛回来把牛关在牛栏里，没想到牛踢开了栏杆，从牛栏里跑了出来。牛是水牯牛，是家里除了人以外最宝贵的东西。母亲知道后，又忙着出门帮我赶牛。然后，她交代我做饭，交代我炒菜。这事，如今听来好像天方夜谭，不可思议。但当时的生活就是这样。谁能想到，一个女人的生命会这么卑贱，又会这么顽强，这么无所畏惧。

1971年6月，我的第二个孩子出生，第二年，母亲来北京为我带孩子。我和妻子工作都很忙，经济上也困难，而母亲又不能长期离开老家，家里的事还少不了她。为了既照顾老家，又帮我解决困难，六个月后，母亲带着我儿子回湖南。那时从北京到娄底没有直达的火车，必须在长沙转车。母亲抱着孩子，还带着一包孩子的衣服，还有奶粉，还有十斤黄豆。黄豆是总后勤部分下来的，在那个年代，算是很珍贵的东西。到长沙转车时，不出站，时间只有二十分钟，非常紧张。车上遇到一位热心男子，他也是在长沙转车去娄底方向的，见我母亲又抱孩子又提行李，就表示愿意帮我母亲提着奶粉、黄豆等东西。下车后,由于时间紧,那人走得很快。母亲抱着小孩,手里还拎着别的东西,就在后面紧追。毕竟是生人,不摸底,生怕那人把奶粉和黄豆拎走了,心里很焦急。由于走得太快了,母亲一到车上,就感到嗓子发干,心口发紧,气喘不过来。

回到家里,母亲就得了气管炎病,感到胸闷,后来日渐严重,发展成哮喘和肺气肿。不幸的是,不久父亲也染上了同样的病。两个人整日咳嗽不止,吐痰吐水,日子非常难过。母亲比父亲更严重些,有一段时间就到了不行的地步。每当我面对母亲痛苦的情状时,想到她是为了我的儿子得的病,就深怀愧疚。

为此,我不得不做最坏的打算,就托一位中学的老同学,为母亲准备了一副棺木。

但母亲的生命是顽强的。她终于熬过来了。自上世纪八十年代以后,母亲的哮喘病不断好转。自我为她准备棺木那年到现在,三十多年过去了,她如今依然活着,八十多岁的人了,她的头发还没全白,牙齿还能嚼蚕豆。头脑清楚,至今记忆力惊人。七十年前的事情,她能有条不紊地说出来。她能记起某年某月某日,谁家里发生了什么事,当时天气怎样,谁在场,谁穿的什么衣服,衣服是什么颜色。她能一字不漏地说出半个世纪以前流传在人们口头上的民谣、顺口溜。她虽然也经常生病,但总能化险为夷。

母亲生性善良,富有同情心。一天,一对老夫妇从我们家的房前路过。我小弟盖的新屋就在公路边上,是双峰到娄底的必经之道。老夫妇俩坐下来歇气,两个人都是一副忧戚的神情。我母亲端出凳来让他们坐,并互相攀谈起来。

老头说，阳台山山顶，有一个人死了，周围摆满了映山红。这是那人生前自己摆好的，摆好鲜花后，他安静地躺下，就吃毒药死了。老头很平静地讲着，大有羡慕之意。老妇说："唉，我们能这样死也就好了。"

母亲听后，深觉这对老夫妇内心有不能言喻的深深的痛苦，就和他们慢慢细谈起来。原来他们有两个儿子，一个女儿，都不孝顺。老头是挑担卖菜的，每天赚不了几个钱。三个孩子都以为老两口是财主，一天到晚问着要钱，不给钱，就恶言相向。老两口觉得这样活着没意思，还不如死了好。

母亲听后，就劝导他俩，说："多儿多女多冤家，毕竟是自己的孩子，他们也不会对你们怎么样，你们不要往绝路上想，应该鼓起勇气生活下去。"

天黑了，母亲留这对老夫妇在家里过夜。母亲吩咐儿媳为他们做了饭，还准备了一点酒。经母亲这么一说，这对老夫妇心里舒畅了许多。第二天早晨，老夫妇俩告别我母亲，说他们不往阳台山走了，还回家去，继续过日子。

母亲虽然心地善良，但眼不容沙，刚肠疾恶，轻肆直言，脾气大，遇事便发，也有让人害怕的时候。她从不掩饰什么，她要认准的理儿，你是很难说服她的。

她敬奉毛主席。一个旧社会的童养媳能有今天，她始终认为是毛主席领导穷人闹翻身的结果。如果有人妄评毛泽东，批评毛泽东，那话要是被我母亲听到了，她当场就会竖眉瞪眼，跟你翻脸。她马上就会说："没有毛泽东，你会有今天？毛老人家在，你们都服服帖帖，连屁都不敢放，怎么今天就胡说八道？毛老人家在，哪里有那么多贪官？哪里有那么多坏人？哪里有那么多乌七八糟的事？"

我明知道，毛泽东犯过许多不可容忍的错误，给国家和人民带来了很大的灾难，但从来不敢在她老人家面前提起，我知道她不仅不会认同，反而会给我一顿臭骂。

母亲要是看着不顺眼的事，她会六亲不认，不留情面，哪怕你是天王老子都不行。

湾里有个媳妇对婆婆不好，婆媳吵架，媳妇公然骂她婆婆是"老猪婆子"。母亲看不惯，就站出来打抱不平。她拄着一根拐杖出来，对着年轻媳妇，上去就是一棍子，并且说，今天你必须去请你娘来，不讲清为什么叫你婆婆是"老猪婆子"，我就不放过你。母亲真较真了。媳妇的男人只好跑到他丈母娘家，把丈母娘请来。丈母娘代替自己的女儿在我母亲面前认了个错，请求"大人不记小人过"，放她一马。过了几天，那个恶媳妇来到我家看电视，进门就说："老嫂子，你别生气，我做错了，你那天打得对，我以后不这样了。"我母亲见她有这个态度，就笑着说："那好啊，有这个态度，我今天硬是要给你泡杯好茶。"

有一年，我回家，乡里干部要请我吃饭，地点就在我家房前不远的马路边上。母亲知道后，不让我去。我问为什么？母亲说："这饭吃不得，乡政府的人经常在这店子里吃饭，每次吃完饭，嘴一抹就走人，留下了一大堆白条子。人家这店子都给他们吃穷了，开不下去了。"

小弟常常招一些人在家里打麻将，有时到吃饭时还不收场。母亲生气了，说："一帮坏家伙，一天到晚就只知道赌钱！"她不管你是亲戚，还是村干部、乡干部，只要她说得出来，就会劈头盖脸给你来一顿，有时甚至当场就动手把麻将桌给掀翻了，弄得所有的人都很难堪。

有时请人吃饭，年轻人反复劝酒，已经喝不下去了，还要劝，不停地劝，非喝得酩酊大醉不可；吃肉也是如此，互相赌胜，进行吃扣肉比赛，看谁吃扣肉多，直吃得嘴里打嗝。母亲就看不惯这一套，当大伙"兴致盎然"的时候，她会口出粗言，扫大家的兴。她会说，这酒，这肉，跟你们有冤有仇吗？你们不浪费掉就不甘心吗？酒要米蒸，肉要猪死，吃个死，醉个死，生生地浪费掉，既对不住天，对不住地，也对不住人！

许多人对母亲的这些"不近人情"的做法很反感，说她是个恶老太婆。但当面又说不出正当反对的理由。

我有时劝母亲："你讲话注意一下场合，注意一下分寸，别让客人下不了台。"

母亲立即断然拒绝："我只管是非曲直，管不了别人高兴不高兴！"

我的母亲，我的亲娘，就是这么一个人。

母亲八十多岁了。她是一本无字的书，内容极其丰富。什么是爱，什么是恨，什么是善良，什么是勤劳，什么是俭朴，什么是耿直，什么是坚韧，那书里都有，让我受到教育，受到启迪。她把人类人性的一些最基本的东西展示给我看，并且像基因一样传递给了我。

我真的要感谢我的母亲。

我退休以后，每年都回老家看望母亲。母亲就像一把大伞，佑护着我，使我的心灵有了依靠。我虽然也是六十多岁的人了，但母亲在，我就感到自己还年轻，还是母亲的孩子。我衷心祝愿母亲长寿。

哭 母

母亲已卧床不起，重病多日。虽然母亲生病是常事，而且她几次临近生死边缘，都能起死回生，化险为夷。但我有一种预感，这次非比以往，病的时间长，药物已经不济。她老人家恐怕很难挺得过去。

我早就决定要回家看望母亲，无奈有事不能脱身，难以成行。我天天电话联系，打探母亲的病情。2006年11月15日，我出席的第七次全国作家代表大会好不容易落幕了。第二天，我参加的全军文艺作品评奖会议也在我的焦虑中结束了。17日下午，我急忙乘坐火车赶往老家湖南娄底。18日下午4时，终于见到了重病中的母亲。

母亲面容枯瘦，已不能进食，但神志清醒。听小弟说，10日晚间电视新闻上出现了我的镜头，卧病在床的母亲听到后，立马翻身从床上爬了起来，走到客厅电视机前，问我小弟："你大哥在哪？"母亲显然已盼望我很久了。我跪在母亲床前，她拉着我的手，神情十分欣慰，高兴地说着一些家常话。她见到了离自己最远的长子，好像一切都已放心，不再关切什么，不再等待什么。很快，她神光开始黯淡，精力迅速衰竭。但临终,她依然清醒,让人从她贴身衣袋里拿出一个用手绢包裹的小包,里面有两千四百元钱,交给我,示意让我分给大家,轻声说了一句:"不要嫌少,人人有份。"这是她最后的遗言,最后的恩惠。

是夜一时五分,母亲溘然辞世。望着她慈祥的面容,想着她八十四载人生的苦难沧桑,我泪流满面,遂泣挽一联,悬于灵堂:

肩可担山世上艰辛备尝乡人言能
眼不容沙人间不平都管知者称善

随后,又撰一文,概括母亲一生,以寄哀思,哭祭于母亲灵前——

青山巍巍,春水汤汤,慈母恩情,山高水长。少小家贫,一棵苦秧;童养媳妇,柴门闺房。不避风雨,不畏雪霜,严冬酷夏,百炼成钢。身小心高,事事好强,屋里屋外,样样在行。能事桑麻,能种稻粱,捻线纺纱,缝衣补裳。白日下地,顶着日头,夜晚纳鞋,伴着灯光。朝采春茶,双手沾露;暮扯猪草,一身夕阳。曾忆早年,地比火烫,为救禾苗,挑水山塘。曾记荒月,南瓜充粮,山岭挖蕨,肩披星光。人间百难,不屈脊梁;世上万事,耿耿肝肠。子女六个,儿孙满堂,心血哺育,道德文昌,戒惰戒奢,不卑不亢,事业有成,称誉四方。足儿饭食,不饿肚肠;冬夜披被,怕儿染恙。性格刚直,高声大嗓,眼不容沙,是非有章,知者称善,菩萨心肠。高寿八四，人间沧桑，往事历历，我的亲娘。一息未继，溘然安详，阴阳两隔，痛煞儿郎。驾鹤西去，遗爱无疆；恩泽绵绵，哀思茫茫。

解读父亲

薄暮时分,弯月从树梢上升起来,山路变得渐渐模糊。父亲招呼小儿子志民,放下杠子,歇歇再走。他实在抬不动了,坐在一块山石上,喘着粗气,汗水从额头流下来,流到脸上、脖颈上,整个上衣都湿透了。

父亲年轻时,在湾里是数一数二的壮汉,五十斤一个的土砖,他一次能挑四个。几十年干部当过来,如今六十出头的人了,他终于不得不服气,不行了,再不是当年向新边港运送煤炭健步如飞的脚夫,没有那股子力气了。

这是1979年。他刚刚退休,在麻谷山买了二十方石头,准备盖房子打地基用。

盖新房是每一个农民的梦想。我父亲也不例外。我家的房子是祖辈传下来的,在我爷爷、父亲这两代人身上还没有翻新过。一色的旧土砖,房瓦残缺不全,地基渗水,一年四季都很潮湿。要重新盖过,这是我父亲已经谋算了多年的一件大事。他常常为自己几十年间无力盖房而惭愧。如今退休了,他决心要办好这件事,也算对子孙有个交代。

我奶奶在父亲一岁多的时候就去世了,爷爷又有腿疾,父亲的童年是不幸的。在他很小的年纪，就要承担起家庭的重担。他虽然从土改开始就当干部，但长期工资很低，家里人口多，经济总是十分拮据，除了吃饭，没有余力办别的事情。他自己一直过着非常清苦的生活。

父亲离开乡政府后，先后在供销社和农业银行工作，一直是股长、主任一类的小人物。那时政治运动不断，供销社和农业银行的干部成年就是参与中心工作，下生产队蹲点，跟农民没什么差别，插田、扮禾、挖地，什么农活都干。1964年搞四清，他在小碧桥公社蹲点，住在一户农民家里，我去看过他。一张铺着稻草的床上，是一床破旧的被子。白天和老乡一起下地干活，吃的是定量的粮食。那户老乡很好，有时在他饭里加个鸡蛋，他执意不肯。那时，四清工作队有纪律，要和社员同吃同住同劳动，违反了规定是要受处分的。

父亲用袖子抹去额头上的汗水，他知道自己正如这时光，已经走到了日暮，剩下的年头是有限的了。他需要格外努力，抓紧时间，去完成自己的人生目标。他希望晚年的日子过得好些，有自己的新房子住，而且这新房子不是靠别人，而是靠自己的力量盖起来的。文化大革命刚刚结束，他就退休了。在此之前，工资几十年原地不动，他的退休工资只有四十八元五角。家里有那么多张嘴巴要吃饭，他没有余力请人帮工，他开销不起这笔钱。他虽然没有盖过房，但他帮别人盖过，他知道这里面的各种开销，瓦、木头、砖、门窗、水泥，哪一样都要钱。他手里只有一千三百元积蓄，这是他积攒了许多年才攒下来的，是从牙缝里挤出来的。他平日花钱几乎到了吝啬的地步。他本来喝酒的，为了攒钱，他把酒戒了；他嗜烟，抽得很厉害，但从来只买烟丝，自己用废报纸卷了抽，或者干脆买烟叶，自己切成烟丝卷了抽。劣质烟叶常常呛得他咳嗽不止。他对家里的各项开支，包括添一件衣服，买一双鞋，都有严格的限制，生怕有丝毫的浪费。有一次，母亲往锅里多放了点油，他见了就心痛得不行，和母亲大吵起来，说我母亲不师家道，过于浪费。

他要用一千三百元钱——后来我给他寄了三百元，一共一千六百元钱，建造自己的房子，实现自己的梦想。

他在算计每一块砖，每一根梁，每一块石头，算计要多少工钱，整个房子建起来的造价。他不想借钱。解放前，他借过高利贷，我亲眼看见过他大年三十晚上不能在家过年，外出躲债的尴尬情景。解放后，他发誓不再借债。他对我说过，借钱是下雨天背蓑衣，越背越重，我有钱就办事，没钱就不办事，有多少钱就办多大的事。

如今手里有了一千六百块钱，他知道这钱的分量。一个穷干部，几十年的劳苦，几十年的心血，几十年的生命，全在这上面了。他下了极大的决心，要用这钱来完成自己的一桩心愿，否则，作为一个男子汉，他在别人面前说不起话来。

木头是必须买的，砖是必须买的，匠人的工钱是必须支付的，但这打地基的石头必须要靠自己的力气来完成。山路很陡，路程又远，抬石头很累，几天下来，腰酸背痛，唯一能支使的小儿子尽管年轻，也叫苦不迭，但别无选择。

"志民，别歇了，走啊！"父亲为志民鼓劲。

抬石头整整抬了一个月！当把所有二十方石头全部抬到了地坪上的时候，父亲终于松了一口气，疲劳得在床上躺了三天。

房子重修工程终于启动。先要把旧房子拆掉，全家人搬出来，暂时借住别人家里。老房子中一些有用的材料要清理出来，码在一处。不管是老材料，还是新备的材料，都得有人昼夜看守。这些事情都得操心费力。这样风餐露宿，折腾了几个月，房子终于建成了。遗憾的是，由于资金不够，全部用红砖的预想没有达到，只在一面山墙用了红砖，其余的墙还是砌的土砖。不管如何，这是新房子，是父亲亲自盖起来的新房子。

1980年的秋天，我回家探亲，看到了父亲一生的心血之作。房子还建在原址，只是换了方位，而且比老屋高大了，也宽敞明亮了，房间由四间变成了六间，四间卧室，一间茶房，一间储藏室，还有一间很大的厅屋。厅屋的门槛是用青条石做的，这在旧社会，是要财主家才有的。父亲领我屋前屋后四处看了看。他很高兴，毕竟房子盖起来了，住上了新屋，做成了人生一件大事。他对我说："我已经尽力了，做了我该做的，我只砌了一堵砖墙，只有那么大的能耐，剩下的留给你们兄弟将来去做吧！"

房子盖成了，但父亲明显地消瘦了许多，最令人不安的是，由于过分劳累，他染上了哮喘，一天到晚咳嗽吐痰不止，后来病情加重，转成肺气肿，严重时，真是生不如死。1988年年底，他终于撒手离我们而去。

一幢悲剧性的房子。一段悲剧性的人生。

老房子依然显现出它的一些先天性的缺陷和不足。潮湿、阴冷的问题并未得到根本改善，最大的不足是交通不便，连烧的煤炭都无法运进来。为此，家里开过会，一致的意见是选择新址再建。我已经久离家乡，大弟也全家住在娄底市里，所谓再建，其实只是小弟志民的事情。1992年12月，时任乡水泥厂厂长的小弟志民在靠近公路的地方修建了一所三层楼的住宅,全部是钢筋水泥,而且每层都有两个卫生间。我母亲七十岁生日那天,正是乔迁之日。我们全家告别了祖祖辈辈居住的地方,告别了父亲用一生心血建立起来的那座只有一堵红砖墙的老屋。那座老屋是父亲的业绩,是他的面子工程、形象工程。如今它被我弟弟废弃了。真正的跨越式的发展。年轻的一代,他们要向前走,要追求更美好的生活……

搬家那天,我从北京赶回了老家。新旧对比,我不胜感慨。对于老屋的处置,有人说把它拆掉算了,反正再也用不着了。我却主张暂时保留下来,作为一件展品,让它见证历史,让我们一看到它,就想起先人,想起劳瘁一生的亲爱的父亲,也想起时代的变迁。

为父亲洗脚

从上中学算起,我十四岁就离开家了。中学离家很远,每半个月才回家一次。因此,我年轻时,对于父亲的生活起居,几乎没有照顾过。我参加工作以后,更远在北京,也不是每年都回老家的,和父亲见面的次数有限,每次回家,父母都把我当客人看待,总是他们照顾我的地方多。

1987年年底,我回家过春节。父亲经历过建造新房,身体已大不如前了,气管炎越来越厉害,形容憔悴,与他三五年前比,形同两人。

一天晚上,睡觉前,父亲说要洗脚。不知为什么,我突然主动上前,要拿盆子为他去打热水。以前,这工作都是母亲做的,或者是弟弟弟媳做的。此时,我好像意识到一种道义,一种做儿子的责任,必须亲自做一次。

我端来热水后,就蹲下身去,说:"爸,我来给你洗吧。"

我感觉到,父亲对我的举动也略略有些吃惊。毕竟这是第一次。在我的记忆里,这确实是我人生第一次为父亲洗脚。过去那么多年,儿子都没有给父亲洗脚,如今这儿子也四十好几的人了,是师级干部了,是能写文章的角色了,却居然主动要为他洗脚。他显得没有思想准备，不太适应，甚至有些微的惶恐，伸脚有些迟疑。

我小心地为父亲脱掉袜子，把他的双脚放进脚盆，问他水温烫不烫，他说："合适。"

我摸着父亲的脚，感觉双脚消瘦，已经是皮包骨了，而且冰凉，明显地血气不旺，难怪父亲常说脚冷。

这不是我想象的那双脚。年轻时，父亲是湾里有名的壮汉，从砂罐铺担煤炭到新边港，能挑二百斤，和别人比赛举土砖，一个百十斤重的土砖单手举起来，双腿稳得像桩子一样。

如今父亲走路都有点颤颤巍巍的了。我摸着父亲的脚，想到一个生命的日渐衰弱，内心里不禁生出叹息和伤感。

我细心地为父亲搓着脚。父亲的脚底很粗糙，有一层厚厚的茧子。我知道，这双脚，走过许多的山路。我们那里的山路弯弯曲曲，路上全是粗粝的砂子。人们外出，有穿草鞋的，也有光脚的，父亲一般是光脚的日子多。他光着脚赶牛去山腰上的梯田犁田，光着脚挑着肥料过山坳，光着脚挑着谷子和红薯回家。每年开春，父亲就捋起裤腿下田了，又是光着脚忙着春耕，忙着清理田埂。他的脚，走过夏天滚烫的热土，走过风雨中的泥泞，走过冬天的雪地，脚上，有砂子的印痕，有泥巴的印痕，有岁月的印痕。

父亲先在供销社工作，后来又转到农业银行，那个年代，这都是跑腿的工作。他曾经在七星街和水桶底镇工作过。这两个地方离我家都很远，从七星街到家里至少有六十公里。那时乡村不通汽车，来往全靠两条腿走路。有一次，天色已近傍晚，父亲决定回单位。母亲说，太晚了，明天再走吧。父亲说，不行，明天上午还有个会要开。他没有丝毫犹豫，对于他来说，这样的事好像家常便饭，算不得什么，于是抬起脚就出发。六十公里的长途，不是一会半会就能走到的，需要翻山越岭，穿村过街。我估计，他至少要到后半夜才能赶到七星街。

就是这样，年年岁岁，父亲的脚不停地走着，丈量过附近的山山水水。

我摩挲着父亲的双脚，感觉到了人生的艰辛，感觉到了一个人的双脚踏在大地上的那种沉稳，和一个人面对困难时从不埋怨、从不皱眉、从不退缩的那种坚强。

我往脚盆里加进热水，尽我所能，使劲地按摩着。我摸到了父亲的脚后跟有一条微微的裂缝。如果粗心，你是感觉不到这道裂缝的。我仔细抚摸，发现脚后跟有些凹凸不平。这使我想起了三十多年前的一个冬天，天气特别冷，下了雪，水塘里结上了冰。父亲穿着草鞋，和人合伙抬滑竿往娄底送生猪。送完生猪回来，他的脚生了冻疮，脚后跟皲裂出一道口子。晚上，母亲为他洗脚后，用烧热的猪板油往那裂缝里浇，这是治脚板皲裂的土办法，很有效。灼热的猪板油浇在父亲的脚后跟上，痛得他倒吸凉气，龇牙咧嘴，但他坚强地忍受着。

这道裂缝就是当年留下的纪念。

我问父亲，他还记不记得这件事？他说，记得，怎么会不记得啊。并说，那时除了这土法子，也没有其他办法可想！

我在按摩时，碰到了父亲的脚指头。这使我想起了母亲无数次给我讲过的一件事。我小时候身体很不好，病怏怏的。外出几个月的父亲回到家里，一见儿子骨瘦如柴，心里很是焦急。邻居说，孩子这个样子，你们应该上雷峰山的庙里去求求神，请一道神符来保佑他。在旧社会，这种迷信是普通百姓在无奈的情况下通用的法子。人到了没有法子的时候，就寄希望于神灵，这大概也是产生宗教的社会基础。天已黑了，远道回家身体已经很累的父亲，不假思索，拿起香烛，还是那个脾性，抬腿就出发。雷峰山离我们家有十多里，山很高，路很陡。那时父亲年轻力壮，没把这些困难放在眼里。他烧完香烛，请了神符，回到家已是半夜了。由于走得太急，父亲踢破了脚指头，鲜血直流。尽管这种迷信做法于事无补，治不好人的病，但父亲的那份爱心，那份虔诚，多少年后，我听来依然感动。

我在脚盆里反复摩搓着父亲的双脚，想到了他劳瘁的一生，眼睛不禁有些湿润。我仿佛看到了父亲的脚印，一个个，一行行，从家门口伸向远方，像一行行文字，一个个标点，书写着一个人的生命史和奋斗史。这脚印里，盛满了父亲的血汗，也盛满了我的敬意。

父亲很安静地坐在椅子上，没有多说话，显得从未有过的舒坦，眉宇间，又好像在思考着什么。我问他，怎么样？他只简单地回答："好，很好，可以了。"完毕，他穿好袜子，似乎想起了什么，便风趣地说：毛主席讲，脚比脑壳还辛苦，还重要，看来还真是这么回事，有必要改善一下脚的待遇，经常洗洗脚，搓搓脚。

这是我第一次为父亲洗脚，也是最后一次为父亲洗脚。第二年秋天，父亲就去世了。父亲去世后，母亲跟我谈起往事时，对我说，你爸爸无数次对别人讲，大崽怎么为他洗脚，那次洗脚给了他多大的感动，多大的安慰。

我听了母亲的讲述后，没有觉得高兴，反而感到后悔，感到愧疚，感到有一种永远无法弥补的遗憾。我知道，洗脚事情虽然很小，但它传递的是亲情，是至爱，这是金钱、物质和任何其他东西都无法替代的。我没有想到的是，对这次洗脚，父亲会如此看重，如此念念不忘。我深深地自责，作为儿子，在父亲在生之年，在我与父亲相处的日子里，为什么不多给他洗上几次脚呢？

咀嚼苦难

车子在山道上颠簸,我们终于送别了她,生与死这么简单,人们没有惋惜,只有祝福,如果人死后真有极乐世界的话,那她的死就是一种对苦难的解脱。母亲一阵叹息,而我则想到了人生命运这个永恒的题目,咀嚼她一生经历的苦难。

远道回到老家,母亲就对我说,你舅奶奶今年九十岁了,这一次你一定要抽空去看看她。

我答应了。我知道母亲这个要求所包含的沉重的道义,这种道义不容回避。

舅奶奶是父亲的舅妈。父亲一岁多就没了妈,由于家贫,爷爷也未再娶,父亲有一段时间是由舅奶奶带养,所以舅奶奶对于父亲有养育之恩。父亲故去了,留下遗愿,让我们兄弟对她照应些。

正当我和两个弟弟约定日子去看望她时,却突然接到了她去世的丧报,使我们顿觉无限的遗憾。

我还是很小的时候去过舅奶奶家,不知为什么,我心理上留下了一种害怕的感觉。后来上学、从军,几十年离家远出,就再也没有去过,她的屋宇什么模样和她本人什么模样,我一点印象也没有了。

母亲领着我和我的两个弟弟去吊唁。舅奶奶的家叫志木山，是我们村前那条小溪的源头，因为是在山里，过去来往都不方便。我们这次是坐车子去的，一段很不好走的山村公路，坑坑洼洼的。一路上，母亲给我们讲述了许多舅奶奶一生的经历，听来让人心酸。

舅奶奶其实只比我父亲年长十三岁，所以她带养我父亲的时候也还只有十五岁。这个年纪，在如今的城里还算孩子，还需父母照管，可她已像当时无数的乡村少女一样，过早地告别了自己的孩提时代，已为人妻，踏上了人生苦难的历程。她除了自家家务以外，还要照管一个不到两岁的孩子，吃喝拉撒睡都得管，如果生了病，还得焦心，那份责任和她的年龄极不相称，其辛苦可想而知。这也是父亲生前念念不忘其恩德的原因。尽管父亲一解放就参加了工作，到退休时工资也不到五十元，在我们兄弟没有工作以前，家境很不宽裕。但他只要路过舅奶奶家附近，哪怕多走一些路也要去看看，带上一包点心，送上几元钱，表示一点心意。舅奶奶有两个儿子，其中一个腿有残疾，如今也已六十多岁了，终身未娶。更糟糕的是，她丈夫二十多岁就得了精神病，俗称"癫子"，既不能干活，犯病时呈狂态，砸家什打人。现在想来，这正是我小时候去过她家一次后，心理上产生害怕不愿再去的原因。一个小脚的弱女子在长达几十年的时间里，要侍候两个病人，维持一个家庭，其艰难程度可想而知。

有人说，唯大丈夫耐得苦难与寂寞。其实，真正耐得苦难与寂寞的是老妪，是村妇。贫困难耐，寂寞难耐，又不得不耐，这不是涵养问题，而是生活，是命运。

车子到达村子前,远远地传来哀乐声,如泣如诉。村子在山上,窗横青山堆绿,门开碧水长流。清风通灵,行于山林,嬉于水上。到处莺雀娇啼,潺潺水声。论风景,这里真是个绝好的地方。哀乐声在山野间缭绕,给美丽的风景平添了几多哀愁和几多苍凉。自然的美和人的审美感觉,往往和人的生存境况有关。风景绝美的张家界,在几十年以前,还是个土匪出没、被视为穷山恶水的地方。只有人们不为衣食犯愁时,才会有那份品味山水的闲情逸致。我不知道舅奶奶生前对自家窗口门前的灵山秀水是否有过某种愉悦和依恋的感受。在我想来,这山,这水,乃至山头的云,春天连绵的雨,夏天火辣辣的阳光,冬天冷飕飕的风雪,对于她来说,都是沉重的,都需要用生命去与之搏斗。在这样的情况下,一切的美都会失去颜色。因此,山下的女子很少有愿意往山上嫁的。对于一般的百姓来说,那山那水不是财富,而是贫困和苦难的象征。

我们在逝者遗像前行了礼。我抬头瞻望遗像,一张极慈祥的脸,头顶戴着一个用毛线织的帽子,脸上没有欢笑,也没有忧伤,有的是久经沧桑的恬淡与平和。

就是这样一个极普通的山村农妇,静守一隅寂寞,默默地吞咽着苦涩。在多舛多磨难的人生旅途上,她默默地走着,默默地劳作着。她用恬淡与平和送走一个又一个白天与黑夜,也用恬淡与平和融化心中深深的痛苦。

遗像旁,只写着"邓氏",没有具体的名字,我问村里的人,也说不上来。也许她根本就没有过名字,这种情况农村很多,我母亲的名字就是解放以后才取的;也许名字对于她来说并不重要,她用得着名字的机会和地方也非常的少,时间长了,人们把她的名字淡忘了。一个没有名字的女性,就在这里生存了九十年，一辈子没有走过阳关大道，走的全是羊肠山道。对她垂青的，没有天使，只有撒旦，现在天使终于来了，召她走了。

她的丧事是此地农村风俗中最简单的。墓地就在后山上，在到达墓地之前，抬着棺木绕着附近村子转一圈，也算向邻里告别。老太太生前人缘好，从不得罪人，送行的人很多，大约有几百人。人们一路走，一路述说着她一生的不易。她绩麻，她纺纱，她上山砍柴，她下田耕地，风里雨里，泥里水里，灶前锅台，春种秋收，她什么粗活细活苦活累活没有干过？每当丈夫犯病时，她还要忍辱负重；次子因残疾娶不上媳妇，她当妈的，还要承受精神的煎熬。人们说，这老太太的心是河里的卵石，经受岁月流水打磨的次数无法数得清。人生九十，算得高寿了。一般说，高寿是福。可对她呢？九十年实在是太长了，平安富贵的人，一周、一月、一年，一晃就过去了，而她的每一天都是那么长，那么难，每一天都有那么多风风雨雨，那么多沟沟坎坎。她一辈子是否走出过这条山沟，我不知道。但外面的世界，对她肯定是陌生的；功名与利禄，野心与阴谋，全远离了她。她一生没有生过大病，一般的病也很少吃药，她也无钱吃药。据说她去世前几天，一顿还能吃两碗饭，胃口一直很健。也许正是劳动、粗茶淡饭和清心寡欲，还有这山上清新的空气，才导致了她的长寿。人们不仅感叹她的不幸和苦难，也感叹她生命的坚韧和顽强。人们很难想象，那么一个瘦小的身躯，居然能支撑一个家庭、一方风雨，而且度过了漫长九十个三百六十五天！附近村子的人们放着鞭炮为她送行，噼噼啪啪，为她唱起生命的挽歌。死亡并没有什么可怕，在她一生中，今天是最热闹最喜庆的日子。墓地离她的屋子只有几丈之遥,是她生前常去的地方,她不会感到陌生。她是个没出过远门的人,陌生的安息地对她不合适。棺木放进了墓穴。墓地没有野百合花,只有碧树青草,只有清风明月,只有安宁。

　　汽车仍在山道上颠簸,我在思考人生命运,咀嚼她一生苦难的时候,突然想到,舅奶奶这位九十岁的老人留下了什么遗产呢?遗产有物质的,也有精神的。物质的,她当然没有,家徒四壁,几乎一无所有;精神方面呢?我想是有的,那就是坚忍。她在默默一生中,坚忍地面对生活,坚忍地与一切不幸苦斗,坚忍地走过漫漫岁月。这种坚忍,不是名士的清高,也不是斗士的骨气,而是岁月一滴一滴地浸润进一个平凡农妇心灵后形成的一种生命意识。这种生命意识,在并非自觉的状态中,成了她生命的盾牌,生存的武器。唯其如此,她才没有被苦难和不幸击倒,才顽强地活到了平常人活不到的那个年龄。一念至此,顿觉得舅奶奶不仅有恩惠于我父亲,也有恩惠于我们。心中有了"坚忍"二字,在这个世界上,还有什么不能面对的呢?

舅舅的子嗣问题

外太婆生了十二个儿子,我外公是老大;我外婆生了五个女儿,一个儿子,儿子虽然少了点,但总的数量不少,而且总算有个儿子。也许是前辈生养太多,生过了头,生育资源已臻枯竭的缘故,到了我舅舅舅妈这一代,却不管男的女的,死活一个也不生。他们二十多岁结婚,到了三十岁、四十岁,盼星星,盼月亮,始终不见任何动静。外公就这一个独子,想要个孙子,一直到死,目标也没有达到,临死还摇头叹息不止。

舅舅是泥瓦匠,舅妈做缝纫活,按说日子过得还可以,如果有个孩子,就圆满了。

但世上就没有这样圆满的事,总给你一点不足,一点缺憾,而就是这一点不足,一点缺憾,往往成为你人生最深的痛。

舅舅舅妈都没有上医院检查过,那时农村还没有达到希望通过医学检查弄清原因的认识水平,而且人们也普遍忌讳弄清问题出在谁身上,觉得不管问题出在谁身上,都是不光彩的事情。所以到底谁的身体有毛病,别人不知道,他们自己也不知道。但农村似乎有个不成文的惯例,凡是夫妇不生育，总是把目标锁定在女的身上，是女方之过，因此舅妈看过不少乡村郎中，也吃过不少药剂偏方，庙堂里拜过不少菩萨，烧过不少香火。结婚时还水灵灵的一个女子，吃的药多了，加上心情也不太好，自怨自艾，慢慢就变得不那么水灵了，言语也少了。

在许多年中，他们是一直怀着希望的。但随着岁月的消逝，这希望就越来越渺茫，越来越黯淡，人过四十，他们就几乎绝望了，也不再吃药，不再拜菩萨了。

在农村，那句"不孝有三，无后为大"的古训还颇流传，观念根深蒂固。当然也有很现实的问题：没有儿子，没有后人，平日受人欺侮，将来没人养老。一个没有后人的人，在人前说话都不硬气。至于有的儿子不孝顺，有儿子还不如没有儿子，那是另一回事，人们总是往好处想，不往坏处想

我母亲是大姐。舅舅在我母亲面前，有时就透露出要续香火，过继一个儿子的想法。

这事酝酿了好几年。

过继一个儿子，续上香火，在这一点上舅舅舅妈和姊妹们的意见是一致的。

但过继谁呢？

与舅舅同宗的排行兄弟，年岁都要比舅舅小许多，他们自己都还没有儿子，这不能考虑；村里别的人家，没有愿意把一个儿子白白送给他，这也不能考虑；唯一能考虑能选择的是自己的亲姊妹们的孩子。

舅舅最中意的是我的小弟志民。大弟已在小学教书，显然不合适；小弟不满十岁，年龄刚好。舅舅从小就喜欢他，每次到我家来，都要抱抱他，露出格外喜悦的笑容。出于亲情，

我父亲母亲都没有意见，我们有三兄弟，三姐妹，过继一个出去，也不影响家庭的兴旺，何况是给亲舅舅。舅舅中意，父母同意，眼看事情有了眉目，但故障出现了：志民本人不同意。

小小年纪的志民哭着喊着，坚决不同意！理由？他不说理由，就是不愿意离开家，不愿意给别人当儿子，哪怕是给舅舅当儿子也不行！

谁也说服不了他，弄得舅舅很无奈，很尴尬。

本人不同意，这就一点办法都没有。十岁了，也懂事了，强迫是不行的。

人们不得不放弃过继志民这个方案。

最后，就只好选择我二姨的孩子朝岳。

二姨夫去世了，二姨也去世了，留下了一个孤独的儿子朝岳。二姨夫和二姨是在前后不到两年时间里相继去世的，他们去世的时候，朝岳年纪还小，他是在生产队的照顾下吃公共食堂长大的，本性有点像他父亲，拙言、憨厚，加上没受过教育，性格有些孤僻。舅舅最初愿意选择志民，而没有选择朝岳，大概原因就在于此。

选择朝岳，我投了赞成票。我认为朝岳是亲外甥，又是个孤儿，把他过继过来两全其美，既解决了舅舅的子嗣问题，又解决了朝岳孤苦无依的问题。

1962年的某一天，舅舅摆了几桌酒席，请了一些亲朋好友，就算正式把朝岳迎进了门。从此改口舅舅叫"爸爸"，改舅妈叫"妈妈"，朝岳的名字只改了姓，由原来姓刘改姓曾。

这年朝岳大约是十三岁。孩子小，平日里本来就是常常见面的，加上朝岳憨厚，比较听话，父子关系也就容易亲近和融洽。

朝岳一天天长大。他也常跟着舅舅一块外出做泥瓦活,粗活细活都能干,田里土里也都是一把好手。

朝岳长大了,成了一个身强力壮的男子汉。舅舅给他操持了婚事,娶了媳妇。媳妇彭利英,很能干,夫妻感情也很好。

舅舅过去是眼巴巴盼儿子,盼了几十年,没有盼成;现在他的一个最重要的心事就是盼孙子,盼儿媳妇给他生个孙子,解决传宗接代的问题。

别说,这儿媳妇还真是个生崽婆,结婚不久就怀孕了,喜得舅舅眉开眼笑。他精神明显好多了,见人就有话说,到外面给人做活的次数也增加了。他头抬得高了,觉得有了希望,有了奔头。

儿媳妇分娩那天,他买了肉,买了酒,买了敬神的香烛。他得庆祝一番,也得感谢神明菩萨。

随着婴儿一声"哇哇"的啼哭,接生婆给他报喜来了:"恭喜,恭喜,梓桂大哥,你得了个大孙女!"

舅舅心里咯噔一下,满脸喜气悄悄有些发愣,笑容有些异样,细心的人能看出他有些不悦。他当然是希望生个孙子的,他没有男孩的日子太长了,盼孙子盼得太心切了,可结果却是个孙女!

我母亲在身边,她当然理解弟弟的心情,但生儿生女天注定,谁都无法做主。令人高兴的是,侄儿媳妇能生,不像弟媳妇什么也生不出来。她接过话头,很快说:好,好,头胎生了个大孙女好,孙女孝顺。

听了我母亲的话,舅舅脸上很快又露出了笑容。心想,是嘛,只要能生就好,生了头胎,还有二胎嘛,头胎是个女孩,说不定二胎就是个男孩。

女孩取名小琳，聪明可爱。舅舅自己没有养育过孩子，对待小孙女，简直是宠爱得不行。不怕脏，不怕累，不怕麻烦，只要是孩子的事，什么都干。吃的，喝的，都想着孩子。别人家娶媳妇，给了他两块水果糖，他会一颗不少地带回家，塞给小孙女。他不仅白天逗孩子玩，晚上还带着她睡觉。不管刮风，还是下雨，还是落雪，也不管路途有多远，他走到哪里，肩膀上必定骑着他的宝贝小孙女。

每当见到这种情形，母亲有时也会戏谑他：你呀，真是个贱骨头，前世没带过孩子，走到哪背到哪，也不怕累，别人叫你干点事不行，你孙女骑到你头上拉屎拉尿都行。

他听后，也不反驳。"你不带她，她不干哩！"他无奈地嘿嘿乐着。

孩子给了他快乐，给了他安慰，给了他人生以支撑，他愿意付出，他觉得这样付出是一种幸福。

平日脾气暴躁的舅舅，自从有了小孙女后，脾气也温和了许多。每当他抱起孙女，就觉得有一股温馨袭来。他甚至觉得，小孩的哭声、吵闹声，都是让人心动的音乐，哪怕是顽皮，把脚丫子伸到自己头上，也是一种快乐。他有了一种感悟：有小孩，有小孩的哭闹，有小孩的叫声、喊声，有小孩没完没了的顽皮捣蛋，才算是一个真正的家庭，家里才有生气，这个家庭才完整，才健全。有孩子，就有未来，就有希望，人在很大程度上，不就是为了未来和希望活着吗？

没过几年，儿媳妇又怀孕了。

舅舅眼睁睁盼啊，盼啊，可盼来的又是一个女孩！

这回舅舅没那么高兴了。他的脸色有些发青，话也少了，常常沉默不语，一个人猛吸着旱烟，愣愣发呆。当湾里人遇到他，对他表示祝贺："梓桂大哥，恭喜你又添了个孙女！"他脸上的表情就显得很不自然，他既不能太高兴了，也不能不高兴，只好"啊啊"地应付着。

舅舅对孩子虽然依旧是那么勤勤恳恳，任劳任怨，但他不得不认真思考了：为什么儿媳妇只生女孩，不生男孩？长此下去，这香火不是还接不上吗？

他在苦苦地寻找原因。自己命中无子，难道朝岳也命中无子吗？

他暗暗地求签问卦，请求神灵的帮助。有风水先生向他指点，说他住的房屋的方位不对，挡住了子孙路。

这是祖屋，是父辈留下来的。也许问题真的出在这里，要不自己好好的，怎么就不能生育呢？要不儿媳妇怎么就只生女不生男呢？

他感到了问题的严重性。他后悔以前怎么没有往这方面想，看了那么多郎中，吃了那么多药，都白费了。如果早想到这一点，早请教风水先生该多好！

按风水先生的说法，房屋要移动三十度角的方位。

事不宜迟。舅舅着手准备房屋的改建。改建当然要花钱。舅舅一生勤俭，是有名的"铁夹子"，平时手卡得很紧，多余的钱一个子儿都不花。但这钱他舍得花，因为事关子孙后代的大事。

改建房子不仅要花钱，而且要吃许多辛苦。幸而舅舅自己就是泥瓦匠，朝岳年轻力壮，也很努力，又有亲戚们帮衬着，房子很快就改建成了。

舅舅想，房子方位也变了，该等着抱孙子了。

房子改建完不久,儿媳妇果然又怀孕了。舅舅有些暗喜,事不过三,这回怎么也该是个孙子了吧?

他等待着,从春天等到秋天,等着十月期满,等着瓜熟蒂落。但谁能想到,当又一个生命呱呱坠地的时候,接生员向他道贺时,说的仍是:"梓桂大哥,恭喜你又添了一朵金花。"

听到这话,舅舅跌坐在板凳上,半晌也说不出话来。心里叫苦道:天啦,又是个女的!

舅舅有很长时间打不起精神来。这事还不能明着说,不能明着表示不高兴,弄不好,会得罪儿媳妇。他只能把不高兴闷在心里,悄悄地摇头叹息。

儿媳妇第三胎生完,文化大革命已经结束,计划生育已开始抓得紧了。按规定,儿媳妇已不能再生育,否则就要受处罚。舅舅心有不甘,还想让儿媳妇继续生下去,自己的母亲是生了四个女儿后才生的自己,兴许儿媳妇也会这样?他总是心存希望,希望下一个就是孙子。

他又去请教另一位风水先生。舅舅听人说,这是位"高人",他看过不少坟山屋场,灵得很。"高人"绕房子转了一圈,断定问题还是出在房子上,他说上次改建的方位仍然不对,要在现有的基础上再向东转动三十度角。

舅舅和儿子儿媳及亲友们商量房子再次改建的事。有人反对,说这房子刚刚改建不久,好好的又要重来,太可惜了;也有人说,不要信这么多,有儿有女是天生的,强求不得;也有人态度模棱两可,明知舅舅信这一套,怕说出反对意见他不高兴。而舅舅是铁了心了,还想按"高人"的指点试试。

于是,筹备工作正式开始。朝岳在水泥厂上班,近水楼台,运来了许多石料,这次改建档次要高一点,又购买了不少木头。

一切都在紧锣密鼓地进行。

把所有的积蓄都拿出来,把所有的精力都使出来,把所有的希望都寄托在房子上。拼尽所有的力气,房子终于又改建成了。舅舅站在落成的房子前,身子疲惫了许多,也消瘦了许多。但他想,金钱啊,劳苦啊,只要能换来一个孙子,就都值了。

一切都是为了男孩,其实儿媳妇也是这个心思,没有男孩,她这个女人说话就不硬气。冒着被处罚的风险,儿媳妇又怀上了第四胎。

舅舅对菩萨许了愿:如果生个男孩,就唱戏三天。

儿媳妇的肚子一天天大起来。

希望,焦虑,也在一天天煎熬着舅舅,煎熬着这位日渐憔悴的老人。

等啊,盼啊,最终上帝给他送来的是第四个孙女!

一连生了四个孙女,舅舅重重地叹了一口气。

生育政策不允许再生了,儿媳妇也死了心了,主动去医院做了结扎。

舅舅彻底绝望了。他哀叹自己命中无后。有人对他说,时代不同了,男孩女孩都一样,他只好苦笑着回应。

舅舅身体一天天垮下去。渐渐牙也全掉了,嘴瘪着,说话漏风,张口是一个黑洞;双腿生痛,走路也不灵便了。

舅舅在日渐衰老下去。此后几年之内,厄运相继而来。先是朝岳得了癌症,到长沙做过手术,回家不久就死了;后来舅妈又卧床不起,生活不能自理,拖了一年多,也死了。舅舅的一根根精神支柱都开始蚀损,变得异常脆弱,再有风吹草动,他就会彻底垮下去。

舅舅拄着拐杖走路,成了一个很可怜的人。

四个小孙女,一个接一个都长成亭亭玉立的大姑娘了。令舅舅感到高兴的是,四个姑娘一个接一个地上广州深圳打工,不断寄钱回家。

儿媳妇彭利英是个厉害角色,她厌弃了这幢改建过两次的房子,她觉得这幢房子晦气,她在这幢房子里一连气生了四个女儿,她在这幢房子里失去了自己的丈夫,因这房子的缘故,折腾来折腾去,把人折腾苦了,却什么结果也没折腾出来,只是把家折腾穷了。她要彻底搬出这幢房子去。她把这房子换给了邻居,换了对方的一块地皮,用女儿们挣的钱,在冲里的山边上盖了一幢三层小楼,全是钢筋水泥,瓷砖贴面,房子向阳,亮堂得很,比原来的房子要强到天上去了。

舅舅自然也跟着一块搬进了新居。

更令他意想不到的是,第三个孙女打工时认识了一个家在长沙的男孩,入赘为上舍郎,也就是男方上女方家,两人结婚后,生了一个男孩,成了舅舅名副其实的曾孙子。

这些事情令舅舅有些茫然。他当然高兴。但在高兴的同时,他也意识到了自己一生的失败。

2002年的秋天,我到舅舅家去,发现舅舅身体虽然比过去略微好了些,脸上有了一点淡淡的血色,说话也有了一些力气,但整个儿看去,他确实已是风烛残年,来日不多。他显然很兴奋,喘着气,带着我楼上楼下转了个遍。他一辈子连想都没有想过要易地盖房,他没这个能力,也没这个奢望。两次改建旧房,加上儿子和妻子的死,已经耗尽了他全部的心血和精力。他从来没有敢寄希望于女孩子,这辈子先是想生儿子,后是想生孙子,都没成功。没想到,一幢崭新的楼房却由儿媳妇和孙女们盖成了。我没有敢问他,对此会做何感想。但从他的口气里,已经明显地感到了孙女们的分量。我问他,孙女们现在干得怎样?他有些喜不自禁,连连说,都不错,大孙女在深圳,一个月挣两千多块呢!

望着日渐老去的舅舅,我心想,如果你能料到现在这种情况,你又何必为生孙子如此折腾呢?

命途多舛,舛就舛在子嗣问题上。子嗣成了舅舅的心魇,一辈子驱赶不走;成了舅舅的心结,任何人都化解不开。他为子嗣,为传宗接代而奔走,而劳苦。子嗣问题注定了他坎坷的命运。

他万万没有想到,事情会是这么一个结局。

2005年,一个风雨飘摇的日子,舅舅带着痛苦、遗憾、不甘、满足等等复杂的情感,带着许多自己至死也没有解开的谜团,悄悄地离开了这个世界。无疑,他的一生,给邻里、亲友和后人留下了许多教训,令人们不得不对那些根深蒂固的传统观念进行认真的反思和解读。

田 埂

故乡的田野是一张古老的网,田埂是密而有序的网绳。

丘陵、山冲,弯弯曲曲,层层叠叠,绿埂一条条,一线线,映衬着水田,分隔着山野,如画。南方的梯田是人类最伟大的雕塑之一,是无与伦比的大地艺术。

漂亮的田埂。

总是那么温婉如母亲的臂腕,搂着稻黍,搂着麦苗,搂着金黄的油菜花,搂着希望的四季。任凭风雨的剥蚀,和岁月中的劳累,一如母亲臂腕的坚韧。

身躯为堰,拦住水,水中有天,有鱼,有蛙,有云影,有日月星辰,有姹紫嫣红,有蜂飞蝶舞。田埂搭起一个世界,一个生命的舞台。

田埂用双臂紧紧拥抱的那块"田",就是人们祖祖辈辈赖以生存的土地。稻子、麦子、菜子、果子,土地是一个永不衰老的生"子"的产婆。土地的丰歉,决定着人们的生存状况,他们的温饱和饥寒。田埂是土地的墙。田埂的长短,曾经标示富有和贫困;田埂修整、侍弄的好坏,也曾经是勤劳与懒惰的象征。田埂是一个农民素质和命运的徽记。

田埂也是土地的一部分,即使是这样窄窄一线,也不能浪费,几株豆,几棵萝卜,几茎莴苣,我们的父老乡亲,以几近吝惜、苛刻的方式,让田埂尽其所能,与汗水糅合在一起,奉献出自己的所有。

挑着筅箕,挑着箩筐,一双双光脚板,从新泥糊过的田埂上走过。沉重的脚印,盛满了阳光和雨水,盛满了岁月的艰辛。

傍晚,烟锅明灭。父亲蹲在田埂上,咝咝地抽着烟,眯着眼,看稻穗扬花,听如歌的蛙声,眼睛在和土地对话,在向庄稼倾诉。劳作、收获、汗水、希望,一桩永难了却的心事。

那是母亲来了。一只竹篮搁在田埂上,竹篮里有茶水,有绿豆粥,有对正在田里劳作的耕夫和牲口的慰安。太阳太毒,农时太紧,活儿太累。"歇会儿吧!"问候几近叹息。人在田埂上稍事休息,茶水和汗水一起吞进肚里;而牲口正打着响鼻,在吃田埂上的青草。

田埂上也有过浪漫的故事。一对初恋的少男少女悄悄地走在田野上,绿茵茵的田埂便成了板凳,成了雅座,女孩把花手绢垫在田埂上,两人亲密地挨坐着。情窦如花蕾初开,爱情刚刚萌芽,突然一声熟悉的高音从村子里传出,母亲在呼唤她的女儿,这对毫无经验的青年男女像受惊的小鸟,惶惶起立,迅即分开,质朴的田埂也显得有些慌乱,惊得花手绢在风中飞舞。

小时候,冬末春初的季节,我常见白鹭在水田觅食,在田埂上鹄望,一袭素衣,数点寒雪,那超尘拔俗的神态,定格在记忆里,成为永远的怀念。太阳还在,清风还在,田埂还在,那些白鹭到哪里去了呢?

永远的田埂。漂亮的田埂。我离开故乡的田野已有许多年了,但田埂仍是我记忆中美丽的风景。我怀念田埂上发生过的一切。

瓜　棚

作为村庄，最具田园气息的，除了稻田、菜地，就要算瓜棚了。

在粮食产量不高，老百姓常年缺粮的年月，挂在乡人嘴上的一句口头禅是："瓜菜半年粮。"青黄不接的时候，人们用瓜菜当饭吃是常有的事。种瓜种菜是每个农民每年必须认真对待的一件事情。瓜菜的种植耽误了季节，或侍弄不得当，收成不好，就会影响一年的生计。

我们那里种的瓜，主要是菜瓜，有冬瓜、南瓜、丝瓜、苦瓜等。瓜长得好不好，与瓜棚有关。一个好的瓜棚，必须有足够的空间，让瓜藤伸枝展叶；必须有足够的支撑力量，悬挂那累累硕大的瓜。

因此，瓜棚就不是可有可无的了，它的作用就显得格外重要。

由于这种重要性，这种对于一家农户不可或缺的地位，各家都努力做到拥有一个瓜棚。做一个好的瓜棚，是一个好的农民的一项指标性的活计之一。好像预先设计好串联好了似的，我们湾的瓜棚全都无一例外地分布在湾前池塘的四周。

冬瓜、丝瓜等植物生性喜水，只有靠近水边，才能长得好，瓜结得才多。瓜地离湾近，进进出出都能打一个照面，也容易看管，瓜不易丢失。于是池塘边就成了种瓜的福地，于是在池塘边分得一块瓜苋地，就成了湾里每户人家的必然而又合理的要求。人们都很看重瓜苋地，别看它占地很少，但收成可观，对一家人的生活影响很大，它不仅是菜盘子，而且是饭碗子。

春天，人民翻转瓜苋地，施好上等肥料。种子种下去了，芽发出来了，眼看着苗儿噌噌噌往上长，人们就该盘算搭瓜棚的事了。竹子、竹枝、杉木杆、松树桩子、绳子，所有材料一应备齐。几天之内，就会看见一溜儿瓜棚，把一个大大的池塘围了起来。所有的瓜棚都以一定的斜度伸向池塘，而支撑瓜棚的是一些打在池塘里的木桩。

瓜棚当然不会完全一样，它的好坏，往往可以看出一个农民的耕作技术、他的经营理念，甚至可以看出他的性格。

有的人准备的材料充分，搭的瓜棚不仅结实，而且好看。瓜棚必须结实，不能打马虎眼，因为瓜棚不仅要吊瓜，而且人是要经常上瓜棚摘瓜的，稀松巴拉的，弄不好人掉进水塘里，会出事故的。

当然，也有平时做什么事都不太认真，或材料不足，随便立几根杆子，拉几根绳子，让瓜藤能爬上去就算了事的。

天气一天天暖和起来，各种瓜秧的蔓儿，在太阳的指挥下，伸出了一根根触须——那是它们的手，争先恐后，纷纷攀上了瓜棚。

最初，是一双双稚嫩的小手，沿着竹枝或绳子引导的方向，试探着往上攀爬；如果站立不稳，主人会用小绳绑住。但它们一旦攀上了瓜棚，就会奋发努力，比赛着，去占领空间和地盘。

早晨和傍晚，常会看到各家瓜棚的主人，或背着手，或挎着菜篮子，或点着一支烟，在池塘边转悠。他们在视察瓜棚，不仅看自家的，也看别人家的，在检阅这瓜棚的队列方阵。

瓜蔓一寸一寸地伸长，长出了一片叶、两片叶、三片叶；慢慢地，它们长出了一个个瓜纽儿，几乎一天一个样儿，迅速长大。一片片绿叶，一朵朵花，一个个瓜，都会给人带来喜悦，带来快乐。哪根瓜藤上结了瓜，这个瓜棚一共结了多少瓜，他们大致心里都有数。他们为瓜秧浇水、施肥，给秧茎打多余的枝蔓。望着累累大的、小的、长的、短的，各类的瓜，他们的心里变得充实起来。

渐渐地，瓜蔓覆盖了整个瓜棚，绿色的瓜棚上开出了白色的、黄色的、粉红色的花朵。

有了花儿，成群的蜂儿来了，嗡嗡嗡地歌唱着，忙碌着。

渐渐地，结出了一个又一个瓜，瓜像星星一样照亮了乡人的眼睛。小小的瓜，带着花，一天天长大，慢慢地脱掉了花蒂，从绿叶下骄傲地露出脸来。长长的丝瓜一串一串的，三两天就能摘一竹篮。扁圆的南瓜由青嫩慢慢转化成金黄，在炫耀阳光的热烈和农人的勤劳。无数又长又大的冬瓜，从瓜棚上垂挂下来，池塘里映出了它们硕大美丽的倒影。冬瓜重量大，大的有几十斤，人们不得不用绳子加固，悬吊在瓜架上。

满棚满架的瓜，它们的倒影在水里摇曳着，就像满天的星斗在闪烁。

我常常蹲在水塘边，欣赏这些瓜棚。满棚的青绿，满棚的花朵，满棚的瓜。远远地望去，瓜棚成了一幅生动美丽的画，成了湾前一道亮丽的风景。

花开花落，瓜熟蒂落，春华秋实，我们从瓜棚感觉到了季节的长度、时间的流动，和岁月的丰盈。

欣赏瓜棚，使人感到一种恬静、怡然的美。那些爬到瓜棚顶端的藤蔓垂下来，像美女额前的刘海，在池塘四周垂起了绿帘；而当那蔓尖儿快要接近水面的时候，好像感觉到了障碍，不再向前，又翘起卷曲儿向上，要重新爬上瓜架。灼热的阳光从绿色瓜棚的隙缝中挤出来，变得清凉了许多，一条条金色的丝线，投射在水面上，留下了斑斑驳驳的花影。池塘里的鱼儿腾跃出水面，叼食瓜叶和瓜花，你能看见它们活泼泼的身影，听见鱼儿入水时清脆的水声。

炎热的夏天，太阳很毒，而瓜棚下，由于有绿叶的遮挡，显得格外凉爽。因此，瓜棚下经常聚集了许多乘凉的鱼儿，我们到池塘里洗澡，在瓜棚下摸鱼，很少有扑空的，总能逮着几个鲫瓜子。

许多年以后，我住在大都市里，依然忘不了种瓜，依然想搭一个瓜棚，甚至有时梦想：如果有一个小小的院落，院落里有一块小小的空地，能种点丝瓜、南瓜、冬瓜什么的，该多好！我曾在自家的阳台种过丝瓜，用一个大木桶装上土，土里栽上瓜苗，居然也能长出长长的瓜蔓，不得不为其搭了一个简易的瓜棚。有一年，我阳台的瓜棚上垂下来许多条丝瓜，这让我足足兴奋了一个长长的夏季和秋季。

我发现许多城里人和我一样，也喜欢干这种营生。我的邻居，有在阳台种冬瓜的，也有种南瓜的，一样也搭着瓜架。有的人在墙根种上一蔸丝瓜，实在没有什么地方可种，就在花瓶里栽上几棵辣椒秧子。我们当然不是希望靠这种方式来解决生计的问题,这样做,完全是另外的一种意义。对于我们而言,种它们,欣赏它们,是一种情趣,一种爱好。凡在农村长大的人,在我们的心灵深处,始终有一个瓜棚存在,始终有许多瓜菜存在,这是我们很难摆脱的一个情结。接近自然,亲近生命,这是人类的天性。许多久离农村老家的人,总是怀念年轻时的岁月,怀念故乡,总是通过各种方式,譬如种瓜,来寄托乡思。

故乡是我们灵魂的栖息地,瓜棚不也是我们一处精神的寓所吗?

竹　林

老屋的后面就是一片竹林。

拥有一片竹林不仅是一笔财富,也是一片风景,一种幸福。

拥有一片竹林,就拥有了绿绿的天空,青青的四季,就拥有了飒飒的风声,如歌的天籁。

不怕风雨,不惧霜雪,文人们夸竹子峻节高洁,暗中有人格的传递,这自有他们的道理。可竹子却似乎并不觉得自己有多么清高,总是和我们毗邻而居,总是那么平易而亲切地站在耕夫村妇面前。

乡人植竹,半是为了实用,半是为了欣赏。从吃饭的筷子,到筬箕、箩筐、背篮、凉席、晒簟,农村几乎大半的家什都是用竹子做的,而且近在屋后,用时伸手可取,极其方便。这是实用的一面。在我们那里,没有竹器竹具的日子是无法想象的。至于欣赏,也许和文人有了些许不同。开门启牖,一丛绿油油的竹林跳进眼帘,乡人首先感觉到的是活灵灵的生气,清爽爽的风,是恬淡与平和,是常青的希望,精神的凭依。站在竹林,枝叶如盖,便觉清气弥漫,枝隙叶罅中,看日影斑斓,云光舒卷,别有一番村野情趣。

竹林里最令人陶醉的是春天。"清明乱，谷雨断。"那是生长竹笋的季节。几场春雨过后，竹林成了新生命的产床，那些在土里孕育了一年的生命再也耐不住春天的诱惑，纷纷破土而出。每当笋季来临，我几乎天天要去竹林转悠。新笋出土的过程太美妙了，观察这个过程会使人对生命肃然起敬。眼看着非常平整的土地，一夜间一个个小土包悄悄隆起，然后小土包慢慢皲裂，一个个生命挤破坚硬的土层，露出了嫩黄黄的笋芽。如果有心，黉夜在竹林里伏地倾听，我想绝对能听到新笋破土的声音。毛茸茸的笋尖挂上了雨露，可以明显地感觉到这个新生命对阳光的微笑，对这个世界的向往。也许它在土层里憋得太久，也许它的生命力太强大，笋的生长速度总是令人吃惊，几天不见，它就会蹿得老高。它那么生机勃勃，一个劲儿地向上、向上，无论是乱草，是荆棘，是沟坎，是丛林，都无法阻挡它。它像一支箭，直射青空，毫不犹豫地去占领自己的生存空间。它一面向上，一面脱掉层层笋衣——那是它从地下到地上，一路搏斗的甲胄。然后逐渐露出清瘦有节的身骨，虽稚嫩，却坚挺。只有当它到达了一定的高度，能够昂首面对阳光与青天的时候，才开始生枝发叶，展示自己潇洒的风采。

竹林里最美的是冬天。繁华落尽，万木萧索，竹林却比往日更绿。下雪了，浓绿的枝叶上敷满了白雪，白绿相间，白绿互衬，一种冷傲又极富生机的美。竹梢在雨雪的重压下低垂，但绝不折断，妩媚中平添了几分顽强，令人钦敬。我在农村度过的那些寒冷的冬日里，曾常常望着竹林出神，觉得它是一盏翠绿的温暖的灯。

竹子生命的秘密，常常给人以启示，也给人以希望。遇上小年，长出的笋子很少，你不必着急，来年会是大年，它会慷慨地赠你遍地新笋；即使是因为急需，砍倒了大部分竹子，你也无须焦虑，它的根还在，待到春天，它又会生出新笋，给你一片新的竹林。不避贫瘠，不讲条件，无须照看，它总是那样年年岁岁，生生不息。它就在咫尺之外，陪伴你的屋宇，葱郁你的生活。

岁寒不凋，千年一色。每当我想到家乡，就很自然地想到那片竹林.如果家乡是一本书，我就会选择竹林作这本书的封面。

拱 桥

月亮,镶嵌在村前的小河上,一半在水上,一半在水下。

石头砌筑的半月形拱桥,是乡村的一处风景。桥上,太阳走过,风雨走过,一代又一代的人走过。青石板磨得光亮亮的,能照得见人影。

人生的旅途是由路和桥组成的。桥,连接远方,连接世界,它使难以逾越的河流与沟壑变成坦途。桥是路的一部分,是每个人生命里程的一部分。

小时候,我每天走过这座桥去上学;长大了,我走过这座桥去参军。每次外出,到达桥头,就知道要离开家乡了,回头一望,总有一种无限依恋的感觉;每次从外地回来,到达桥头,总要站住,抬头深情地望望四周,看看那暌违多日的风景,闻闻那泥土、庄稼和炊烟的味道,心里充满了游子归来的喜悦。

拱桥,屹立在我心中,成了我精神世界的一部分,我人生中带有某种象征意义的标志。

我们那里没有什么值得特别一提的古迹,石拱桥要算是最古老的建筑了,桥旁有块碑,字迹已模糊不清,老辈人说,桥建于明朝隆庆年间，距今已有四百多年，它是我们村子的骄傲，也是我们村子的记忆。一个没有记忆的城市和乡村都是可悲的，因此乡亲们对这座用石头建造的拱桥很珍爱。

小河从桥下平静地流过，村民们喜欢听它舒缓的歌吟，那是一个村子的韵律。苦乐、悲欢，都融合在这韵律中。稍上一点年纪的人，还能从小河的歌吟中，听到时代的变迁、历史的余响。

小河从田野中间穿过，拱桥成了整个田野的制高点，虽然它宽不过十米，高也就是三米左右。我曾经站在这个制高点上，检阅禾苗方阵、蛙鼓乐队、鳞次栉比的村舍、袅袅升起的炊烟，检阅生我养我的乡土。

炎热的夏夜，因桥下有河，水上生风，拱桥就成了纳凉的好去处。当石头上的暑热渐渐散去，拱桥上挤满了老人和青年，他们多是男性，而村里的姑娘和嫂子们则在不远处河边的石阶上洗衣裳。人们摇着蒲扇，谈今说古，许多古老传说、神鬼故事，就是这样从老人的舌尖上传下来。我最初就是从这些口头的传说和故事中，接受惩恶扬善的道德教育，接受忠贞不渝的爱情启蒙，那些故事带有浓浓的乡土味，但至今回忆起来，它们比之许多文艺作品，似乎更接近人类生命与精神的本源。

我小时候，怯水，不会游泳。而拱桥处正是村里不大不小的孩子们跳水游泳的地方。一次，同伴们不顾我的挣扎、叫喊，拉着我的手和脚，把整个身子抬起来，不顾死活地向桥下扔去。很狂野，很恐怖，不由分说，心惊肉跳，心想，完了，完了！但这一扔不打紧，我呛了几口水，噫！怎么身子漂起来了？我从此学会了游泳。

多少年来，我走过许多江河大桥和城市立交桥，与如虹的现代桥梁相比，家乡的那座石拱桥就显得太小太古旧了。但不知为什么，它总是那么清晰地出现在我的记忆之窗，成为我生命长剧中一件不可或缺的道具，每每想到它的拙朴，它与故乡山河、土地和人文精神的那种紧密的联系，就想到了村庄的历史，村庄里一张张熟悉的面孔，也想到了我的童年和少年。

碓

曾经熟悉的东西慢慢变得陌生,曾经陌生的事情慢慢变得熟悉,纷至沓来,纷离沓去,世界就处在这么一种变动之中。

当我向孩子们说起碓和碓房的时候,他们都睁大了眼睛,以为我是在说一件出土文物。碓,什么碓?多么陌生的物件。但碓对于我这样年龄的人来说,却是非常熟悉的,它曾与我的祖辈父辈相伴,是农村生活中一个不可缺少的器物,碓房里也曾洒下过我无数的汗水。

碓是什么?简单地说,碓是一种原始的机械。南方种水稻,稻谷碾去谷壳以后,就需要到碓房里舂米,去掉糙米的皮,改善米的品质,使其变成精米。

那是用柱子架起一根很粗的木杠,杠的一端装一个圆柱形的杵,杵尖或用石头,或包钢皮,呈菱形,杵与石臼相对,杵上下起落,就是舂米了;而木杠的另一头做成板状,作为驱动木杠起落的踏板。

我们的祖先在创造碓这个字的时候,依然是应用象形学的原理:石杵如鸟。碓的形状确实像一只长颈的鸟,一起一落,就像鸟在啄食。

用碓舂米，是一种沉重的体力劳动。小时候，我最怕母亲叫我跟她一起去舂米。母亲个子小，一个人踩不动碓，需要我去帮忙。我们双手吊在上面的横杠上，用脚合力猛踩碓的踏板，反复不已，每一个起落都牵扯到全身的每一块肌腱和每一条筋骨，半天下来，常常是累得腰酸腿疼、筋疲力尽。所以后来我对"盘中餐"的认识，在"锄禾日当午，汗珠滴下土"的感受上，又多了几分舂米的艰辛。

木头踏板磨得很光亮，那菱形钢制的杵尖也磨得很光亮，我从光亮中感受到了时间的长度，碓很老了，它也许比我的祖辈还要年长。一代又一代的人在这里劳作过，碓是乡村生活的一部分，不管有多少风雨，多少苦难，人们按着自己的信念，坚韧地生活着。在我的童年和少年时代，一年四季，我都能听到碓房里舂米的声音。那是乡村牧歌的一部分。那声音很沉重，太接近土地，听起来有点发瓮。在我的想象里，碓是一架笨拙的琴，人们用脚演奏，汗水打湿了音符，我却丝毫感觉不到音乐的快感。

作为演奏者的艰辛，后山的一位阿婆给我的印象最深了。她身材瘦小，年轻时就死了丈夫，有一个儿子。她是靠打短工，专为别人家舂米维持生计的。她总是天一亮就来到主人家，从碾谷、舂米，到筛糠，最后收拾干净，一天一担米，一直要忙到天黑。工钱是一升米。晚饭她不在主人家吃，盛上饭，用衣兜包好，带回家去，与儿子分吃。她的和善、勤快、尽心尽责，和不怕苦累，在附近是出了名的。她干的活，主人都很满意。她总是默默地劳作，默默地流汗，默默地承受一切。许多年以后，每当我记忆的屏幕上出现她那从暮色中渐渐消失的身影，就想到了古老的碓和碓房，想到了她瘦小身躯上负着的那份沉重,和她从不向人诉说的心灵中的那份悲苦。我不知道她的名字,但我一想起她,就想起那个年代和在那个年代里生活过的人们。

龙骨水车

一个秋日的黄昏，我在村子里转悠，猛然间瞧见自家一间放杂物的房间的外梁上，摆着一部龙骨水车。这个始于《开工天物》，以前常见于农村山间田野的提水工具的倏然出现，使我如见故人，有了几分惊喜。它早被抽水机所取代，已冷置高阁，永远地休息了，但它与我生命曾经有过的那种紧密联系，又使我怔怔良久，想起许多事来。

我们那里是丘陵地区，多梯田，遇上干旱岁月，龙骨水车是必不可少的农用工具，几乎家家都有。对于农民来说，田是命根子；而对于田里的禾苗来说，水是命根子。干旱年头，田地干裂，稻苗枯死，农民真是心焦如焚。这时，水是救命水，提水的工具水车就显得格外重要了。我记得最忙的时候，水车是昼夜不得闲的。那些没有水车的人家，只好用扁担挑着水桶去取水，那效率就低得多了。人们从山塘，从水潭，从河沟，从一切有水的地方找水，凡是有水的地方就有水车。

望着这部水车，我就想起了上世纪五十年代的一个夏天。我那时上初中，正值暑期。老天长时间不下雨，大地如火烧，民心似汤煮，抗旱成了农村所有男女老少全力以赴的头等大事。父亲不在家，母亲和我成了主要劳动力。母亲个子矮小，我又身子单薄，光扛着长长的水车上山塘就不是一件易事。每到上坡的时候，就必须咬着牙用劲，我的两条腿就蹬得像蛤蟆一样。待把水车安顿好，就心急火燎地车水了。太阳的毒火把天上所有的云彩都烤焦了，空气里能迸出火星，田里的水都像烧热过。赤脚站在田里，双手转动车把，水车的叶片就一节一节地把水从水塘里提升到稻田里。山塘的水越来越少，水车的坡度就越来越陡，所费的力气也就越来越大。汗水淋淋，每一个毛孔都是汗的喷泉。暑气蒸腾，眼前好像有一圈一圈的光影，照得人眼睛有点发花。我和母亲都累得上气不接下气，几乎要晕过去，但仍然不敢有丝毫的懈怠，对于农民来说，田里的禾苗就是孩子，水就是奶，拼命地挤着，喂着，生怕孩子死去。他们照看禾苗，也是在照看自己的生命。

　　龙骨车的出现，无疑是我们祖先的一大发明。此时，我要感谢它助我解了旱苗的饥渴，但同时，当我睁着汗渍渍的眼睛看它时，觉得那缓缓运动着的龙骨，又如同千脚虫那么可怖。它耗尽了我的体力，它的每一个叶片，都在刮着我的血汗。人们离不开它，又惧怕它，想远离它。乡村里，一代又一代人，就是在这种两难的境况中生活着。

　　水车最精彩的表演是在月夜。高坡的梯田，离水源较远，水需要多部水车接力传送。由于坡度陡，提水的难度大，消耗体力大，因此这种接力传送一般采取脚踏水车；又因为白天太热，承受不了，这样的工作又一般安排在晚上进行。皓月当空，水车摆开了长蛇阵，直通高田，极为壮观。一溜水车自低向高依次启动，一双双有力的脚，踏得水车飞转，发出隆隆的响声。流汗的光脊背在月光下闪亮，一条长长的水龙游向山坡梯田，鳞光闪闪。从喘息的喉咙里吼出粗犷的"嗬嗬"声，极具男人气，震撼四野，带有几分悲壮，闻之精神振奋，又心颤不已。这样的夜晚，整个村子忙碌不眠，男人踏水，女人做饭熬粥，老人们则在旁边谈古助威。高坡水车接力，需要多家的合力和互助，其过程是整个村子一次体力、意志和团结精神的演练。平时老实巴交的农民，在这时释放出所有的豪情和精力，威风八面，真个有点气壮山河的感觉。

如今龙骨车老了。这种在农村风行了无数个世纪的农具，再也派不上什么用场，已彻底退出了农村生活的舞台，年轻的人们渐渐地淡忘了它，包括它的形状，它助人衣食的功绩，它与胼手胝足的农民的命运那种紧密相关的联系。

时代在前进，先进必然代替落后。农用工具更替的速率虽然不及电子产品那么快，但随着现代化不断向农村渗入，体力劳动的解放，人们的耕作方法、生活方式，都有了许多改变，有的甚至是革命性的改变，一批又一批我们过去熟悉的常见的农具、炊具及其他生活用具，已逐渐从人们的视野里消失了，木制独轮车消失了，竹编晒簟消失了，手摇风车消失了，碓屋消失了，等等，不胜枚举。我家这样的龙骨车在村里已不多见了，十多岁的孩子已不知龙骨水车为何物。由此我想到，应该建立一个乡村博物馆，这个博物馆除了收藏与乡村历史、人文有关的各种遗物和资料外，还应该收藏农村的各种旧式农具、生活器皿和婚俗用品，包括龙骨水车、独轮车之类的东西。它们是乡村的记忆，是乡村历史的实证，让后人在观赏这些实物的时候，知道他们的先辈是怎样生活过、劳动过，知道人类文明演进的过程。

我想出现这样的博物馆，只不过是早晚的事。

最后的灶屋

与许多古老的农具停用了、消失了一样,那间破旧的灶屋也已被列入了拆除的计划。

家里有了煤气灶,烧煤也使用了可移动的蜂窝煤炉子,人们已懒得上山搂柴火了,他们觉得与其用那工夫去山上打柴,还不如邀几个人搓几圈麻将。况且,绿化工作抓得紧,没有得到有关部门允许,是不能随便进山打柴的。不烧柴火,这灶屋的用处就不大了,它退出家庭的历史舞台是迟早的事。

"民以食为天",吃第一。在很长的历史时期内,农民的主要精力是关注两件事,一是弄吃的,抓粮食和菜;二是弄烧的,想办法如何把这些吃的煮熟了,能送进嘴里去,那主要是搞煤炭和柴火。有了吃的,又能把这些吃的煮熟了,生计的主要问题就算基本解决了。房子、家什、衣着当然也要,但和吃比,还是要退居次要地位。

为了把吃的煮熟,每家都有个必备的灶屋。现在各家也都有灶,但不知怎么,在我的感觉里,我小时候的那个灶屋,和现在人们做饭的那个厨房,是有着很大不同的。而且,我对这灶屋很有感情,我捡柴,我烧火,我吃饭,灶屋的一切,都与我童年的生活联系在一起。

我家的灶屋里有煤炭灶，还有柴火灶。要赶时间，就烧柴火，火旺，来得快；要煮猪食，就烧炭火，炭火绵延时间长，耐久经熬。柴可自己解决，无非是上山费点力气。煤就不那么容易了，要花钱买，湾里有人没钱买煤，烧不起，也有常年烧柴火的。

灶屋没有烟囱，排出烟雾和二氧化碳，全靠屋顶上的那个天窗，有时屋里烟雾太大了，就把大门也打开。过去老家的屋子四处通风，到处都是烟道，从没听说有煤气中毒的事。常年累月，烟熏火燎，灶屋的土砖墙黝黑。天窗的作用除了通风，还有采光。抬头望去，天窗处丝丝缕缕的蛛络儿，在风中飘摇，和天上悠悠的云彩，伸向屋顶迎风摆动的竹梢儿，组成了一窗活动变幻的风景。如同北方陈年的炕坯，灶屋的墙砖，到了一定的年头，拆下来也是上好的肥料呢。

一眼看见灶屋门口，还贴着挂着烧火棍的灶王爷爷的神像。灶王爷爷也是菩萨，职位不高，只管烧火的灶，但灶的地位很重要，谁家也缺少不得。你看灶王爷，满脸油光瓦亮、喜气洋洋，一副备受尊崇的样子。清晨傍晚，谁家的屋顶冒出缕缕炊烟，飘出阵阵油香，就说明谁家人丁兴旺，饭食无忧；谁家灶歇锅冷，谁家的日子就不好过。在村民的心里，灶屋里面的响动，标志着家运、财运，无疑是需要神灵保佑的。

原本喜气洋洋的灶王爷，如今也显得一脸无奈，他万没有想到，自己一直守护的这间黑不溜秋的灶屋，也快守不住了。

从小，我和灶房打交道的时间多。靠山吃山，靠山也烧山。柴火从哪里来？从山上来，山是农民的燃料库。过去，绿化工作难见成效，也与农村的燃料结构有关，那么多人要吃饭，那么多家庭做饭要烧柴，一座座青山是被一个个灶膛烧掉了。

上山捡柴火，好像成了我小时候一项责无旁贷的光荣使命。干的，湿的，硬的，软的，落叶，松毛，全往家里搂，柴房、屋檐下，到处堆的都是。那些干透了的，就往灶屋的柴角抱。因此，一年四季，灶屋里堆满了我的劳动成果。

偶尔，我也和大人一起，去煤山挑煤。那可不是一件轻松活。我们那里的煤都产在山冲旮旯，要翻山越岭，走不近的路，不出几身老汗，这煤是挑不回来的。

冬天，柴角满满，荆条，杉枝，松毛，应有尽有。树的气息，山林的气息，荒野的气息，弥漫着整个屋子。我半躺在柴角松软的树枝树叶上，仿佛看到了岭头的丝丝白云，看到了绿叶上的白露秋霜，听到了风声、雨声，鸟儿的叫声，高树的蝉鸣，我还仿佛看见了和我一起打柴的同村姑娘的那双俊俏的眼睛，在我的眼前不停地晃动。

柴角里，有艰辛和清贫，也有坦然和安逸。

我坐在柴火灶前的小竹凳上，悠闲且惬意地用火棍拨拉着灶膛里的柴，炽热的火光照得人的脸庞红彤彤的，周身暖烘烘的，很是受用。眼睛往灶膛里看去，从柴棍上发出的橘红色的火苗儿，极亲切极生动地舞蹈着，表演着，有时燃得高兴了，还发出滋滋的笑声，和呼呼的歌吟。坐在温暖的灶前，你会忘掉一切不快，生出几分满足，和一些希望和遐想。

寒天腊月，上山打柴，捡回一些苦楮、石楮和榛子一类的山果，我就往火里一丢，一会儿，就听"剥啦、剥啦"的爆裂声，山果熟了，热烫烫的，在手掌里一搓，然后就往嘴里送，也算是一种享受。

柴火灶的松毛火是烤红薯的特佳材料。松毛火是文火，受热细密均匀,余烬持续时间长。我常把在屋檐下晾了一些时日的红薯,煨进松毛火里,烤出来的红薯必定是又香又甜。

有一次,我躺在柴角松软的柴草上,有温暖的柴火烤着,不知不觉睡着了,还做了一个梦。你说我梦见啥来着?我梦见一个大风天,山上满地是被大风吹落的杉枝和松毛,我欣喜若狂,使劲地搂,背篮垛得像小山一样。我背回家后,妈妈高兴极了,立即夸奖我,并奖励我一个热乎乎的鸡蛋。

农家的孩子也有梦想,他们的梦想就是满灶屋的干柴,就是一个煨红薯,一个热鸡蛋,或者一捧野山果。这些,同样能给他们带来满足,带来喜悦,带来快乐。在我童年的心里,地再窄小也是舞台,人再卑微也是主角,我们演绎着平凡的人生戏剧。

当然,也有不如意的时候,大跃进,人民公社,人们的心思都不在家里,有时急赶着要吃饭,临时弄一把湿柴回来,烧不着,即使烧着了,火不旺,就得用吹火筒吹,增氧助燃。如此这般,烟火呛得人直流眼泪,饭搞得半生不熟,人搞得烦躁不安,全家人都不快活。

除了柴火灶,屋里还有一个煤火灶。平地挖一个坑,出炭灰的地方,也就是通风口。煤是原煤,掺上一些黄土,做成煤巴巴,湿的干的都能烧。这种烧法很原始,煤巴巴大都没有燃尽,浪费很大。但自古就这样烧,家家都这样烧,也就没有人去怎么计较,去怎么改进。只是到了近些年来,脑子开了窍,盛行烧起蜂窝煤来。烧煤巴巴的煤炉子,实际上是个火塘,敞开烧。新煤添上,里面的二氧化碳和硫黄排放出来,散在屋子里,是很呛人的,燃的时间长了,才会好受些。

平日里,我们用煤灶做饭,熬猪食。它的好处是,燃烧时间长,无须时时添柴加火,人可以间或离开,使忙忙碌碌的家庭主妇有了倒手的时间。但灶无法控制火候,调节温度。为此,我们的老祖宗发明了一个小物件。我每每看到这个小物件,就不禁为先人的小聪明莞尔而笑。物件的名称叫"蹿龙火钩"。一根木竿的上端吊在屋梁上,下端与一个可升降的小木件相连,锅开了,饭快熟了,你就把那个小木件向上提升一下。妙就妙在这个小木件上,它形如一条小龙,那么合适地与木竿紧紧地搭扭在一起,可以随着人意自由升降,上下蹿动。"蹿龙"这名字取得好,有点形象思维的意思。"蹿龙火钩"是用硬杂木做成,异常结实,那条小龙,受油烟的熏染,一脸沧桑。它阅读过一户人家生活的许多章节,知道他们的喜怒哀乐。

每到冬天,入夜之前,总要添一次新煤,以便全家人烤火。常有邻居家的人也过来,大家围坐在火边。脚一律伸向炉边,通红的煤火上空,会有无数双手,摩挲着,分享着温暖。家里的猫儿,也总是不请自来,匍匐在你的脚边,闭着眼睛假寐,只有主人赶它走,才极不情愿地离开。

人生是一首长歌,小河的流水,山林的呼吸,田野的蛙鸣,灶屋里锅碗瓢盆的交响,乃至最脏、最累、最苦的活,都是音符,都是旋律,渗透了你的情愫,成了你生命的一部分,与你的灵魂联系在一起。

这是最后的灶屋,它装满了童年的记忆,岁月的余温,和农民生存的故事。历史是不能忘却的,包括这间即将拆除的灶屋在内。

小河趣事

老家村前的小河,从发源地流到村边大约只有十里路程,因此河很窄,远看是悠悠一线。春溪,春溪,春风春雨,十里山景,宛如画廊。

尽管后来我看到过许多大江大河,但经常在我梦中流淌的是这条春溪。汇聚于溪的都是山泉水,因此溪水极清亮,蓝蓝的,幽幽的,从柳树下、菖蒲旁,静静地流过。一路上有许多个跌水坝,她从山上而来,一个台阶一个台阶地下,每下一个台阶都极慷慨极温善地匀出部分水来,去浇灌两岸的田垄,去亲吻禾苗,滋润花朵。和大江大河比,她明显地童稚气十足,每当她从跌水坝叮叮当当地蹦下时,就发出清脆悦耳的笑声。她常常在石桥下、水潭边流连,在水草和萍藻间盘桓,以诗的感觉,散文的方式,极抒情地向前走着。

小河滋养了她流过的村庄,滋养了我的乡亲。小河是最优美的琴弦,她永远都在为我的生命伴奏。

小河里有鱼虾,捉鱼捞虾不仅可以满足口福,而且是童年和少年时代的一大乐事。把手伸进石缝里,准能抓着一条小鱼,那滑溜溜活蹦乱跳的感觉现在想来还很刺激;而绿茵茵的苔蔓里面，可能潜伏着一个鲫瓜子，两手合抄就会逮个正着。那时河里的鱼虾真多，好像总也捉不完捞不完似的。

夏天的夜晚，我把几个用蚊帐布做成的小罾，里面放上鱼饵，沉入河中。鱼罾上面有浮标，每过几分钟就起动一次，鱼罾里面必有几只或十几只活蹦乱跳的小虾。几个小时下来，就能收获几斤鲜虾。这不仅有了口福，还是一种乐趣。

我小时候，常见一个头戴竹笠，腰扎鱼篓的中年人在河边转悠。他手拿一根长竹竿，竿尖是锋利的铁钎。他是专门逮鳖的行家。他的长钎不停地在河边的沙滩上刺探，每天都不会白费工夫，常常是满篓子的大鳖。那时村人不太看得起这类人，以为是生计无着、不务正业的人才干这样的事。那时鳖的地位也远不如现在高，不仅价钱贱，而且买者也少。

偶有乡中雅人，闲来无事，端坐桥头，月夜抚琴，满河清音，四野佳韵，听得蛙醉虫迷，村人心魂荡漾。

小河边，有一排石砌的台阶，那是村子里姑娘嫂子们常去的地方。临溪浣纱，家长里短，打情骂俏，热闹异常。在我的印象里，那也是村里青年男女的一方浪漫之地。

女人们捋起袖子和裤脚，白白的肌肤在水里一浸，嫩红嫩红的，乡村的女人脸蛋红润，映照在清亮河水里的倒影，就更多了几分妩媚。这是她们展示女性风采和魅力的时候。女人们一面拿着木槌使劲地捶打衣服，一面叽叽喳喳、嘻嘻哈哈地唠着闲嗑。她们的笑声从水面上飘起来，粗犷中增添了些柔美。

常有年轻的男人经过河边，故意扔一个石子到河里，溅得低头洗衣的姑娘一脸水花，让姑娘抬起脸来看他、嗔他。"妹子，把我的衣服也洗一洗吧！"

遇上泼辣的女子,就会丢来一句话:"好哇,脱下来洗嘛,我给你搓点香胰子,只怕你穿上晚上睡不着觉呢!"

要是单个的男人遇上一群小娘们,那男人可就惨了,这些健壮、丰满的女人会毫无顾忌地说着各种荤话粗话,直至把挑衅的男人说得落荒而逃。过后,她们会大笑着泼着水花,分享着快乐。

时间过去了许多年。如今小河仍在流,但已风情不再。上游的一座水泥厂的开工,农药、化肥的大量使用,河水被污染了,河里极少有鱼,男人们不再到河里游泳,女人们也不再来河边洗衣裳了。小河有了几分沉寂,有了几分忧伤,在沉寂和忧伤中,我们失去了许多宝贵的东西。

唯记忆依然美丽。我愿在心底里保留那根美丽的琴弦。

油菜花

江南三月，当春风踏着嫩绿的柳梢归来，小溪岸草泛青的时候，农村的景致，最撩人眼目，荡人心魄的，是盛开的油菜花了。不知不觉中，屋前屋后，田野阡陌，到处开满了油菜花，你的周围，几乎成了油菜花的世界。

田野憋了整整一个冬天，把一腔的热情，化作油菜花，蓬蓬勃勃地喷发出来，淋漓尽致地展现出来。

浓密的金黄色的花朵，填满了整条整条的山谷，堆满了整块整块的菜土，铺满了广阔辽远的田野。放眼望去，一片金黄，金黄一片！

冬去春来，油菜花充当了一个季节连接另一个季节的链条。风带旧寒，水翻新浪，遍地是金色的油菜花，以最鲜丽的方式，迎接春天的莅临。

它温暖了天边的冷月，温暖了檐前的暮雨。它使村妇心中漾起温馨的涟漪。

那些山河画幅中的空白，突然全被填满，那些小花小草，全被一种颜色颠覆，大地变得热烈，变得简洁。

油菜花是属于农民的花，农民看到的多了，已不足为奇。

对于文人雅士来说，因为它种植得太普遍了，花开得也太容易了，算不得名花奇葩，故也没有引起太多的重视。因此，当我翻遍一本厚厚的《古典诗词百科描写辞典》，竟没有找出一条是关于吟咏油菜花的。诗人们热情洋溢地歌唱梅花、牡丹、菊花、水仙，不厌其烦地状写桃花、梨花、荷花、兰花，连"珠帘半卷"的芭蕉也在目录，连"不将桃李共争春"的木槿也在目录，却难觅有关油菜花的一词半韵。人们对油菜花似乎有些冷落，这使我心中颇有不平。后来老战友柯展翅告诉我，其实古人写油菜花的诗作也不少，只不过名作不多，编者没有收录而已。

推窗一望，眼前是一地彩毯，万匹壮锦，是花的波涛，花的海洋。花在集会，花在游行。或重重叠叠，占据着层层梯土；或蜿蜒连绵，垄断了沟沟垄垄。油菜花以有别于其他花卉的方式，以其无与伦比的规模，展示它的情怀和它的英姿。

不是野花，苍崖无迹，山野稀影；也非家花，笑傲风雨，从不娇媚。但它黄金点点，碧叶层层，靠着集体的力量，从众花中夺走了春色！

油菜花很少有独个儿开的，他们总是你挨着我，我挨着你，组成一个大的集体。这有点像大型团体操，向世界展示集体的大美、壮美。站在油菜花面前，你会情不自禁地为这种大美、壮美，而感叹，而惊呼。

油菜花清纯、质朴，它是农家的花。它开在屋檐下，开在柴门前。它不避贫富，无论雅俗，静静地应时而开。弯弯曲曲的田埂围着它，一丘田，就是一个巨大的花盆。田埂上，村妇渔姑走过，贩夫走卒走过，农人挑着肥料走过，牧童赶着水牛走过。油菜花是一本田园诗里众多插图中那最美的一幅。

早晨，太阳从东边的山脊冉冉升起，鲜嫩的阳光照着大片的油菜花，金灿灿的光芒，在整个大地闪耀，在轻柔的风中摇曳、流动。油菜花是阳光之子，是大地的宠儿，它把正宗的金黄发挥到极致，有意炫耀大自然的富丽堂皇。

微雨之后，万千花枝，如同万千出浴的少女，水灵灵地含珠带露，妩媚多姿，风情万种。你从它的身边走过，不仅能看到它惊艳的容貌，也能感觉到它嫣然的笑意、馥郁的呼吸。

薄暮时分，淡淡的雾气从田野升起，广阔的油菜花，蒙上了一层轻纱。花朵融化在这薄暮里，成为云烟，成为氤氲，在大地上漂浮。渐暗的天色，也难以遮挡油菜花美的光华。

即使是月夜，万木千山一色，那堆满油菜花的沟垄，依然花影朦胧，仿佛一伸手，就可触摸到春天的浓度和季节的深浅。

花的热烈，让春天越走越近。走在田埂上，可以听到蜜蜂飞翔时的嘤嘤鸣唱。土生土长的油菜花，不喜欢张扬，不喜欢喧嚣，不需要鼓钹，不需要长号，它们与农民为伍，专门款待默默劳作的蜜蜂。不绝于耳的嘤嘤声，那是花朵与蜜蜂的窃窃私语，是大野上最甜美的歌唱。细细的嘤嘤声，是春天交响曲中辉煌的一部分。

偶有爱美的村姑，掐几朵金黄的油菜花缀在鬓边，哼着曲儿，走在乡间小路上。于是整个田野都在鬓边摇晃，整个春天都在耳畔歌唱。

偶有戴着红色蝴蝶结的姑娘从花径上走过，顿时看见金黄的花毯上窜出一缕火苗，要把整个春天点燃。

站在油菜地里，你能听到时间的絮语，听到季节匆匆的脚步声。油菜属于农民，最了解农民的心思。它必须在有限的时间内,开花结果,给人们丰盈的回报;它必须尽快地腾出地来,让葱绿的水稻来接班。

　　站在高处,眺望田野沟壑,到处是花的河,花的海。风动处,花波荡漾。朦胧中,一艘用鲜花装扮的大船,正举棹扬帆,载着春天,驶向远方。

采药记

谦五老板自小开一个小小的中药铺,他的药材有买进的,但大多数是自己采的。大晴天,他的地坪上,必然会摆出一盘盘竹簟,里面晾晒着各种中药材。他自己经常手拿一把药锄,上山采药。他懂得药理,知道哪些植物可以入药,哪些根根草草能治什么病,算得半个郎中。晚年,他不开中药铺子了,但一般疾病,他都不上医院,而是自己采一些中草药吃。他已经活到快九十岁了,但身子还很健旺,这不能不说与他的中草药有关。

新中国成立前,我老家湘中一带的老百姓治病,一般都是采用中草药。那时西药还是稀罕物,即使有钱也没地方买去。1948年冬天,邻村从外面回来一个国民党军医,带回来几支盘尼西林,神奇得很,发高烧的病人,打一支就好。平时不用药的人,没有抗药性,一用奇灵。但那时盘尼西林刚发明不久,很珍贵,一支要价一担稻谷,一担稻谷是几个月的口粮,普通人家,谁也用不起。

中草药是祖宗传下来的,是我国人民在漫长的生存斗争中积累的宝贵医药财富。乡村都有中药铺子,郎中一般都是世袭祖传,父亲是,儿子必然是。中草药价格不贵,但毕竟要花钱,像我们这种家境的人,有个头痛脑热的小病,大都是自己采药解决问题,一般的方子,老百姓都知道,只有实在不行了,才去看郎中,郎中开出的药方子,里面的药如果附近山上有,就自己采,如果附近没有,或者药不齐,才上中药铺。

因为这个缘故,我小时候也就有过一些采药的经历,粗略地懂得一些药草知识。紫苏、生姜祛寒,遇上淋了冷雨,或受了风寒,一碗紫苏汤或生姜汤就解决问题。鱼腥草消炎,栀子花去火,枇杷叶子止咳,思茅草根止鼻血。生长在田埂上的清香木长在地里的小块茎,可以祛暑,夏天实在热得不行了,又不能不干农活,就必须泡碗清香木水喝。那味道辛辣,难以入口,但也不得不喝。地里到处都有、很不起眼的半夏,居然能燥热化痰、和胃止呕。遍山遍岭的金银花可以清热解毒,平时没有病,沏一碗当茶喝也很好。这些知识,都是父母传授的,实践中经常应用,就都记住了,遇上情况,也能当一回小郎中,给别人说出个子丑寅卯来。

有一次,我发热,尿黄,心烦。母亲让我去山上采一把淡竹叶回来。这种植物生长在树林子里,或灌木丛中。虽然很普通,但临时去找,也非易事,必须拨开灌木丛仔细寻觅。我记得似乎在哪儿见过,又一时不能确定具体地点。这是记忆中常有的事。我循着放牛的路线走,终于在一片布满荆棘的隐蔽处,发现了几株淡竹叶。它貌不惊人,形象猥琐,叶如竹叶,茎却永远长不高,总是躲在低矮处,请求别的灌木的庇护。还别说,喝了几次淡竹叶煎的水,我小便不利的症状,很快就消失了。

一年春天,家里有人伤风感冒,久咳不止,摘的中药里面需要一味药是鲜枇杷叶。我们村里没有枇杷树,母亲说,她一次经过麻鼓山,见过一株野琵琶树,让我去找找。麻鼓山是一座石灰岩山,各种石头千奇百怪。已是下午,微雨,我戴一个斗笠,赶紧动身。我攀崖爬石,在布满荆棘的石缝间反复寻找。当我来到一处石罅时,洞里突然窜出一只麂子,把我吓了一跳。正当我用手去拭额头沁出的汗珠时,一抬头,猛然发现前面真的有一株枇杷树,顿时兴奋异常。雨已停,阳光从云缝里照射出来,照在有着雨珠的枇杷树上,使亭亭玉立的枇杷树更显苍绿。枇杷树的叶子,手掌般大,肥厚青绿,背面生着绒毛。远远地,枇杷树如千手观音一样,伸出了无数的神手,像在说:别担心,我将为你解除痛苦。当我采了一把枇杷叶,想着这厚厚的叶子,竟能治咳,竟和人的气管有某种联系,感到这世界上的事物真是奇妙无比。

解放前,小孩出麻疹是过鬼门关。一年冬天,我的一个弟弟出麻疹,疹子出不来,家里人急得没有办法。无计想野法,想到了浮萍。有经验的老人说,有一种紫浮萍,能够发汗透疹。紫浮萍,在我们那儿,也叫红浮萍,屋前的水塘里就有。这年的冬天特别冷,下了大雪,水塘里结了厚厚一层冰,水面上的紫浮萍都融结在冰层里了。我跳进水塘里,砸开冰层,背回一筐冰块放在锅里,烧火化开,再捞出紫浮萍来,然后用紫浮萍敷在弟弟的身上。但紫浮萍并非神药,可惜这个土办法,最终没有能救活我弟弟的性命。

采药,使我对附近的山山岭岭有了一种亲近感,一把草,几片叶子,居然就能治病,也使我从内心里对自然产生了一种敬畏。

一株野百合

一脚踢出一道闪电！闪电在灌木丛中奔驰，那速度真叫人难以置信。

闪电是一只兔子，褐色的兔子，阳光下，它正在燃烧，像一团奔腾的火焰。

我在放牛，是无意间撞见了这只兔子。当我还没有反应过来时，脚边猛地蹿出了它，惊慌的兔子突然跳起，在荒原上奔跑起来。

我于是使劲追赶。此时，我真正体验到了"比兔子跑得还快"这句话的真实感觉。兔子，这个小家伙，在性命攸关的时刻，竟会有这么强大的爆发力。自然界中，任何一个生命，在受到侵扰时，都会有保护自己的方式，遇到危险时，都会有独特的逃跑本领。兔子也不例外。兔子出现了，它成了我的猎获目标。我决心抓住它！于是，我迈开双脚，和兔子赛跑起来，心里说，我不信追不上你！我大步飞奔，在灌木丛中腾挪跳跃，累得气喘吁吁，汗水淋淋。眼看就要追上它了，眼看这狗日的就要束手就擒了，陡然间，兔子不见了！

闪电消失了，火焰熄灭了，我左右寻觅，不见踪影。前面就是一蓬荆棘,环绕荆棘的是一块石头,石头下面有一个洞。我终于回过神来,仔细观察,原来狡猾的兔子钻进洞里去了。

就差那么一步,兔子逃脱了。

也许它正和我一样,在张着大口喘气;也许它正在得意:怎么样,还是没有追上我。

我守候在洞口边,懊丧不已,又无可奈何。"狡兔三穴",这我是知道的。但这洞有多深,我不知道;兔子什么时候能出来,我也不知道。我心里咒骂这狡猾的家伙,如果有个木桶,我一定提一桶水灌进洞去,把兔子逼出来。但我没有水桶,山上也没有水,我只好失望地站在洞边。

正当我睁着大眼望着石头下面的洞穴,一心想着兔子的时候,猛然定睛一望,发现洞穴边,紧挨着石头的旁边,竟傲然站立着一株野百合!

野百合!野百合!我顿时眼睛一亮,兴奋异常,从心底里喊了起来!

这山上生长着野百合,但非常稀少,并不是经常能见到她。

她伸展着绿叶,开着白色的花,茎的叶腋中生长着珠芽,像一个美少女,静静地站立着,那么娴静,那么优雅。

这是女作家茹志鹃小说里描写过的野百合吗?她曾映衬一个战士忠勇的灵魂。我喜欢那篇小说,甚至喜欢那篇小说的名字《百合花》。如今,野百合从记忆中走来,从书本上移到了这山野里,那么鲜活地呈现在了我眼前。

这是巴黎卢浮宫圣母雕像手中托着的那枝百合花吗?那象征圣洁与仁爱。

我喜欢野百合。她生长在山野,承天雨地露,茎叶清纯质朴,花朵洁白无瑕。她不艳丽,不招摇,却清朗,却圣洁。

此时，我忘记了兔子，遇见兔子的兴奋比不上遇见野百合的兴奋。

此时，我感谢兔子，是兔子引领我来到了这块石头跟前，是兔子让我邂逅了这株野百合。

兔子，野百合，和我，也许有着某种机缘。

山野里越来越稀少的野百合，不是轻易就能遇到的，对于我来说，她是一位高贵的客人。

我蹲下身去，久久地凝视。说实话，在这山野里，众多的植物中，野百合并不起眼，它既无高大的茎叶，也无艳丽的花朵，生长在荒野的灌木丛中，如果你不经意，会很难发现她。这株野百合，她静静地躲在荆棘丛中，躲在石头的背后，有些腼腆，有些羞涩。但你仔细观察，仔细端详，你就会惊奇地发现，她是如此与众不同，如此不同凡俗，如此招人喜爱。她的花朵白得耀眼，像绿色大地上的星斗；那喇叭形的花朵，像在歌唱，像在吹奏美妙的乐曲。那是阳光与土地合孕的精灵，是照耀灵魂的灯盏。

对于该如何享用自己的这个发现，也就是说该如何处理这株野百合，我踌躇良久。

最初，我想用小锄头，把这株野百合挖出来，我要看看它的鳞茎有多大。我知道，野百合那像蒜瓣一样雪白的鳞茎，不仅细腻好看，而且可以食用，能润肺止咳，清心安神。如果把她放在鸡汤里，这鸡汤一定很好喝。但我马上就否定了这个念头。这个念头太自私，为了些许小利，竟残忍地让一株如此清纯的野百合死亡。很快，我为这个念头感到羞愧。

继而，我想把这株野百合，移植到我屋后的小山坡上去。那样，近在咫尺，我就可以天天见到她的芳容，可以经常为她浇水，为它施肥。我希望她是种子，能繁殖出许多许多小野百合，我梦想屋后的小山坡成为一片野百合花的花圃。我为这个不错的想法而得意。但经过反复思考，这个想法还是没有获得我的认定。我想，在挖的过程中，很可能会伤害这株野百合的根须和鳞茎，甚至危及她整个的生命，真的，我没有把握她在移植过后会成活。我以前有过这样的教训，把一棵珍贵的野生罗汉松小苗移植到自家的小院里，结果这棵小苗死了，让我难过和后悔了许久。我不能重犯错误，重蹈覆辙。也许野百合就应该生长在这荒野里，这里是她的故土，她的家乡。她是野百合，她姓"野"，她最独特的是这个"野"，最宝贵的也是这个"野"。她喜欢在这野地里，喜欢野山野水。如果她失却了野性，就失却了她的本质和价值。

　　人类在与自然的交往中，曾经犯过许多的错误，其中之一，就是把许多濒临灭绝的野生动物豢养起来，让它们离开了森林或者草地，结果造成了它们的功能性退化，野性全无，它们已完全不是原来的那个样子，完全成了一种任人类摆布的宠物。这是物种的悲哀。

　　对于野百合，我想道理同样如此。也许它根本不适应新的环境，会水土不服，会因为移植而退化，甚而致凋谢枯萎，那样，岂不前功尽弃，事与愿违？

　　我既然发现了她，将怎样对这个美丽的生命负责？

　　最终，我选择了什么也不做，什么也不惊动她，把她依然保留在原地。它需要这里的雨露，这里的土壤，这里的阳光，这里的清风，甚至这里的寂寞。这里的灌木，这里的荆棘，这里的山石，这里的绿草，才是她可以共处的邻居，可以交谈的伙伴。

我怀着依恋的心情离开了她。

从此以后，我心里就时常想着这株野百合。我每次放牛，或者上山砍柴，都要悄悄地走到这蓬荆棘旁，这块石头边，去看望她，看她长高了没有，看她又长出了几个珠芽，看她的花朵有了什么变化。来年，我看她怎样发芽，怎样抽叶，怎样开花。

我没有把发现这株野百合的信息告诉过任何人，也没有把我每次去看望这株野百合的形迹让任何人知道。我怕别人去打扰她，我怕别人会打她的坏主意。

一株野百合，成了我的朋友，成了我的一份牵挂。这是我童年的故事。后来，我离开了家乡。许多年以后，我的记忆中，依然亭亭玉立着那株野百合，每当想着她那鲜绿的茎叶，洁白的花朵，心中就禁不住涌起一阵激动和喜悦。

废 庙

溪边,立着一座庙,叫水府庙。这座庙,站在我童年的记忆里,苍老得如同一位瘦小的老妪。庙太小了,就像孙悟空和二郎神斗法时变化后的那座小庙一样。

我从来没有进到庙里去看过,里面供奉的到底是什么菩萨,有没有菩萨,一概不知道。但从庙名看,而且又临水而建,我估摸着应是水神。

山神管山,水神管水,土地爷管土地,各司其职。我们那里有一条小溪,这位水神,应是管这条小溪的,准确地说,是管这一段小溪的,溪水要继续奔流,下游的事他恐怕是管不着了。

山神、水神、土地神,都属于小神,所辖地盘有限,是村官一类的基层干部、小菩萨。当然啦,他们比灶王爷的级别还是要高些,灶王爷只管一家一户,他们管的或是一座山,或是一条水,或是一片土地。

中国历来讲究位阶有序,官阶不同,待遇不同,多大的官,住多大的房子,人如此,神也如此,多大的菩萨住多大的庙。因此这座庙建得很小,也就是很自然的事了。

庙的周围都是平坦的田垄，因此，尽管庙很小，但显眼，你从很远的地方就能看见它。它孤独地站立在那里，像保安，像哨兵，监视、守护着这条小河，这方土地。在旭日初升的早晨，远远望去，田野阡陌里，翠绿嫣红中，兀立着那么一座黑色的小庙堂，使田野风光，无论颜色，还是高低，都有了一些变化，画面显得丰富而不单调，细细品味，倒也具有了几分诗意；只是在烟雨朦胧的时候，或月黑风高的夜晚，路上独行时看见它，想到那是鬼神之所在，心里颇觉不自在，有一种森然的感觉。

神小庙小，物业管理也就比较随便了，上不了档次。没有编制，无人照管，一切任其自然。庙旁稀稀拉拉长着矮小的灌木，一些不知高低的藤萝，竟肆无忌惮地爬上了庙墙和屋顶，田鼠、麻雀和蛇也把那块高出水田的台地，作为了它们栖息的根据地，这给神圣的庙堂平添了几分杂乱与荒芜。

尽管如此，人们对这座庙还是心存敬畏。

不只是对这座庙，普通百姓对所有的庙堂和神灵都心存敬畏。

香火自然是有的。我常常看见庙前留有香灰和纸钱烧后的残迹。有时大风扬起的纸灰，在空中飞舞，如同黑色的蝴蝶。

清人袁寿龄诗曰："世间第一可怪事，鬼神亦受饥寒累。年年七月送纸钱，人到重泉犹嗜利。"其实，这完全没有什么值得大惊小怪的。人类设置的冥冥世界，本来就是人间生活的翻版，或者延伸，精神相通，欲望同样，人要吃饭穿衣，鬼神同样要吃饭穿衣。因此，嘲讽归嘲讽，普通百姓香烛纸钱照烧不误。

每当附近有人去世，总要抬着棺木，来到庙前，鸣放鞭炮，烧香跪拜。为什么要这样做,没有人告诉我。也许是人死了,要到这里来登记一下,打个招呼,以便注销户籍,再加入阴间的那个"夜总会"吧。反正,办丧事的过程中,总有这么一道必不可少的程序。

半夜里,邻居的小孩肚子痛,号哭不止,闹得家人干着急,一点办法也没有。还是孩子的奶奶阅历深,方寸未乱,忙中生智,赶紧发话:"怕是中了什么邪,得罪了哪路鬼神吧,你们快去水府庙烧烧香烛,请请神。"

于是,小孩的父亲诚惶诚恐,立即出发,摸黑到水府庙烧了香烛纸钱,请了一碗"神水"回来,给小孩喝了。

说来真奇,小孩喝了"神水"之后,慢慢就不哭了,不闹了,安安静静睡着了。

有人说,这纯粹是一种巧合,小孩本来病就不重,只是吃了不合适的东西,肠胃不舒服,才哭个不停的,时间稍长,疼痛过去了,也哭累了,自然就睡着了,也好了。

但奶奶不这么想,她认为事情不会这么凑巧,孩子明明是喝了"神水"后不哭的。这就使奶奶和她的子孙们坚信,庙里有神灵,是神灵治好了孩子的病。

每经历过一次这样的事,人们对神灵的崇拜就增加一分。这样的故事还会不胫而走,一传十,十传百,于是庙在人们心目中的地位就愈来愈崇高,久而久之,庙就成了一种信仰,一种精神依托,一个在暗中照管乡民生老病死的保护神。庙堂虽小,在无数的奶奶们和她们的子孙们眼里,成了神圣之地,人们膜拜着,景仰着。

当然,不可能每次的"神水"都管用,更多的时候,是喝了"神水",什么问题也没解决,甚至延误了治疗,导致死亡的。但人们只记住了那些"管用"的"奇迹",而把那些没有管用的故事统统淡忘了。偶尔也会有人站出来质疑,但立即会遭到奶奶们的反对,她们会归咎于你心不诚。心不诚,菩萨就不灵,对于那些老奶奶们来说,这是绝对的逻辑。烧了香烛,喝了"神水",病没有治愈,甚至人死了,责任完全在自己,跟菩萨神灵一点关系也没有。

新中国成立后,人们信仰"战无不胜"的马列主义,崇尚科学,大小鬼神一律退避三舍,不知躲到哪里去了。由鬼神居住的庙宇,如果没有历史价值,不属于文物管理单位,当然就没有存在的理由了。许多大的庙宇都难以保存,水府庙这样的小庙就更没人重视了。在我的记忆里,没有人号召去推倒水府庙,它实在小得不值得人们大动干戈。一座青砖砌成的丈把高的小房子,风雨剥蚀,年久失修,它自然而然就破旧了、坍塌了。

上世纪六十年代,我见到它时,已是一堆瓦砾。但即使是一堆瓦砾,人们也不敢在那庙的遗址上动土,生怕触动什么,招来什么灾祸。

到了文化大革命中,情况有了根本的变化,大破"四旧"的革命性,使老百姓的胆子大了起来,我看见有人在庙的旧址上种上了几兜南瓜,繁茂的南瓜藤爬满了那方不大的土地。我真不知此时的水神在哪里栖身,他对自己的宅基地上结出硕大的南瓜是怎么想的,是高兴呢,还是厌烦呢?

事情就是这样,当人们有所追求、心灵充实的时候,当人们天天喊着打倒帝、修、反,解放全人类的时候,强大的精神支撑,把鬼呀、神呀、菩萨呀、佛呀,忘记得一干二净。扫"四旧"的铁扫帚,也让一切神灵无处藏身。尽管有个别老人还迷信着，还对那座废庙心存念想，但也绝不敢公开烧香叩头，而只能在黑灯瞎火的夜里，偷偷地去到那个瓦砾堆上烧一沓纸钱。

没想到时来运转，否极泰来，"文革"之后，马列主义信仰日见淡薄，别的什么信仰就开始抬头，并日渐风行。人总是要有点信仰的，你不信这个，就必然会去信那个，就是没有偶像也要造出个偶像，没有菩萨也要造出个菩萨。

神，都是人造出来的。人们需要什么，人的精神缺失什么，就会造出什么样的神来。三国时代的关羽，被敌人割去头颅，后世却被人奉为忠义之神，位极"关圣帝君"。2005年，我到台湾，日月潭边的文武庙里，里面的尊神就是孔子与关公，二者并列。我还发现，台湾各处都把关公当作最大的财神爷，至于为什么会是这样，真有点令人颇费猜想。

改革开放之年，人们纷纷给各类神灵"落实政策"。于是庙堂重立，诸神复位，封建迷信又渐渐风行起来。在许多地方，菩萨神灵的待遇越来越高，塑像越造越大，庙宇越盖越阔气。离我家十里之遥的雷峰山、圣崖洞，正大兴土木，广建庙宇，香烛袅袅，信众不绝于途。我有个中学的女同学信佛信得厉害，几次率领家人前往东海普陀山，朝拜观音菩萨，每次都是戒斋沐浴，十二分的虔诚。许多乡邻，男男女女，或步行，或乘车，浩浩荡荡到二百多里外的南岳衡山去烧香。农历大年初一，有钱的老板为了求财祈福，用几万几十万的代价买得烧第一炷香的权利。那些头上戴着乌纱帽的官们，也有不少人加入了这个行列，为了避人耳目，他们常常在香客散尽的夜里才去烧香。这些人会上大谈马列主义，暗地里却给菩萨烧香叩头，真是让人哭笑不得。天知道，他们到底信仰什么!

现在的水府庙已成了一块荒地,即使是本地的年轻人,也没有人知道这里曾是一座庙,只有五十岁以上的人还记得。有人家办丧事,焚香拜庙的队伍在这里停下来,领头的长者让大家跪拜。年轻人问:"拜什么呀,这里什么也没有,给谁拜?"长者说:"少啰唆,叫你拜,你就拜,这里曾是一座庙,给谁拜,给菩萨拜呗!"

每一个人心中都有一座庙,每座庙里都有一尊菩萨。

即使地上的庙没了,心中的庙还在,仍然有人烧香,有人叩头。乱世修坟,盛世修庙。太平年月,日子过得好了,许多人钱袋满了,脑子却空了,我就听说,有人正在盘算着如何重建水府庙。看来,某年某日,这里赫然出现一座比原来壮观许多的庙宇,当是不会令人奇怪的事。

一座庙,它的存在,它的兴废,都与人的精神有关。它是一个时代的见证,是不同时代人的心灵的别有一番意味的注脚。

渔 火

初春,草木复苏,地气回阳,天气渐渐暖和起来。每到这个时候,我们那里就盛行抓鱼、逮泥鳅。

到处都是水田。有水就有鱼。闲置了一个冬天的水田,成了泥鳅、鲫鱼繁殖、集聚的场所。

农村生活比较单调,对于年轻人来说,抓鱼、逮泥鳅,不仅可以享受鱼鲜美味,同时也很刺激,是一种消遣、一种娱乐、一件极其有趣的事儿。

如果遇上乍暖的天气,湾里的年轻人就会显得急不可耐,跃跃欲试。天气暖和,气温升高,平时钻进泥里的泥鳅,晚上必定要从泥里钻出来,在水里游动、乘凉、呼吸新鲜空气。这正是抓鱼、逮泥鳅的好时候。

于是人们忙着准备抓鱼、逮泥鳅的工具。鱼篓是现成的,鱼夹也是现成的,从墙上取下就可以了。鱼夹是一根长竿,尖端有一个铁制的夹钳一样的东西,就像叉开的两个手指,形如蟹钳,后面有一条夹缝,见到泥鳅或鲫鱼,瞄准目标掷去,就把泥鳅和鱼夹住了,夹缝很紧,泥鳅想跑都跑不了。

真正需要准备的是照明的材料。一般是采用松明。我们那里油松树很多，赶在天黑之前，上山用斧子砍回一背篮油松片子，越是那节骨处的越好，满是松油，一根火柴就可以点着。

吃过晚饭，我们就兴致勃勃地出发了。干这活，一个人不行，必须两人合伙，一人背着装油松片子的背篮，提着火笼，一人腰挎鱼篓，手拿鱼夹。

几乎是同时，在春溪河两侧的田埂上，每隔几百米之遥，就会出现一个火笼，两个人影。无数个火笼，在狭长的流域里晃动，使山村的黑夜变得生动起来。原本已经冷寂安静的夜色，突然之间，因为渔火，明亮了许多，热闹了许多，也美丽了许多。

松明烧得很旺，窜出很高的火苗，在风中呼呼作响，照得水田一片白亮。远远看去，冒着火苗的火笼，就像几朵鲜亮的大丽花，盛开在夜色里。

火焰，也照亮了山野，照亮了年青的瞳仁。水光灯影，别有情趣。不要钓竿，无须撒网，只用鱼夹一戳，鱼就到手了，泥鳅就到手了。我原以为这种逮鱼方式，是挺独特的，是我们那里的独门功夫。偶读唐朝诗人陆龟蒙的《叉鱼》诗："春溪争含绿，良夜才参半。持矛若羽轻，列烛如星灿。伤鳞跳密藻，碎首沉遥岸。"才知道这位老先生诗里写到的情景，和我们的方法几乎完全相同。你看，都是在春天，都是在夜里，都是叉鱼。只不过那时使的是矛，我们用的是夹；那时是在溪里叉鱼，我们则是在水田里叉鱼；那时点的是烛火，我们点的是松明。这样说来，这法子原来还是古人传下来的，我们当地人不过是继承后，稍加改造而已。

我们沿着田埂走，两人四只眼，极仔细地观察田埂两旁的水田。

"哟，那里有一条泥鳅！"

"唉，快看这边，这边有个鲫瓜子！"

松明灯照得水田一片明亮，所有的鱼类都在视野之内。看见一条泥鳅，同伴迅即用鱼夹戳去。鱼夹的角度与泥鳅的身体成"十"字形，拦腰戳个正着。泥鳅正好夹在鱼夹的钳孔里，脑袋和尾巴还在使劲地摇摆。但它再使劲，也没办法摆脱鱼夹的钳制，我们用手一捋，泥鳅就乖乖地到了鱼篓里了。

也有狡猾的家伙，也许是因为火光的刺激，也许是因为人的动静过大，惊动了水田里正在自由活动的泥鳅，它们身子一晃，搅起一团泥浪，作为逃跑之计。见此，我们笑了。它们这点小伎俩，怎能骗得了我们这些"老渔翁"，鱼夹照着有泥浪的地方连戳两下，只要里面没有石头，没有硬泥团，十有八九还是会被逮着的。

常有一对泥鳅紧挨在一起，也许是求偶吧，正亲密地私语，鱼夹下去，一对双伴就被夹了上来。每当这时，就像钓者的双钩同时钓到了两条鱼一样，会引起一阵小小的欢乐的骚动。

鲫鱼一般在水较深的凼里，要睁大眼睛才能看得清楚。一次，我们发现了两条大鲫鱼在水凼的草边慢慢游动。这时，我们就得特别小心，放轻了脚步，首先是别惊动它们，否则它们会溜之大吉的。逮鲫鱼，用鱼夹不行。鲫鱼个头大，鱼夹的钳孔小，夹不住。我们中的一人，轻轻地赤脚进入水田，靠近水凼，用双手一抄，一战告捷，鲫鱼双双获擒。

渔火，在初春的田野飘动，报告一个季节的来临。直至斜月西沉，夜色渐凉，鱼获颇丰，松明告罄，众人才收敛兴致，哼着曲儿，满意地踏上归途。

萤 灯

这是属于夏天晚上的灯，属于夏天晚上美丽的风景。

会飞的火，飘动的灯。是火却无烟，是灯不需油。微雨洒不灭，轻风吹欲燃。——无论古人今人，都会用此类词句形容萤火虫。

而对于我来说，萤火虫，那是我童年的梦幻、心灵的烛火。

夏天的夜晚，湾前的池塘边、小河旁、田埂上，万灯耀眼，摆开了萤灯阵。

越是燠热的夜晚，萤火虫就越多，像在集会，像在游行，遍布整个山冲、田野，连绵不断，无涯无际。一个个微小的生命，燃烧着自己，要照耀这个世界。

那是黑夜里的花朵。它不仅使乡村的夜晚多了光明，也多了生气。那是一个个生命在一边燃烧一边舞蹈。

萤火虫的光亮是微弱的，它不像月光可以越过窗棂，银练一样流进你的房间，而只能在田野低空飘呀飘……

我常见萤火虫这种昆虫。它们体形很小，有着红黑斑点的美丽甲壳，白天爬在丝瓜秧和南瓜藤上，啃食瓜藤的嫩叶和花粉。我没想到这么一个其貌不扬的小东西，却有这种神奇的本领，在最黑暗的夜晚，能给人带来光明，尽管这种光明很微弱。但无数微弱的光明集合在一起，就能改变整个夜晚的面貌。

萤光和天上的星星一样，也能为夜行的旅人指路，在你无助的时候伸出援手，引领你前行。

我就有过这样的经历。一天晚上，我有急事到外婆家去。天上没有星月，我又没有手电，幸而有无数的萤火虫发出繁密的萤光。就凭着这微弱的光亮，我居然能依稀辨清乡村泛白的道路。我不用担心这光亮会熄灭，因为路边到处都有萤火虫。它们成群结队，时聚时散，眼看一群萤火虫飞离道路，面前的道路模糊不清时，又有一群萤火虫会飞临你的眼前，提灯为你照路。你的身前有许多萤火虫在给你带路，你的身后又有许多萤火虫在追逐着你。我害怕在黑夜里走路，但成千上万的萤火虫在身边飞舞，就感到黑夜的面孔不是那么可怕了，反倒有了几分温情；你也不觉得是一个人在单独走路，而是有无数发光的生命在陪伴着你，因而不再觉得孤独。当我办完事，从外婆那个村子安然回到家里的时候，我对萤火虫充满了感激。那时，在我心里，萤火虫不是虫，而是精灵，是黑夜的伴侣，光明的天使。

我曾经想学古人，借萤光读书。小时候，家里没有电灯，连点油灯也是极省俭的，生怕多费了油。心想，如果能借萤光读书，岂不是一件美事？我捉来许多萤火虫，放在一只小玻璃瓶里。夜晚，它们果然发出光来。但经我多次试验，证明这光亮太微弱，不足以读书。年轻时，眼力好，也只能模糊看清一些大字，真正读书是不可以的。也许偶尔为之还勉强能行，时间长了，绝对会伤及眼睛。后来我想，古人借萤光读书的故事，必须这样解读：它是在宣扬一种勤俭苦读的精神，激励贫困的孩子进取好学，即使是白天劳累一天，无暇读书，在夜晚微弱的萤光下也不放弃——这里说的是一种精神，而非一定要我们这样去实践。

五十多年前，一个乡村少年，萤火虫对他心灵的撩拨还不止这些。它给了我许多奇幻的想象，它使我在夏夜里多了几分浪漫，几分情趣。

它使我思索生命和生命的价值。大千世界，万类千汇，物物各异。大的如鲸象，小的如蝼蚁，强的如狮虎，弱的如虫豸，相处在同一个世界里，各自处在不同的环境，各自发挥着不同的作用。如萤火虫者，一个如此不起眼的卑微的生命，它会发光，它会在炎热的夜晚，用自身的生命点灯，与无边的黑暗抗争，成为自然界中一道亮丽独特的风景，成为人类亲密的朋友。

我进而想到蚯蚓。没有腿，它能行走；没有犁，它能耕地。遁土食泥，默默劳作，不择环境，不避脏污，勤勤恳恳，劳瘁一生，死后也不知其踪。

我进而想到蚕。那么一个从蚕卵里孵化而出的只有针尖般大小的小虫儿，靠吃桑叶一天天长大，变成了蚕宝宝。它吐丝作茧，由茧成蛹，由蛹化蝶，生生不息。谁能想到，蚕嘴里吐出的神奇之物，竟可织成柔软光润而又漂亮绝伦的丝绸。丝绸是蚕的心血，是蚕的创造，是蚕对这个世界无私的奉献。丝绸曾创造历史，曾是中华民族的象征，曾把相隔遥远的东西方文明联系在一起。

我进而想到画眉。这种体形娇小，背羽绿褐，下体黄褐，腹部灰色，头饰黑斑，有着白眼圈的小鸟，是鸣禽中的明星。

论容貌，画眉算不得漂亮，远不如赤翎绿羽的锦鸡；论身段，画眉算不得修长，远不如拖着长裙的灰喜鹊。但它不知疲倦地在茂密的林子里飞翔，它婉转悠扬的歌声，使空气为之甜，使山林为之活，使所有的心灵为之爽。它的歌声，使这绿色乡野有了美妙的天籁，有了令人心动的韵律。

由此引申开去，我想到人类，想到芸芸众生。人类，也是地球上的物种之一。其实人也是很渺小的。你不是太阳，可以君临大地，普照万物；你不是月亮，可以广洒清辉，沐浴苍生；你也不是车灯，可以劈开黑夜，引车前行。我们每一个人都不过是沧海一粟，都在做自己应做也可能做的那么一点事情，我们也像一盏小小的萤灯，只能照亮一花一叶，只能照亮乡间的小路，屋前的池塘。人，要安于做一盏萤灯，要努力用自己的能量去发出微弱的光亮，既照亮别人，也证明自身生命的价值。

少年时代，一年复一年的夏夜，我望着纷纷扬扬的萤灯巨阵，无数次读着这生命的哲学课本。

多年后，我回到乡下，已很难见到萤火虫了，它们好像正远离我们而去。萤火虫虽然很小，选择栖息地却很挑剔，它们喜欢植被茂盛、水质干净、空气清新的自然环境。由于过分地使用化肥农药，加上田埂、河岸的植被遭到破坏，环境污染严重，空气越来越污浊，萤火虫失去了适宜自己生存的家园。由于乡村电灯的普及，夜晚光源增多，而萤火虫是依靠尾部发光而吸引对方进行交配的，多种光源扰乱了萤火虫的繁殖，这也是萤火虫日渐稀少的原因之一。我们从萤火虫的日渐稀少，甚至消失——这无疑是一种严肃的警告，难道不应该进行认真的反思吗？

萤光中有家恋，有乡愁，有"萤火虫，亮光光……"那样鲜活童谣喂养的孩提岁月。什么时候，萤火虫能摆脱厄运，再回故乡的田野，那一盏盏发着微弱光亮的萤灯，还会在我们面前重新闪耀呢？

鸟之声

四月,春光明媚。雨后的山岭,湿淋淋,绿森森。淡淡的云雾升起,更添了几分情韵。我喜欢这样的景致,常常坐在自家的阳台上,忘情地看那些山,那些变幻的云彩。

四月,树木蓊郁,花草竞旺,万类繁盛,鸟声盈耳。所有的鸟儿都出来了,它们翱翔着,嬉戏着,歌唱着。

我喜欢看鸟的舞蹈,听鸟的歌唱。

从树丛里、云雾里飞出的歌声,显得更水灵,更甜润,更明丽,更悦耳。

母亲说,鸟儿最有灵性了,他们知四时八节,每个季节有每个季节的鸟,每个季节有每个季节不同的鸟的歌唱。

如今是四月,是春耕的季节,播种的季节。鸟儿是春天的知音,是农人的朋友,一个个喜滋滋地亮起了歌喉。农人在田野上摆开了战场,敲起了春耕的锣鼓。鸟儿们高兴了,它们用歌声来助兴;对那些懒惰的人,它们也用歌声予以提醒。

你听:"割麦插稻,割麦插稻……"布谷鸟叫得多欢。布谷又称"郭公"、"大杜鹃",我国从南到北都有。我见过这种鸟,体形不大,颜色灰褐间白,不是很漂亮。但热情很高,清早天不亮就开始了歌唱；嗓门也不小，声音洪亮，底气足，叫起来声震四野，老远就能听见。布谷鸟传达季节的命令，它在催耕，不用这么大的声音不行，怕农民兄弟听不到，怕他们误了农时。

这是栽稻秧的季节。与布谷鸟一起歌唱的还有另一种鸟，它不停地叫着"栽贵树，栽贵树"，那声音脆脆的，甜甜的，就像一个娇媚的女子在对你说话。对于农村的老百姓来说，秧苗可不是"贵树"吗？这种鸟，我没有见过，藏在树叶后面不露面，它的声音尖细、短促，音色比布谷鸟要美。

人们挖土点豆。母亲说，你听，"哥哥、豆豆"，告诉你，要种豆子了。母亲还说，这里面有一个哀怨的故事呢。

古代有两兄弟，哥哥是前娘生的，弟弟是后娘生的。后娘对老大不好，总想把他除掉。一天，她想了一个计谋：准备了两份豆种，让兄弟俩去种豆。其中一份豆种是炒熟了的豆子，另一份是没有炒熟的豆子。规定两人种豆，不管是谁，要等豆子发芽后才能回家。她把炒熟的豆子给了哥哥，把没炒熟的豆子给了弟弟。但在地头上，弟弟担心母亲不怀好意，就悄悄地把哥哥的豆种换了过来。后来，哥哥种的豆子发了芽，回家了；弟弟种的豆子，却始终发不了芽，只好守在地边，时间长了，他终于被老虎吃掉了。后母本想害死哥哥，却不料害死了自己的亲生儿子。弟弟死后，化作了一只鸟，每当种豆的季节，就在林边，在地头，在山野间，不停地唱着"哥哥、豆豆"，好像在诉说着什么、呼唤着什么。

如今我也听到了"哥哥、豆豆"的叫声，仔细听，还真有几分哀伤，几分凄婉。

"爹爹苦，挖麦土"。这是又一种鸟在歌唱。母亲说，麦熟之后，爹爹去挖土，不幸被老虎吃掉了。失去爹爹后，儿子哀伤而死，化作一只鸟，在旷野不停地啼鸣。母亲感叹道：这是儿子在哭他爹爹哩。

鸟儿是人类的朋友，鸟之声是山村农人最常听的歌声。这歌声唤起他们的想象，传达出他们对人生命运的许多感叹，鸟儿的歌声也成了他们诠释人性、道义的某种符号。

如今山上树多了，植被繁茂，因此野鸡也多了，随时都可以听到野鸡的叫声，或"咯、咯、咯"，或"咕、咕、咕"，也许是出于求偶的激情，也许是因为下蛋的欢悦，也许是一种本能，反正是叫声此起彼落，不绝于耳。

母亲的典故真多。听到野鸡的叫声，母亲用不紧不慢的声调给我讲了一个故事——

一个女子，平日里多嘴多舌。出嫁时，母亲怕她因为多嘴吃亏，就在嫁妆的箱笼里放了一块麻石，临行前嘱咐女儿："麻石不开口，你就不要开口。"女儿谨遵母命，每天开箱，看见麻石没有开口，她就真的不开口，一句话不讲。时间长了，丈夫以为她是哑巴，就一纸休书休了她。小叔子送她回娘家，路上听见野鸡啼叫，她就朗声说道："野鸡莫在山中啼，多言多语遭枪打，不言不语早回家。"小叔子一见嫂嫂开口说话，不是哑巴，就高兴得揪住她衣服，要她回家。她又说："小叔莫要揪我衣，回去叫你哥哥早娶妻。"

听着山上野鸡鸣叫，听着母亲讲的故事，觉得诙谐有趣，没想到这鸟声里，还蕴涵着这么多人生的悲喜忧乐。

偶有画眉飞来，长空之下，留下婉转之声。画眉个头不大，却是鸣禽中之大腕，算得"超级女声"。它一阵清唱，如似天籁，涤俗涤虑，悦耳悦心。

青山是个大舞台。清音妙律，全是原生态。不花钱，不买票，我每天坐在阳台上，听群鸟歌唱，不亦乐乎。

乡路沧桑

湘中，丘山连绵，青峰幽林，万家烟树。但风景虽好，在我儿时的记忆中，交通却极为不便。

柴门前，有窄窄的道路延伸。黄土路、泥巴路、沙子路，偶尔也有石板路，一条条，纵横交错，像藤蔓一样布满了田间山岭。有的路像从云岫中垂下的飘带，有的路如盘旋的蛇躲进草莽旷野。我们一代又一代的先人，就是从这样的路上走过，靠这样的路和亲朋联系，和外界交通，和土地亲近。

春雨绵绵，嘀嘀嗒嗒，鱼鳞瓦像不倦的舌头，唱着古老的情歌。同样，乡间小路上弹奏的也是一支素朴的旋律，光脚板"吧唧、吧唧"清脆的响声，由远而近，由近而远，反复诠释人类的希望和生命力。

乡人常用"眼光脚健"一词来赞颂一个健康人的身体状况，老太太在菩萨面前祈福，也总是祈求菩萨保佑家人"眼光脚健"。人身上的器件，眼睛、双脚，是他们特别看重的。最初，我认为此说似有些偏颇，眼睛重要，自不待说,但心呢？手呢？难道脚比心还重要？比手还重要？后来细琢磨，觉得乡人特别看重脚，也自有其道理。他们主要是用实际生活需要的尺度来评价事物。那时,家乡没有公路、铁路,就连一条像样的大路也极为少见,当然也就没有汽车和火车,偶尔能见到驮重物的独轮车在小路上艰难行进,但因为太麻烦,过不了沟坎,过不了小桥,也不常用。人们外出就全得用脚走路(坐轿的人毕竟是极少数富人),人的脚不健康了,出不了门,走不得路,干不得活,世界就小了,生存就困难了。用脚板走路,曾经是我们的生存方式,脚是我们唯一可以驱使的交通工具,难道还不重要吗?

我就常常对自己的脚板心生敬意。沾过春泥,踩过冬雪,小时候,一双赤脚,走在炎夏发烫的沙石路上,居然跟没事一般。

我用双脚,一寸寸、一尺尺地丈量过村庄附近的山山水水。

1955年,我去西阳涟源二中(春元中学)上学。西阳离家约有三十余公里。我大约每半月回家一次。每每周末放学,已是夕阳衔山,吃过晚饭,二话不说,抬起双脚就走。西阳到我家春溪湾有两条路可走,一条是经娄底镇、花山垴、石头埠、万宝,一条是经黄泥岭、犁头嘴、峡山、下洲。两条路都是山路、小路。山高月小,归鸟闹林,一个十五岁的中学生,怀着对家的向往,对亲人的向往,穿山过垭,把晚风甩在后头,把蛙声甩在后头,汗水淋淋地赶到家里,常常已是月上中天。那时,我真佩服自己的那股心劲儿,和那不怕任何艰难的双脚。

其实,这是无奈,不得已。横在学校和家之间是无数的山,连接学校和家的只有那些小路,想回家吗?就必须用脚板走路,别无他途。有人也想改变,一年,一个小伙子从外面扛回一辆自行车,七拐八拐在小路上骑了几十米,一骨碌摔倒在田塍下,以后就再也不敢骑了。

我忘不了"寒婆坳"、"神头岭"这些地名。上山陡，下山也陡，路就像过山车的轨道。人们挑着担子，光着脊梁，一步一大喘气儿，满身臭汗，吃力地走在窄窄的高低不平的路上，走得你眼发花，脚发颤。几里之遥，视为畏途，让你感觉到是那么漫长，那么艰辛。

上世纪五十年代末，娄底和涟源之间修建了公路。所谓公路，也就是一条勉强能通汽车的土路。学校组织学生去涟源一中参观，就是沿着这条公路走的。这是我第一次见到公路，也是我第一次见到汽车。虽然有了公路，但我们并不能坐车，那时学生还远没有花钱坐汽车的消费能力。其实，当时每天客车只有一班，即使你有钱，也没有那么多汽车装下几百名学生。上百里的路程，中途还下了雨，我们是踏着泥泞，徒步跋涉的。

无须抱怨，抱怨也没有用，整个社会就这个水平。平日里走趟亲戚家都不容易，都得靠两条腿。没有好的道路，就不能使用现代交通运输工具，遇上笨重的货物，都得肩扛人抬，确实太累，太费时间。

1958年开始修湘黔铁路和娄邵铁路，参加者除了铁道兵以外，还有广大民工，我们学生也参加了西阳段的修建。1961年，湘黔铁路和娄邵铁路相继通车。火车轮子和两条腿比，不知要快到哪儿去了。娄邵铁路离老屋很近，站在屋后的山头，就能看见铁路，看见火车。半夜里，火车拉响汽笛，咣当咣当呼啸而过，常把我从梦中惊醒，并令我感觉到兴奋。我开始明显地感受到了家乡的变化，觉得现代化的潮流正随着火车轮子的转动，不可阻挡地向我们迎面涌来。

我高中毕业上军校，就不再用两条腿走路了，而是从邵阳坐火车离开湖南的。

以后是漫长的"文化大革命",社会发展处于停滞状态。石头埠到万宝早就修出公路的毛路,许多年也没完成。我每次回家,从北京坐火车到长沙,再转车到独木桥车站下车,恰在晚上,提着包,摸黑走路回家。回程的火车也是晚上,还得摸黑走路。已经过惯城市生活,坐惯汽车、火车的我,开始感到了不便。

1978年以后,社会发生剧烈的转变,基本建设大大提速。从北京坐火车回家,不必再从长沙转车,可以直达娄底;娄底经万宝到双峰的公路也终于修通了,我回乡到了娄底就可以坐汽车到春溪,不用摸黑走夜路了;几年后,高速公路建起来了,正好在乡里通过,我有一次从家里坐汽车到长沙,只用了两个多小时,这在过去是不可想象的。同时,各村相继修起了土面公路,后来市里普及道路"硬化",土路就都变成了水泥路。我小妹住匡家冲,那是老山沟,过去到她家,必须翻山越岭,如今汽车可以开到她家门口。

经济发展,交通先行。仿佛魔术般地,那些泥巴路、沙子路、猪肠子路不见了,代之而起的,是宽阔的通衢大道。

老百姓说,过去修条路,人山人海,搞得天翻地动;如今修条高速公路,也没见到多少人,也没见到多大动静,大型机械作业,稍不留意就修成了。

快捷便利的交通使家乡发生了巨大的改变。公路通向山冲,通向每一个村庄。公路的尽头,是炊烟,是鸟啼,是机器的轰鸣,是人的欢歌。高速公路使物畅其流,带来了商机,于是公路两旁楼宇林立,店铺新张,附近的农民纷纷向高速公路靠拢,成了一种时代趋势。同村的喻建宇好几年前就买了小汽车，手机一响，市里朋友来电话，他脚踩油门就跑了。骑摩托车的年轻人就更多了，来去一阵风，潇洒得很。

道路的变化，也带来了人的观念的改变，生活习惯的改变。过去从家到娄底，走路要几个小时，如今坐汽车十分钟就到了，连过日子十分节俭的老实巴交的农民，也心痛起自己那双脚板，懒得走路，招手就上了公共汽车。

路是国家的血脉，是国家发展的象征，它的宽广、畅通，反映了祖国的强大，和一方土地的兴盛。

迢迢乡路，不再漫长，不再遥远。如今，我晚上从北京出发，第二天就可以在娄底吃午饭。每念及此，就对时代的变迁不胜感慨。

秋天的重量

造物主创造地球时，让地球的绝大多数地方的气候分出分明的四季，这是最妙的一招了。有了四季，就有了岁月轮回，荣枯有序，就有了这斑斓繁复的大千世界。试想，如果没有四季，地球的色彩会多么单调！人们的生活又会多么乏味！

春天是爱的季节。百花盛开，美不胜收，万物生长，芳草萋萋，碧树莺啼，蜂飞蝶舞，春色满园。但乍寒乍暖的天气，淅淅沥沥的春雨，泥泞难走的道路，总搅得人有些心神不宁。

夏天是成熟的季节。五月熏风，新荷出水，芭蕉绿窗，乳燕学飞，枇杷黄熟，自有一番新的景致。生命旺盛，分蘖，拔节，抽穗，发情，交配，怀孕，使劲地长，全力冲刺，不管是植物还是动物，都在紧张工作，都忙得不亦乐乎。但强盛的生命需要强力的阳光，到处都是蒸腾和暑热。你会抱怨气温太高，湿度太大；你会抱怨太阳太毒，树荫不够浓，南风不够爽；你会抱怨高树蝉热，池塘蛙乱，叫得人心烦。农户柴门，长夜难眠，你得忍受着在发烫的床板上不停地折腾，还要用一把蒲扇，对付没完没了的蚊子的进攻。夏天时间很长，是一个难熬的季节。

冬天是休闲的季节。冰寒泉热，老木新霜，松衣有雪，雁过长空，千山玉凝，平野素裹，自有一番与众不同的岁暮风光。忙了很长的日子了，该歇歇了，植物要休息，动物要休息，土地要休息，人类也要休息。但冬天又太冷了，北风飕飕，干什么都不利索，到哪儿去都不方便。对于农民来说，冬天是休息的季节。如果家境好，冬天的日子就好过；如果家境不好，冬天的日子就难过，许多身体不好的老人就难过那个漫长的冬天。

四季是一个完整的系统，一根环环相扣不可分割的链条。无花无果无世界，不冷不热不精彩。

但不知为什么，一年四季中我最喜欢秋天。"金九银十"，人们也都这么说。

秋天是收获的季节。

秋天是色彩浓艳的季节。

秋天也是稳定平和的季节。

城里人注重秋天的颜色，秋天的美丽，每到重阳，络绎不绝的人群，登山踏岭，观赏红叶，品味秋色。

乡里人注重实惠，花生怎样，红薯怎样，稻子怎样，橘子怎样，地里所有庄稼的出产怎样，人们的眼睛都在关注秋天的重量。

经过喧闹的春天和繁忙的夏天，心思有结果了，希望有结果了，汗水有结果了。

我喜欢收获，沉甸甸的收获，大自然的酬谢，能给人以快乐。秋天的喜悦，晾在打谷场上，堆在仓廪里，挂在屋檐下，也洋溢在每一个农民的脸上。

我跟随着父亲，握着镰刀，收割稻子。金黄金黄的稻穗，沉甸甸地低着头,在秋风中摇晃,飘着谷香,发出"索索"的响声。你一把一把地放倒稻子,感到了秋天的重量。

我跟随着母亲,用钯头挖红薯,红色的胖乎乎的红薯从地里蹦出来,在炫耀阳光和土地的慷慨。红薯装进筅箕,我挑着回家,感到了秋天的重量。

我和弟妹们在土里刨花生。这种地上开花、土里结果的庄稼,如今一嘟噜一嘟噜地从地里翻涌出来,撂满了一垄一垄的地坎。手提花生,我感到了秋天的重量。

柚子树结满了硕大的果子,中秋节的时候,我爬上树去,把柚子摘下来,柚子滚落在地,发出沉实的响声,我感到了秋天的重量。

沉甸甸的带着几分醉态的秋天,在山路上摇晃,在田埂上摇晃,在地头摇晃。

秋天的重量,装在背篓里,装在箩筐中,压在肩膀上。

颤颤悠悠的扁担,吱扭吱扭的小车,在歌唱秋天的重量。

秋天是丰实的。我喜欢这种丰实。秋天的重量决定农民一年的生计,决定农民的命运,决定千家万户的欢乐与忧愁。

在干旱的年份,也是秋天,我看见父亲望着半死的禾苗,望着禾苗干瘪的穗头,深深地叹息。

在虫灾的年份,也是秋天,我看见母亲望着直愣愣的稻秆,望着昂头迎风软沓沓的穗头,默默地流泪。

1960年,饥饿促使我冒着风险,在一个山凹凹里偷偷开了一片晒簟大的小荒地,栽上了红薯。秋天,我满怀着希望去收获,捡回来的红薯却不满两筅箕,我挑着轻飘飘的担子,心中充满了沮丧。

岁月轮回,我们总是盼望有一个沉甸甸的丰实的秋天。

我离开湖南农村、客居京城已近半个世纪了,如今已经不再为吃饭穿衣过多劳心费力,不再那么执着地盼望秋天。但作为一个出身农村的人,秋天的重量,还是那么深刻地印在我生命的记忆里。

群鸡晚归图

"唧,唧呀,唧呀……""咕咕,咯咯,咕咕……"

夕阳收拾起散落满地的碎片,然后沿着山墙向上爬,越过黑色鱼鳞瓦的屋脊,直抵后山那棵香樟树的树尖。就在夕阳快要消失的时候,村里几乎所有的生命都听到了时光的晚钟,一天的忙碌已经结束,宁静的夜晚即将来临。这时,山村里各家的门前,都有一支鸡的乐队在鸣唱着。

山村的特色乐队。伴随着男人们把晒谷坪上晾晒的谷子装进箩筐,颤悠悠喜滋滋地往家里挑;伴随着有算计的农妇从地里割回当猪草的薯藤,正哼着小曲往家里走;伴随着水牯牛在村前的池塘里洗完澡后,迈着稳重的脚步,直奔自己的栏圈,黄昏中,鸡的鸣唱给所有的脚步配上音响,给整个山村的晚归图添了情趣。

如今的农村已和二十、三十年前大不相同,没有了那么多辛苦,即使是收割晚稻这样重要的工作,也好像并不十分忙碌,一两天就搞得清清爽爽。黄昏中炊烟升起,无论男人女人,老人和小孩,就摆着凳子,在自家门前唠着闲篇,说着笑话了。

此刻,人们最惬意的一件事,就是等待自家的鸡入笼归埘,看着它们慢慢地相继从山野归来,听着它们细碎又清亮的歌唱,看着它们那副悠闲自在的美丽模样。

鸡是农家的吉祥物,一身美丽,光彩照人,守夜司晨,从不失信。鸡也是待客的佳品。家里来了尊贵的客人,买肉远,网鱼费工夫,主人会毫不犹豫地就近捉一只鸡杀了,这是我们那里一般家庭待客最高的礼节。一户人家养一大群鸡,说明这户人家日子过得红火,有生气,人勤快。鸡、鸡蛋,是农家的财富,甚至连鸡的活泼、鸡的贪食、鸡的捣乱、鸡的晨歌晚唱,都是农家日子里不可或缺的一部分。如今农家养的"土鸡"成了稀罕物,身价不菲,当地已经卖到一公斤三十多元的价钱。先是附近中学的老师常上村里来买,把价格抬了起来;后来城里人也纷纷到乡里来买,"土鸡"的行市就进一步上升。现在就更不同了,即便是这样的价格,农村人也不愿意出卖,他们知道"土鸡"的营养,要留着自己享用。"土鸡"食五谷,啄百虫,吸山野雨露,纳田园清气,这等未受污染的纯净自然之身,怎能不叫它身价飙升,人人青睐?由于有了这种市场环境,就大大促进了农村养鸡事业的繁荣,山村里家家都养有一大群的鸡,每天傍晚,家家门前都集合着一个穿着彩色演出服的鸡乐队。

我回乡住在妹妹家,她家养的鸡不算太多,但大大小小也有几十只,我于是有了欣赏群鸡晚归的机会,有了察看它们唱歌和啄食的机会。我每天都不忘看这个节目,对这种典型农村风景的欣赏,有一种别样的快乐。

也许,你也能看到一群麻雀飞来啄食的情景。它们落在地上,唱着、跳着、啄着,很活泼,很有生气。但它们一听到些许响动,就一飞而起,不见踪影,与人总觉得有些陌生与隔离,缺少亲和感,而且羽毛的颜色也过于单调。

有时也能看到喜鹊飞临房前,喳喳叫着,在离人不远的地方觅食。但它们对人类似乎有某种天然的警惕,总是蹦来蹦去,很难安静下来。它们择树而栖,就在你的房前屋后,可以当你的好邻居,却很少能成为你亲密的朋友。

鸡就不同了,它们丝毫不回避人,知道自己的主人是谁,知道自己是你家的一部分,总是按时回来,奔向这个家。它们就在人们的眼皮子底下,或徐徐而行,哼哼唱唱,或拍翅引颈,放声高歌。主人不仅把它们当成自家的财产,也当成自家的成员,自家生活的一部分,每天放鸡,关鸡,喂鸡,看着它们啄食。它们在主人的俯视下一天天长大,成为主人家所有成员一件牵挂的事儿,一件快乐有趣的事儿,一件充满着希望和期待的事儿。它们缤纷的羽毛,更是灿烂了每个家庭的生活。

最先进入我视野的是一群雏鸡,一共十只,"唧,唧呀,唧呀"的声音就是它们发出来的,尖细、稚嫩、动听,纯正的童声。毛茸茸,嫩黄黄,十朵移动的菊花,一片飘动的云彩,刚从齐白石、王憨山的水墨画上走下来。还分不清性别,和所有的小动物一样,一副副令人怜爱的模样。显然,它们的胆子还小,惧怕黑夜,生怕耽搁了时间,太阳刚刚收山,就赶紧往家走。它们记得清回家的路,从屋前的水塘边走来,伸展着小翅膀,很熟练地蹦上了几级台阶,就来到了常给它们喂食的地坪上。它们的集体观念很强,结队而行,就像幼儿园排着队走路的孩子一样。不管它们是否已经吃饱,主人照例要款待它们。它们好像也预感到了这种款待,只是有些急不可待，嘴里不停地"唧呀、唧呀"地叫着，算是齐声向主人的呼唤和请求。我妹妹把用米糠与多种杂粮菜蔬调和的食物撒在了地坪上。这时，只见十只小雏非常快乐地迎了过来，叫声顿时停止，"笃、笃、笃"，空气中只弥漫着小雏的喙与地面碰撞的声音，不一会儿工夫，主人的赏赐就被它们分食净尽，地面上连一点儿碎渣粒都不剩。喙是鸡坚利的武器，能在草丛里捕捉虫豸，能把最微末的食物捡拾干净，能和同类争斗。鸡从小就能把自己武器的作用发挥到极致，真是令我惊奇不已。

　　小鸡的待遇自然不同，它们不能和大鸡在一个鸡笼里过夜，以免因踩踏而死，主人要把它们单独装进一个大纸箱里。妹妹把纸箱倒下，打开纸箱口，然后用笤帚赶着它们慢慢钻进箱里去。很快，九只小鸡很顺利地装进了箱里，只有一只显得有些调皮，一掉头跑开了。妹妹懒得去追，就说，等着吧，教训教训它。纸箱立起来了，箱口也关上了。失群的小鸡发现自己离开了集体，不见了同伴，一下子慌了神，感到了莫名的孤独。只见它一个劲儿地叫着、跑着。它听到了纸箱里同伴的声音，一鼓翼蹿飞到了纸箱上。但纸箱的口是封着的，进不去，稚嫩的叫声变得急促，充满了无助和慌乱。它肯定已为自己的调皮而后悔，希望以哀求般的叫声赢得主人的宽恕。妹妹说，不管它，看它下次还敢乱跑不！看着这情景，我有些不忍，就走上前把纸箱口打开了。失群的小鸡像得到了赦令，迅即钻进了纸箱里，它找到了同伴，焦急的呼唤终于停止。

　　随后归来的是一群清一色的黑鸡，也是十只，个体的重量都已超过一斤。它们嫩红色的冠还刚刚冒出，步履显出少男少女般的轻快,时不时鼓起眼睛盯人,表情有些迷离和羞涩,有些鸡互相嬉闹,用喙啄着对方的羽毛。它们也在唱着,但发出"唧呀"的嗓音明显地比雏鸡要粗了一些,行进也不像雏鸡那么毛糙。它们的队伍不再那么整齐,有三五成群的,也有单独活动的,它们似乎已经感到自己有了进行单独活动的必要,只有单独活动才能觅到更多的食物,满足青春期发育成长的需要。它们每天的食量大得惊人,吃,吃,吃,好像没有够的时候。因此,当主人款待的食物刚刚撒向地面,我就看到了一个个冲锋向前,连头也不抬地争抢啄食的热闹场面,这些家伙都决心要在不太长的时间内,积聚足够多的肌肉和脂肪,使自己加入到成年者的行列。

第三拨归来的是十五只大母鸡,黑色、黄色和杂色的都有。它们几乎全是单个而来,但前后左右的距离都不太远,虽有一定的独立性,但总体上你能感觉到它们同属于一个集体,同属于一个大家庭。所有母鸡都凤冠鲜艳,个体丰满,证明它们正处在下蛋生育的黄金时期。它们是慢悠悠地唱着歌往回走的,歌声显得成熟,显得得意,显得安逸,把农家主人自足的欢乐唱了出来。它们知道自己的身份,知道自己的功劳,凭经验,也知道即使是嗉中饱满,主人也免不了还有一顿犒劳。果然,一阵铝盆响过,食物纷纷落下,母鸡们、小黑鸡们,一齐上前,再一次分享丰盛的晚餐。谁都不相让,谁也不斯文,看见了一块大的食物,就会同时有几张嘴争抢;一只鸡叼走了一块食物,就可能有几只鸡追赶。为了占得有利位置,有的鸡也会使用武力,用喙啄比它小的鸡,被啄的鸡不得不走开,但食物的诱惑是挡不住的,很快小鸡又会回到争抢大战中来。如此前仆后继,食而后矣。直至分食完毕,鸡们把喙往地面上刮了刮,算是抹了抹嘴,如果喙上还残留着食物的渣儿,它们就互相用喙清扫,打理得洁净如初。然后就很怡然地分别站立在地坪、石墩、台阶和门槛上,或滴溜着眼珠,左右顾盼,或"唧呀唧呀"地哼唱着小曲,自我欣赏;有几只老母鸡摇摆着身体,仰着头,嘴里"咕咕咕咕"地叫着,像打着饱嗝,也像在向主人道谢。它们在等待主人最后的招呼,也在等待最后的同伴。

黄昏慢慢降临,最后不慌不忙踱踱归来的是四只大花公鸡。秋后的山野,有吃不尽的谷粒、草籽、蚂蚱和虫子,这实在使它们流连忘返。一天下来,公鸡们跑遍了附近的山野,嗉子是填得很满了,无须再让主人另备小灶。它们一副酒足饭饱的样子,高高的身躯,红红的冠子,醺醺然,抖动油亮鲜丽的锦袍,远远看去,像四位凯旋的将军。鸡天性不会微笑,只会歌唱,歌声是它们的语言,是它们情感的表达。趁着天还没有完全黑下来,大公鸡精力充沛,余兴未尽,"咯咯……咯咯咯咯……"一个个拍拍翅膀,伸长脖子,使劲喊了一嗓子,声音高亢、明亮而悠长,有雄性金属般的音色,整个村子,甚至整个山野都听得见。四位漂亮的王子来了,母鸡们、小黑鸡们,免不了扰起一阵快乐的骚动。但很快,等主人清数完毕,它们就老老实实地跟随公鸡的脚步,进室、入埘、归寝。

乐队解散,音乐停歇,一次群鸡的晚归,就这样在祥和的气氛中结束了。妹妹说,所有的鸡都如数进笼,心里踏实了;但鸡不唱了,不闹了,不牵挂了,又觉得有些空落。

搬迁潮

一些地方繁荣了,一些地方败落了,白云苍狗,沧海桑田,这也是不足为怪的事。

故乡沦陷了,我们湾是彻底地败落了。"今不如昔"是个常常令人忌讳的词,怕惹来贬毁时政之嫌。但我要说,单就我们湾的建设而言,它真是"今不如昔",今天的房子远不如解放前了。

解放前,尽管落后,但整个湾是完整的,户户相连,门楼俱备,颇有气势。如今却是残墙断壁,残砖破瓦,称不上一个像样的屋场了。

土改、大跃进、文化大革命,几次运动,整个湾东拆西拆,已经变得支离破碎,惨不忍睹。围墙没了,厅屋没了,天井没了,互相串门的走廊没了,各人自扫门前雪——不,门前雪也没人扫,一片狼藉,脏乱不堪。

不仅如此,近几年出现了搬迁潮,人们已经厌弃这个屋场,纷纷从春溪湾搬出,另觅新址盖新房。这种搬迁风加速了湾的破败。如今大有遗弃整个村子之势。

从1960年后,离我们湾两里之遥,修建了娄底到邵阳的铁路。不久,又修通了娄底到双峰的公路。2000年以后,又在一里以外,修建了上海到瑞丽的高速公路的一条连接线。娄底到新化的高速公路也快建成,上海到昆明的高速铁路也已动工。交通干线的建设,特别是高速公路的建设,完全改变了人们的生存观念。过去是依山而建,临水而居。现在不同了,人们都愿意把家安在铁路旁和公路边,取交通之便,得货畅之利。

交通干线具有强大的滋吸力。向交通干线靠拢,没有人号召,没有人下命令,完全是自发的行动,浑然不知不觉中,一家一家的,就都被吸过去了。

在交通干线沿线建村落、建城镇,这是中国的大趋势。农村人口日趋减少,城镇人口日益增多,这是不可阻挡的潮流。

我们原来居住的地方,因为交通不便,它所有的优势都丧失了,一切不利的因素便都凸现出来,连烧的煤都不能用车子运到村里来,必须先用汽车运到公路边,再用扁担箢箕把它挑回家来。人们不愿意再干那种苦力活,对交通不便的怨言就越来越多。

尽管舍去旧房子并不是一个可以轻易做出的决定,但在经济起绝对作用的今天,人们权衡利弊,还是选择了搬迁。

年轻的人们追求热闹,追求繁华,追求城里人所享有的许多现代文明。他们开始厌倦偏僻,厌倦那种封闭的牧歌式的农村生活,希望在靠近交通干线的地方建立新的家园。

我们家是最早搬出春溪湾的人家之一。当时任乡水泥厂副厂长的小弟在公路旁边购买了宅基地,盖了一幢三层小楼,一层自己住,一层出租给了那些经营修理电器、汽车等行业的人,一层闲置。

后来，相继有三喜、四喜、六庄、国华等人家迁出，他们的新家或靠近公路，或离公路很近。公路成了"龙脉"，成了风水，成了人们趋之若鹜的地方。

凡是有点正式的或非正式的工作，或在水泥厂上班，或下煤窑，或去广东打工，手里有一点活钱的人，都跃跃欲试，要搬出来在公路边，另觅新址盖房子。只有那些老人，那些没有经济能力的人，依然固守在那些破旧的老房子里。

离开老房子，搬迁新居，不管是谁，在感情上多少都有些依恋，有些难舍。

房子和其他物件不一样，你在那里居住时间长了，它就成了感情的载体。"金窝银窝，比不上自家的狗窝。"尽管那些老房子已经破旧，但那是祖祖辈辈传下来的，我们的先人都曾经在那里生活。就我而言，我家的房子是父亲重新盖过的，这是他一生的心血所在，是他整个的梦想。还有，想到这房子，我曾在这里呱呱坠地，喊出了人生的第一声，这里曾见证过我的童年和少年，有过我的体温和呼吸，有过几千个虽然平常却弥足珍贵的日日夜夜，如今要离这些房子而去，心里多少有几分伤感。那房子曾经代表"家"，我千里万里奔回去，就是为了奔向家，奔向这所房子和居住在这房子里的人。

我好几次不敢走近它，只是远远地怔怔地望着村子出神。

这里有我的生命册页，有我的精神回望。如今人少了，鸡也少了，狗也少了，满眼是无法忍受的残缺和破败。那个曾经有着完整的生态系统、充满活力的村子已不复存在，那些曾经有过的温暖消失了，人际关系也渐渐变得疏离、冷漠、陌生。谈论故乡常常只是一种回忆，一种对自己的精神按摩。

安静得可怕。那些记忆最深的符号,如水井、老树、祠堂、牛群,都在离人远去。留下的是不变的山,疲惫的怅望,无尽的感叹。

其实,废弃的不只是砖瓦,还有时间,还有历史,还有一代又一代人的心血和梦想。

所以,即使我们搬出来了,我还建议把那老房子保留着,既作为时代的见证,也留下一点念想。我每次回老家,都要抽空看看这座老房子。我们的邻居成大爷,他已经搬出来了,空置的房子已经不再住了,但他还是要经常回去打扫房间,坏了还要进行维修。他维修的不是房子,而是感情。

今天中国的土地正在重新分配。一些老房子可能就会被拆除,一些有数百年历史的村庄可能会被废弃,成为田园,成为牧场;而一些交通干线两旁,那些从来没有盖过房子的地方,曾经是荒山野岭的地方,可能出现崭新的街道、崭新的城镇、崭新的居民小区。

这是一个伟大的变化。我常常为曾经养育过我的老房子被废弃而叹息,也常常为新的居住地的诞生而庆幸。新旧转换,叹息与庆幸并存,无疑是我们走向新生活的途中,必须经历的一个过程。

如今在我家所在的公路两旁,已经盖起了一幢幢新房,都是一色的钢筋水泥建筑,都是一色的瓷砖贴面。这些房子既供居住,又可以经商。银行、医院、邮局、建材商店、理发美容店、网吧、各种修理店,还有砖瓦厂、预制板厂,都相继应运而生。开始是零星的几户,慢慢地,就连成线连成片了。尽管各种设施还不齐备,环卫还没有保障,但电灯是有的,自来水是有的。最重要的是,年轻一代已在生长着城市意识,姑娘们开始穿高跟鞋,美发,抹口红,小伙子们腰上必定有个手机,外出不是骑摩托车,就是打的。

人们对这片新的建筑群,称为"春溪正街"。

"春溪正街"将代替"春溪湾"。一个湾将消失,一条街将诞生,地图上对一个地名和它所在的位置将改写。

这就是今天正在农村发生的事情。

这是今天整个中国变革的一部分。也许你会惊讶,也许你会感叹,也许你会惋惜,也许你觉得不可思议,但一切都会按照事情发展的逻辑前进。这是不可阻挡的时代潮流。在我们过去的老房子里,发生过许多的故事,在这些新建的房子里,同样会发生许多新的故事,同样会有辛劳,会有血泪,会有欢乐,会有忧伤。只不过它们是带着不同时代的烙印罢了。